Corps
de verre

Sikanda de Cayron

Corps de verre

ROMAN

Emmanuelle Collas

Couverture & intérieur: Cheeri
Photographie de la jaquette:
© Maruecha Jenthaisong/Getty Images

Éditions Emmanuelle Collas
SAS Emmanuelle Galaade éditeur
3, place André Malraux
75001 Paris, France

www.emmanuelle-collas-editions.com

I

FANTÔMES

Le clic de l'appareil résonna comme une bombe. L'écho dura un instant, puis le silence épais se referma sur la rue. Le photographe baissa lentement son appareil et resta un instant immobile avant de se remettre en route. Le bruit de ses pas était amplifié par l'absence totale de sons autour de lui. Il déambulait dans une ville vide où les bouches ne pouvaient pas crier.

Il avait remué ciel et terre pour pouvoir y entrer, et maintenant qu'il y était, il avait l'impression d'être mort. Tout, en effet, était luxueux et éclatant, comme on se l'imaginait du paradis : la propreté impeccable, les fontaines et les cascades, les veines d'eau dans le marbre rose et gris pâle des sols, et les immenses immeubles en verre. Des rectangles de vitres empilées, reliés par des passerelles transparentes, des piscines transparentes, des patinoires transparentes. Vides.

Le soleil dévorait les immeubles et rebondissait d'une surface à l'autre. Malgré sa combinaison rafraîchissante, le jeune homme avait le sentiment de traverser la toile géante d'une araignée de soleil. L'astre, au zénith, faisait flamber la ville en deux dimensions.

Il s'engagea dans une avenue qui, comme les autres, était à hauteur d'homme une alternance de miroirs et de marbre, d'images de soi allumées et éteintes. Des véhicules chromés aux couleurs pastel glissaient en silence sur la route opalescente. Une parade absurde puisque pas un ne transportait de voyageurs. Et hormis ces voitures qui faisaient inlassablement le tour de la ville, les miroirs ne reflétaient à l'infini qu'eux-mêmes.

Il parvint sur une place au centre de laquelle se trouvait une fontaine. Une eau argentée, aux gouttes placides, stagnait à chaque étage. Il régla la mise au point de son appareil et appuya sur le bouton. Il aimait ce vieil appareil photo qu'on ne fabriquait plus depuis longtemps et pour lequel il dépensait des mille et des cents – des heures pour l'entretien, le remplacement de pièces quasi introuvables et le développement des pellicules. Il n'avait de cesse de l'améliorer, mêlant aux anciennes des technologies quasi futuristes, créant un objet unique qu'il était le seul à savoir utiliser.

À nouveau, le bruit du clic explosa et s'évanouit. Il ricana, songeant que les phrases toutes faites le concernant dans les journaux, les vidéos et sur Internet, ne rendraient jamais compte du frisson qui le parcourait quand il appuyait sur la détente de son appareil, capturant la vie comme une balle l'arrête. Tueur du temps.

Lorsque le soleil pâlit et que la température chuta, il décida de rentrer et se mit en quête de la porte de la ville. Mais les rues s'enchaînèrent vite sans différences, les voitures, les miroirs et les minutes aussi, et il fut bientôt incapable de retrouver son chemin. Il marcha ainsi pendant une durée indéterminée. L'espace était retors et semblait se modifier à son approche. Il n'y avait plus aucune connivence entre ses souvenirs et la réalité des rues. Ses lunettes limitaient sa vision, sa combinaison ses gestes, et la frustration le gagna. Des larmes de rage lui montèrent aux yeux, et il se laissa finalement tomber sur un banc. Il se sentait pris au piège des réverbérations et des reflets.

Soudain, une sirène retentit et une foule de personnes se matérialisa devant lui. Dense, elle remplissait l'intégralité de la rue. Des corps jeunes et parfaits, immobiles, tournés dans la même direction. Les hologrammes. Certaines de leurs silhouettes pixelisées traversaient les obstacles, plantées comme des bougies dans les voitures ou sur les bancs, découpées par les façades des immeubles. Certaines clignotaient. Mais cela ne gâchait en rien leur sourire radieux ni leur maintien dynamique. Ils arboraient le même bronzage, les mêmes habits de femmes ou d'hommes d'affaires, les mêmes coiffures impeccables.

Il suffisait de passer ses doigts à travers leurs visages de plasma pour les défigurer et créer une armée de monstres.

Le photographe eut un mouvement de recul en se rendant compte que son corps avait fusionné avec celui d'un hologramme. Il se leva et fendit d'autres fantômes. Des bras sortaient des siens, des particules de corps gouttaient sur sa combinaison. Il alluma son appareil et mitrailla les alentours, saisissant des visions irréelles, des hallucinations lumineuses.

La sirène retentit encore. Les êtres disparurent, laissant la rue à nouveau vide. Le jeune homme en eut une sensation de chute. Hébété, il se rassit, et repassa sur son écran les photos qu'il venait de prendre. Elles étaient magnifiques. Étranges. La preuve qu'il avait rencontré une version inquiétante de l'humanité, comme s'il avait assisté au rêve de quelqu'un d'autre. Au rêve d'une ville.

En sortant du tunnel, le photographe émergea dans le quartier des bureaux de Maven Corporation. Il n'était pas très différent de la ville des hologrammes, mais c'était désormais de véritables êtres humains qui franchissaient les tourniquets en verre des immeubles et des cafés. Partout, le logo de l'entreprise et son slogan : une phrase simple sur le bonheur d'accéder à une nutrition saine, que l'on fredonne aisément. Les écrans omniprésents et le bruit de la foule lui vrillèrent pupilles et tympans à mesure qu'il s'enfonçait dans les rues.

Remarquant quelques coups d'œil appuyés à son égard, il mit sa capuche et baissa la tête. Il savait qu'on ne l'observait pas parce que son sweat et son jean déchiré tranchaient parmi les tailleurs et les costumes-cravates ou parce qu'il ne portait pas d'attaché-case ou de logo de l'entreprise sur ses vêtements.

Le problème, c'étaient ses yeux, la forme de son visage, ses cheveux, son allure, ses lèvres, ses mains. Son odeur.

Il traversa le quartier des bureaux jusqu'à ce que les immeubles se raréfient et laissent place à de belles habitations entourées de grands jardins, avec des guirlandes pendues aux arbres. Il marcha jusqu'à l'immense portail donnant sur un parking et plus loin sur l'autoroute. Cette dernière délimitait en serpentant les différents espaces de l'île. Une fois ses papiers vérifiés par les gardiens, ils le laissèrent passer et le photographe aperçut son chauffeur, adossé à une voiture de sport bleu roi.

Il monta sans mot dire et baissa sa capuche. Il fouilla la poche de son jean à la recherche de son paquet de cigarettes et s'en alluma une. Enfin, il esquissa son premier sourire de la journée, un étirement des lèvres à peine perceptible. Son chauffeur lui jeta un regard en s'installant. Comme à chaque fois, il éprouva une étrange sensation, à en serrer le volant entre ses doigts. Il voulut engager la discussion, mais ne sut quoi dire. Aussi alluma-t-il la radio avant de prendre l'autoroute.

Dehors, un bleu sombre, presque noir, avait déteint dans le ciel et, lorsqu'ils arrivèrent à l'entrée de leur division, il faisait déjà nuit. Le portail était fermé par d'immenses battants blanc et or surveillés par des caméras et des hommes en tenue militaire. Par la vitre ouverte, le chauffeur leur tendit une carte plastifiée et les portes s'ouvrirent sans un bruit.

Le quartier résidentiel était semblable à celui de Maven Corporation, à cela près que les habitations ressemblaient davantage à des villas. Mais les guirlandes étaient les mêmes, les jardins également. Le jeune homme baissa la vitre, percevant une clameur au loin. De la musique électronique, des cris, des rires et des coups de klaxon lui parvinrent. Comme tous les soirs, la fête battait son plein dans une des villas, ainsi que dans quelques autres plus loin. Il remonta la vitre.

« Je ne vous ai jamais accompagné à une de ces fêtes. »

Le jeune homme croisa le regard de son chauffeur dans le rétroviseur.

« Excusez-moi, je ne voulais pas... Enfin, je ne juge pas, je constate simplement que...

— Ce n'est pas faute d'y être invité. »

Il toucha du bout du doigt son téléphone qui n'avait cessé de vibrer sur la banquette depuis qu'il l'avait rallumé.

« Alors pourquoi ? » osa le chauffeur

Le photographe ne répondit pas. Il était arrivé chez lui et la voiture repartit sans qu'il ait formulé de réponse.

Il traversa le jardin en passant la grille qu'il ne pensait

jamais à fermer à clé, grimpa quelques marches et s'assit sur le perron avec un drôle de soulagement. Il sentait le poids de son appareil photo sur la poitrine comme un fragile bouclier. Il l'alluma et regarda à nouveau les photos défiler. La cigarette se consumait au bord de ses lèvres. Il commanda une pizza, qu'il attendit dans les effluves d'air brûlé du soir.

Le livreur ne tarda pas à arriver sur une moto flambant neuve frappée du logo de l'entreprise. Pas vraiment un livreur de pizzas, mais un membre de l'équipe d'approvisionnement de la division, qui se chargeait de remplir les frigos en l'absence des habitants. Et d'être présent pour les fringales nocturnes. Lorsque la commande du photographe s'était affichée sur l'écran géant de l'entrepôt, avec son numéro de livreur à côté, il avait senti comme un frémissement dans le groupe. Tous les regards s'étaient tournés vers lui. « Tu vas voir, lui avait-on dit, c'est quelque chose, ce mec. ». Il avait haussé les épaules. Ils étaient tous « quelque chose » dans cette division. Grands acteurs, réalisateurs de renom, écrivains géniaux, et influenceurs adulés sur les réseaux sociaux. Des artistes de tout âge et de tout genre, rassemblés ici pour se rencontrer, mêler leurs arts et les faire évoluer grâce aux technologies développées de l'île.

Il se gara et remonta l'allée, le carton à pizza en équilibre sur ses paumes ouvertes. Le photographe était assis tête baissée sous ses boucles brunes. Lorsqu'il releva la tête, le livreur s'arrêta, stupéfait. Il n'avait jamais vu de personne si belle. Son visage mat était sublime. Des yeux vert pâle presque transparents, des traits dessinés par un virtuose, un charme qui vous fait battre le cœur. Beau, mais presque trop. Il y avait quelque chose d'inquiétant dans cette beauté ; elle l'atteignit en plein dans le ventre. Il ne pouvait détacher son regard de ce corps mince et sensuel, de ce visage magnétique, de cette bouche. De sa présence excitante. Et il eut envie de faire quelque chose : le fixer, le toucher... Le détruire.

Il y repenserait le soir, puis le lendemain, et cette impression de beauté douloureuse ne s'effacerait jamais vraiment.

Le photographe l'interrogea du regard. L'autre reprit contenance.

« J'ai une commande pour euh... monsieur Temel euh...

— Ouais. C'est moi. »

Le livreur fut saisi par cette voix soudain si humaine, qui le ramena à la réalité, mais une réalité violente, dénuée de charme. Il hocha vigoureusement la tête et tendit le carton au jeune homme.

Débarrassé, il le salua et fit demi-tour en vitesse. Il remonta sur sa moto et fonça droit vers l'entrepôt, trop vite, un immense sourire aux lèvres. Une joie inconnue l'étreignait, celle d'avoir croisé ce qui ressemblait à la pureté.

Le photographe le regarda partir, puis rentra avec le carton de pizza dans son immense villa vide.

*

10 ans plus tôt

Clarisse avait troqué ses éternelles robes de luxe contre un pantalon en coton et une chemise en toile beige. Elle retrouvait cette sensation qu'elle avait enfant de marcher en baskets, les aspérités et les bosses sous la semelle en plastique. La poussière s'infiltrait dans son cou et sous ses lunettes de soleil. Il faisait déjà chaud ; elle n'avait pas l'intention de rester dans les parages trop longtemps.

Son chauffeur la déposa à l'entrée d'une ruelle encombrée de débris et de pans d'immeubles écroulés. Elle lui demanda deux fois la confirmation qu'ils étaient au bon endroit, et deux fois il répondit affirmativement. Elle sortit en maugréant.

Un chat déambulait avec prudence entre les décombres. Il tourna sa jolie tête rousse vers elle lorsqu'elle s'approcha et se faufila sous la carcasse broyée d'une voiture. Tout était silencieux. Clarisse avançait lentement, manquant de se tordre la cheville à chaque pas, pestant contre son patron qui l'avait envoyée là malgré le danger. Elle souhaitait presque qu'il lui arrive quelque chose, rien que pour lui prouver qu'il n'était qu'un salaud sans scrupule. Elle jeta un coup d'œil à son téléphone et plissa les paupières pour distinguer l'image sur l'écran inondé de soleil.

La porte en bois peinte en bleu qui se trouvait à sa gauche semblait être la bonne. Cet immeuble-là était intact, mais les bâches noires qui recouvraient les vitrines fracassées l'empêchaient de voir l'intérieur. Elle poussa la porte et entra.

On lui avait parlé d'une galerie. Ce n'en était pas une à proprement parler. Des étals et des étagères étaient toujours présents dans la quasi-obscurité, mais seules quelques boîtes de conserve poussiéreuses étaient encore posées çà et là. Il y avait bien cependant, accrochées aux murs sous des verres pour la plupart brisés, les photos qu'elle cherchait. L'endroit était désert. Aussi s'approcha-t-elle pour mieux les observer.

Elle ressentit la même émotion, décuplée cette fois, que lorsqu'elle était tombée dessus par hasard sur Internet. Certaines représentaient des scènes de violence, d'autres des portraits, d'autres encore les paysages muets d'un pays à feu et à sang, mais toutes étaient empreintes de la même profondeur. Elle avait l'impression que la face cachée du monde lui était révélée, que l'univers se livrait dans son essence la plus exacte, pour la faire accéder enfin à la vérité. Les mots n'avaient plus de force, tout en elle s'était tu, mais ses yeux débordaient et son cœur battait à tout rompre.

Elle discerna soudain une silhouette dans l'ombre d'un escalier. Elle sursauta et essuya ses larmes, gênée.

« Oh, bonjour, s'exclama-t-elle. Je ne vous avais pas vu. »

Il ne répondit pas. Elle fit un pas vers lui, craignant soudain qu'il puisse être blessé ou malade. Elle chercha dans son sac à dos une bouteille d'eau qu'elle lui tendit. Mais il se glissa dans l'ombre et elle le perdit de vue. Sentant une présence dans son dos, elle se retourna vivement. Les yeux vert pâle de ce qui semblait être un jeune garçon la fixaient par les trous d'un masque en cuir. Déstabilisée, Clarisse laissa retomber son bras le long de son corps. La bouteille heurta sa cuisse. Elle se demanda si elle devait craindre pour sa vie.

Hormis les deux pupilles intenses, le masque découvrait le bas d'un visage mat et sale, extrêmement bien dessiné. Une bouche sensuelle, une mâchoire sans défaut. La beauté des photos semblait avoir déteint sur lui.

« Est-ce que tout va bien ? Tu n'es pas blessé ? Tu me

comprends ? »

Le gamin hocha la tête.

« Bon, peut-être que tu pourrais m'aider. Je cherche celui qui a pris ces photos. »

Il passa lentement sa main dans ses boucles pleines de poussière. Il semblait tendu, prêt à se battre, attentif au moindre mouvement de la femme.

« Qu'est-ce que vous lui voulez ? »

Clarisse ne s'attendait pas à ce qu'il parle si bien sa langue, ni que le ton de sa voix soit si affirmé.

« J'ai une proposition à lui faire. Qu'il ne pourra pas refuser. » Elle regarda autour d'elle avant d'ajouter :

« Ou alors, il est carrément suicidaire. Tu pourrais me mener à lui ? »

Elle sortit de sa poche quelques billets qu'elle lui tendit. Il ne cilla pas.

« Vous devriez rentrer chez vous. Tout peut exploser d'une minute à l'autre.

— Quand a eu lieu la dernière explosion ? Tu as perdu des proches ? »

Une des bâches claqua sous l'effet du vent. Une boîte de conserve roula. Le garçon baissa les yeux.

« Non.

— S'il te plaît, dis-moi où est ce photographe. Il n'est pas mort, au moins ?

— Pas encore. »

Clarisse allait répondre lorsque la porte s'ouvrit, faisant s'engouffrer un vent chaud piqueté de sable. Un vieil homme entra, fouillant l'intérieur du regard. Lorsqu'il les vit, il eut un mouvement de surprise et héla le garçon. Celui-ci répondit dans une langue que Clarisse ne comprit pas. Ils échangèrent ainsi un moment, puis le vieil homme se rapprocha et observa l'étrangère de la tête aux pieds. Elle lui tendit la bouteille d'eau, et un sourire ridé fendit sa peau sèche.

« Je cherche l'auteur de ces photos » expliqua-t-elle quand il eut fini de boire.

L'homme jeta un regard amusé au garçon, qui était allé s'asseoir sur un tapis de caisse poussiéreux. Il s'adressa à nouveau à lui, plus enjoué cette fois. Il rit, puis se tourna vers la femme.

« Que pensez-vous de ces photos, ma fille ? »

Le ton bienveillant de l'homme lui parut familier, et elle eut l'impression éphémère d'appartenir à ce monde plutôt qu'au sien. Elle aurait aimé se laisser aller, mais les bavardages ne lui ressemblaient pas, et l'hostilité du pays la rendait impatiente.

« Je suis l'une des agents de photographes les plus importants du monde. Ce n'est pas de la prétention, c'est un fait. Je travaille pour Overnight Company et c'est la meilleure agence du milieu. Elle rayonne sur la planète entière. Je suis sûre que même vous, vous en avez entendu parler. Si je mets la main sur ce photographe, je vais littéralement changer son existence. Je vais le sortir de ce trou et l'exposer en pleine lumière. Il gagnera de l'argent à ne plus savoir qu'en faire. Lui sauver la vie, en somme. Il a besoin de moi, j'ai besoin de lui, et je ne tiens pas à mourir ici à cause d'une guerre qui n'est pas la mienne. Je vous serais donc reconnaissante de me dire où il se trouve.»

L'homme ne s'était pas départi de son sourire tranquille.

«S'il vous plaît, répondez d'abord à ma question. Que pensez-vous de ces photos?

— Bon. Je ne vais pas mentir. Elles sont puissantes. C'est bien pour cela que...

— Celui qui voit ces photos n'a plus besoin du monde.

Clarisse regarda le vieil homme. C'était exactement ça. Elle croisa les bras sur sa poitrine. Il sourit à nouveau.

«Je vais vous raconter une histoire, si vous le voulez bien.

— Je suis désolée, je ne...

— S'il vous plaît. Je commencerai en disant que nous sommes très croyants par ici. Quelqu'un doit nous guider à travers les décombres et prendre soin de nos âmes. Je ne vais pas vous parler de ce que nous vivons. Vous ne comprendriez pas. Mais il y a quinze ans, un enfant est né dans notre région. Le plus beau que nous ayons jamais vu. De tout le pays et même au-delà, les gens venaient défiler devant l'appartement de sa mère pour vérifier de leurs propres yeux si la légende était vraie. Et elle l'était. On se mit à l'adorer, sûr que cet enfant ne pouvait être qu'un cadeau de Dieu. Certains pensèrent également : ou du diable. Et lorsque cette dernière croyance vint à se répandre, l'enfant fut en danger. Sa beauté fut considérée comme maléfique.

« L'enfant échappa de justesse à plusieurs tentatives de meurtres et d'enlèvement. Mais nous ne pûmes pas tout empêcher. Des gens lui firent du mal, le séquestrèrent, le torturèrent, voulurent voir ce qui se cachait sous sa peau. Et puis la guerre éclata et nombreux furent ceux qui lui en imputèrent la faute. Sa mère voulut lui faire quitter la région, mais ici, nous ne sommes pas libres d'aller et venir comme chez vous. Alors elle l'a fait disparaître. Elle a caché son visage au monde et ne l'a autorisé à sortir que la nuit.

« Il y a quelques années, cette partie de la ville a été détruite et s'est vidée de ses habitants. Aujourd'hui, le gamin en a fait son royaume. Il est devenu le fantôme magnifique de ces lieux. Oh, il y a encore un peu de passage, des hommes, des voitures, des animaux... Mais si peu. Grimé et masqué, il s'est approprié l'endroit et a commencé à développer son don pour la photographie. Toutes nos économies sont passées dans ses appareils photos et ses tirages, vous savez ! Dieu sait que nous n'en avons pas beaucoup mais... Il n'y a que ça qui l'intéresse. Je ne sais pas si ce gamin est réellement un cadeau divin, mais ce qui est sûr, c'est qu'il a une vision. »

Le vieil homme s'approcha et chuchota à l'oreille de Clarisse :

« Emmenez-le. Sauvez-le. Mais ne le changez jamais. Parce qu'il sait. Mieux que n'importe lequel d'entre nous. »

*

Journal de Mila
Jour 1 – Tout est encore possible

On nous a offert un téléphone portable, un ordinateur et une tablette. Ceux que nous avions emportés ont disparu dans des bacs en plastique. Nous avons à peine eu le temps de mémoriser les contacts de nos proches. Nous laisser nos affaires était impensable. Ils peuvent mieux nous contrôler avec leur propre matériel. Je ne suis pas folle, c'est la vérité. La surveillance de masse est une pratique qui existe, et elle doit forcément exister sur l'île.

Maven Corporation est une entreprise trop importante pour ne pas mettre en place ce genre de choses. Des millions de personnes travaillent pour elle. Des millions, ce n'est pas comme ton cousin qui travaille dans l'épicerie de ton père. C'est une partie non négligeable de l'humanité et, si on sait ce qui se passe dans leurs têtes, on est le maître du monde.

Nous sommes là pour ça, June et moi. Pour faire tomber les maîtres du monde.

« Tu ne devrais pas. »

Mila releva vivement la tête. June, penchée sur le journal intime de sa sœur, balayait les pages de la pointe de ses cheveux blonds. Mila ferma le carnet sur les mèches, et June poussa un cri. Elles éclatèrent de rire. June passa une main dans sa queue-de-cheval et s'allongea sur le sable.

« Sans rire. Tu ne devrais pas tenir de journal ici. Si on se fait choper, ces preuves nous conduiront droit en prison. Ou pire. »

Mila soupira, arracha la page et la brûla avec la flamme de son briquet.

« Tu as raison. Mieux vaut que je le tienne dans ma tête. »

Elles regardèrent la cendre s'envoler vers la mer. Au loin, des restes d'une fumée noire et grasse striaient le ciel.

Darril leur avait donné rendez-vous sur la plage. En cette fin d'après-midi, elle était noire de monde, mais les jeunes filles ne tardèrent pas à identifier la silhouette mince et souple de l'homme. Il avançait vers elles à grandes enjambées. Cela faisait flotter ses cheveux bruns mi-longs parsemés d'argent. Elles s'interrogèrent du regard. Mila songea : nous avons traversé deux océans pour rejoindre un homme que nous avons vu une seule fois en photo.

Arrivé près d'elles, il leur offrit un large sourire et leur tendit la main.

« Bonjour, mesdemoiselles. C'est une joie de vous rencontrer enfin. J'espère que le trajet en bateau s'est bien passé et que vous avez pu vous installer dans votre appartement. »

Il s'assit à côté d'elles, et parut s'abîmer un instant dans la contemplation des vagues.

« Tout cela doit vous sembler étrange, n'est-ce pas ? Cette île... le quartier des bureaux, les habitations toutes identiques, tous ces gens qui se ruent ici sitôt leur journée de travail terminée. Ce ciel magnifique...

— Et cette fumée, au loin. »

Darril eut un petit rire triste.

« Celle des usines. Oh, c'est extrêmement bien fait. Des ventilateurs gigantesques renvoient toute cette fumée loin d'ici, au-dessus de la mer et vers d'autres continents. Le monde entier peut crever, tant qu'ici c'est le paradis.

— C'est bien pour ça que nous sommes là, non ? répliqua June. Pour que ça cesse. »

L'expression du visage de Darril se durcit.

« Vous êtes là pour travailler pour Maven Corp. Rien d'autre. Ne pensez pas que votre simple présence changera quoi que ce soit. Tout ça, c'est un processus long, complexe, et l'impatience est le pire des défauts. »

Face à leur air interloqué, Darril se radoucit.

« Dans un premier temps, je vais vous demander de faire des recherches. De noter comment fonctionne l'entreprise, la société de l'île, tout ce qui peut vous paraître étrange, décalé, choquant... N'hésitez pas à aller le plus loin possible dans vos recherches. Vous êtes intelligentes, vous saurez faire les liens qu'il faut. Ce que nous cherchons à compiler, ce sont toutes les défaillances de Maven, mais elles ne vous apparaîtront pas en un jour. D'où la patience. Et la confiance que vos employeurs pourront avoir en vous. Vous êtes nombreux à être infiltrés, mais vous ne saurez pas qui est dans le camp de qui. Ne faites confiance à personne, ne dites rien de personnel, écoutez, hochez la tête, et travaillez en silence. Ne vous faites pas d'amis, mais ne soyez pas fermées non plus. Cordiales et prudentes. Et surtout, notez, notez, notez. »

Les filles acquiescèrent. Darril glissa un regard vers le carnet apporté par Mila.

«Mais ne notez pas sur des supports sur lesquels on pourrait tomber facilement. June, débrouille-toi avec tes connaissances en informatique. Ou retenez tout par cœur, peu importe mais je ne vous laisserai pas commettre d'imprudence. Nous sommes des centaines. Si l'un tombe, tout le monde tombe avec lui. Nous sommes tous et toutes responsables de la sécurité des autres. Nous sommes là, mais nous sommes invisibles. Et quand le monde s'ouvrira, nous rentrerons chez nous avec ce secret bien caché au fond de nos cœurs.»

Darril s'interrompit le temps qu'un groupe passe devant eux, mais lorsqu'il se fut éloigné, il sembla ne plus rien avoir à dire. Une mélancolie, une sorte de colère, s'était emparée de lui.

«C'est entendu, dit Mila, espérant relancer la conversation. Nous serons prudentes. Y a-t-il autre chose que nous...

— Pas prudentes, la coupa-t-il. Invisibles.» Il se leva et leur serra la main à nouveau. «Je vous contacterai.»

Et il s'en fut comme il était arrivé, se fondant dans la masse. Les filles échangèrent un regard, abasourdies.

*

Il le regarde depuis de longues minutes. Il est immobile, sa peau nue est sabrée de griffures, son cou porte les traces de son étranglement. Son visage est caché. La fumée d'une cigarette s'évapore au-dessus de ses boucles brunes. L'homme approche sa main, mais la retire avant qu'elle n'effleure une plaie. Il a l'impression de faire quelque chose de mal.

Alors il se lève, enfile son blouson et se racle la gorge. Pas de réaction. Ce dos, ce cou, ces épaules... Les mordre. Y enfoncer ses ongles. Les griffures sont les siennes, et cela le rend fou qu'elles ne saignent pas davantage.

Il tousse. Cette fois l'autre réagit en se laissant tomber en arrière sur le lit, des mèches devant les yeux. Puis il tourne son visage vers l'homme debout à l'autre bout de la pièce. Il le fixe et tire lentement sur sa cigarette. Lorsque la fumée sort de sa bouche en effleurant ses lèvres, l'homme éprouve une violente pointe de désir, qu'il réprime en fouillant dans ses poches.

Le jeune homme le fixe. Son regard est opaque. Son visage d'une beauté presque irréelle ne dit rien de lui-même, d'ailleurs depuis qu'ils se sont rencontrés il a à peine parlé. Tout juste gémi, mais quel gémissement... L'homme est électrisé.

L'autre ne le quitte pas des yeux. Son regard est insoutenable. L'homme devient nerveux. Mis à nu. On peut lire ce qu'on veut dans ce visage qui nous renvoie notre propre reflet.

Le jeune homme se rassied. Il écrase sa cigarette dans un cendrier qui traîne au bas du lit. L'homme pense encore à se jeter sur sa nuque et à la lui déchiqueter avec les dents.

À la place, il sort de sa poche une liasse de billets.

« Je mets ça où ? »

Il trouve sa voix grossière. Le jeune homme libère sur son visage un demi-sourire splendide. Il lui désigne la table de nuit du menton. L'homme pose maladroitement les billets, puis se dirige vers la porte avant de faire demi-tour. Il se met à rire, pas que ce soit vraiment drôle mais c'est cela qui lui vient.

« Tu..., commence-t-il. Je veux dire, tu as déjà plus d'argent que la plupart des gens de ce monde. Plus que moi, même.»

Il désigne vaguement les billets d'un large geste, puis la pièce.

« Pourquoi tout ça ?

— Vous pouvez partir maintenant.»

L'homme ressent un chatouillement dans la poitrine. Ce vouvoiement le terrifie, mais moins que ce qu'il s'apprête à dire, parce qu'il le pense et qu'il est à deux doigts de...

« Tu es tellement beau que j'ai envie de te tuer.»

Le gamin se tourne vers lui et le regarde.

« Je sais.»

La sonnerie du téléphone de l'homme retentit, les ramenant brutalement à la réalité, loin du moment hors du temps qu'ils venaient de vivre. Temel lui proposa de répondre, mais l'homme haussa les épaules. Temel se leva, enfila un pantalon de jogging et quitta la pièce sans un mot. L'homme entendit ses pas dans l'escalier. Des éclats de voix.

Il remonta la fermeture éclair de son blouson et descendit à son tour. Sur l'écran plat du salon se tenait une femme d'une quarantaine d'années, en tailleur impeccable, qui le jaugea du regard lorsqu'il se montra.

« Je ne savais pas que tu avais de la visite.»

Sa voix claqua dans l'air. L'homme bégaya :

« J'allais partir.»

Le photographe lui proposa de l'accompagner jusqu'à la rue. Plus par politesse, sembla-t-il, que par réelle envie. L'homme refusa. Piétinant dans l'encadrement de la porte, il s'apprêta à s'en aller mais Temel le rattrapa doucement par la manche. L'homme frissonna.

«On se revoit?» demanda-t-il.

Et il parut, pendant une fraction de seconde, craindre vraiment que ce soit leur dernière rencontre. L'homme sentit sa gorge se serrer de honte.

«Je t'appelle.»

Temel hocha la tête et referma la porte.

«Sérieusement, tu ne peux pas en choisir parmi ceux de ton âge? s'écria la femme à l'écran. Ce n'est pas ça qui manque chez Overnight. De jeunes artistes talentueux, sexy, tous prêts à t'aimer...»

Le photographe passa devant elle sans répondre. Elle vit les traces sanglantes dans son dos, et les bleus qui commençaient à se former autour de son cou. Elle tentait de normaliser les relations du jeune homme, lui laissant croire qu'elle pensait qu'il s'agissait de relations d'amour. *Qu'as-tu vécu pour que ce genre de relations soient les seules qui t'intéressent?* Dix ans après leur première rencontre, elle n'avait toujours pas la réponse. Naïvement, elle avait cru que ces hommes qui lui avaient fait du mal quand il était enfant étaient restés dans son passé.

À cause de ce passé, justement, le jeune homme ne souhaitait pas exposer son visage sur les réseaux sociaux. Il craignait de créer un chaos incontrôlable autour de sa beauté. Il avait raison, son corps était source de danger pour lui. Mais cela rendait difficile la fidélisation du public à son travail, tous ces internautes qui avaient besoin de suivre des personnes dont ils voyaient le visage, le lieu d'habitation, les repas. Certains doutaient de l'existence du photographe, et cela donnait beaucoup de travail supplémentaire à Clarisse.

Temel revint, un tee-shirt sur le dos, et se laissa tomber sur le canapé en face de l'écran. Il alluma une cigarette. Il était épuisé, des cernes noirs autour de ses yeux d'un vert transparent. Il n'avait pas particulièrement envie de parler à Clarisse, ni de penser à ce qui venait de se produire avec cet inconnu. Il avait l'habitude, mais il y avait toujours cette tache tenace de honte sur son âme. Il rêva un instant à une relation simple, égale, sans échanges symboliques d'argent ni violences en tout genre, et se dit que ce ne serait pas demain la veille.

« Tu disais ?

— Passons, soupira Clarisse. Alors, cette ville d'hologrammes ? Il paraît qu'elle est tout à fait terrifiante !

— J'ai l'habitude des villes qui ne parlent pas.

— Et les photos ? »

Un sourire contenu apparut sur le visage de Temel.

« Je vais bientôt pouvoir te les montrer. J'ai particulièrement travaillé l'espace négatif dans cette série. C'est ce qui me semblait le plus en accord avec la matière de la ville. Ça donne comme une sorte d'univers pas encore découvert. On ne comprend plus où sont le bas, le haut... Tu verras celles avec les hologrammes, on se croirait dans mille ans. » Il fit une pause. « Merci pour m'avoir permis d'y accéder. »

Clarisse eut un sourire humble.

« Mais, je ne sais pas, continua-t-il. Il y a quelque chose qui me déplaît.

— Je suis sûre que les choses vont s'éclaircir d'ici peu. »

Temel serra les mâchoires. Clarisse continua.

« J'ai d'autres projets à te proposer. Des gros contrats. Pas forcément aussi chouettes que les hologrammes, mais tu es tellement doué, tout le monde te veut. Tu as énormément d'opportunités. Très bien payées, tu t'en doutes.

— Tu n'auras qu'à m'en reparler quand j'aurai terminé de travailler sur cette série.

— Je suis contente. Cela faisait longtemps que tu ne t'étais pas autant impliqué dans un projet.

— Ce n'est pas ça...

— Je sais. Tu t'attendais à tout autre chose en arrivant sur l'île. Mais regarde, ça t'a plutôt bien réussi, non ? Tu vis de la photographie, c'est le principal. Et nous réussissons encore à préserver ton anonymat. »

Il éprouva le malaise habituel. Il n'avait jamais imaginé cela pour lui-même. Il ne s'était jamais dit qu'il pourrait quitter son pays et il avait soudain eu la chance de pouvoir rêver plus grand et de ne pas être réveillé en pleine nuit par une pluie de bombes. Cela aurait dû l'emplir de joie, mais tout s'était tu. Les siens continuaient de mourir, et lui portait le poids d'une dette envers le monde.

Ce qu'il ressentait chez lui quand il photographiait, l'impression d'être au bon endroit, au bon moment, ne lui arrivait plus ici. Il se laissait guider à l'aveuglette par son agent, d'un projet à un autre, et cherchait l'homme qu'il était après avoir éteint son appareil, à chaque prise de risque et chaque abandon de soi, repoussant de plus en plus ses limites au fil de nuits étranges. Mais il ne se croisait au détour d'aucune tentative. Enfant, sa mère l'avait changé en fantôme pour sauver sa peau, et désormais il ne savait que faire de sa peau retrouvée.

Au bout de quelque temps, il acquiesça et coupa la communication. Clarisse disparut et l'écran s'éteignit.

*

La plage était éclairée par la lumière filandreuse des étoiles. Les deux sœurs marchaient en rasant les rochers, espérant passer inaperçues. Habillées du même tee-shirt au logo de Maven Corp, elles avaient également passé un sweat, sans mettre la capuche. Mila pensait qu'elles seraient moins suspectes en gardant leurs habits de tous les jours, mais June avait insisté pour porter quelque chose qui pourrait dissimuler leur identité. Ne pas marcher en plein milieu de la plage déserte semblait être également une bonne solution.

« Ici les saisons n'existent pas, chuchota Mila en jetant un coup d'œil vers le ciel. Tu as vu, l'automne aurait dû laisser place à l'hiver, mais c'était déjà l'été quand nous sommes arrivées. Et c'est toujours le cas. »

Elles parvinrent à la crique indiquée par Darril. Il avait multiplié les précautions pour leur fournir les coordonnées GPS, à tel point qu'elles avaient failli ne pas comprendre qu'il s'agissait d'un rendez-vous. La crique se trouvait à la limite de la plage appartenant encore à Maven Corp. Elle était déserte, résonnait seulement le clapotis des vagues.

Elles crurent un instant s'être trompées d'endroit. Mais la silhouette de l'homme se découpa derrière un rocher et il leur fit signe d'approcher. Avant qu'elles aient pu dire le moindre mot, il leur posa un masque sur le visage et remit le sien. Puis ils s'enfoncèrent dans l'obscurité d'une grotte, utilisant la lampe torche de Darril qui leur avait bien précisé de ne pas emporter leur téléphone portable, géolocalisation oblige.

Après avoir bifurqué dans quelques galeries, ils débouchèrent dans une vaste salle au plafond rocheux d'où pendaient des stalactites. La température devait à peine dépasser dix degrés. Au loin, on entendait le bouillonnement d'une source souterraine. Des torches électriques étaient posées çà et là, fragmentant les ombres immenses sur la roche humide.

Un groupe de gens était déjà là. Tous étaient masqués et, semblait-il, frigorifiés. Mila claquait des dents. Elle saisit la main de sa sœur et la glissa avec la sienne dans sa poche, espérant partager ainsi un peu de chaleur. June lui lança un regard rayonnant de son sourire.

Darril les abandonna pour se diriger vers les autres. Les filles espérèrent un instant être présentées, mais ce n'était visiblement pas prévu. Les minutes passèrent, et de nouvelles personnes, arborant le même masque qu'elles, commencèrent à affluer. Enfin, lorsque le groupe parut stabilisé, Darril prit la parole.

« Bonsoir à toutes et à tous. Merci de vous être déplacés. Si je pouvais, j'allumerais le chauffage, mais... »

Il y eut quelques rires.

« Je pense que notre réunion mensuelle peut commencer. Qui souhaite commencer ? »

Une main timide se leva et un jeune homme vint se placer à côté de Darril.

« Bonjour. Le souci que j'aimerais partager ici ce soir est celui du temps. Suite à un départ, je travaille maintenant près de onze heures par jour. Je suis des fois tellement absorbé par les tâches que me donnent mes supérieurs que j'en oublie notre objectif premier. En rentrant le soir, je ne trouve pas la force de faire autre chose que regarder la télévision.

— Classique, lâcha Darril. Ils vous épuisent pour anesthésier votre esprit critique, puis vous abrutissent avec leurs émissions stupides. Vous devez résister à leur lavage de cerveau ! »

Le jeune homme hocha son visage de plastique.

« Tu ajouteras cela à tes recherches. C'est très intéressant, cette manière de nous épuiser de travail jusqu'à ce que plus rien d'autre ne nous semble digne d'intérêt. Il y a vraiment matière à réfléchir. Et bien sûr, l'irrespect total de ton contrat, qui stipule sept heures de travail par jour. N'oublie pas de le noter. Quelqu'un d'autre ? »

Le jeune homme retourna à sa place, les épaules basses. Pas sûr que cela ait vraiment résolu son problème, pensa Mila.

Une jeune femme s'avança. Elle avait d'épais cheveux noirs bouclés et des yeux du même noir profond sous de longs cils ourlés. Elle se tenait droite, bien campée sur ses jambes, et le silence se fit lorsqu'elle se mit à parler.

« Bonsoir. Je voudrais d'abord rebondir sur le problème de monsieur. Parce que, franchement, Darril, tu es là pour lui donner des conseils, mais tu ne le fais jamais. Alors voici le mien : souviens-toi. Souviens-toi de la raison pour laquelle tu as voulu venir ici, de ce qui t'a poussé à tout abandonner pour rejoindre Maven, pourquoi les faire tomber est ce qui t'importe le plus. Il faut de l'énergie pour mener une double vie. Et nous sommes tous épuisés. Mais notre cœur a raison, et c'est lui qu'il faut suivre. »

Le groupe applaudit. Darril leva les yeux au ciel.

« J'ai maintenant quelque chose à raconter, qui – ne t'inquiète pas Darril – ne nécessitera aucune réponse de ta part. »

Ils éclatèrent tous de rire. June la regardait avec attention.

« D'ailleurs, j'ai réussi à filmer une bonne partie de la scène. Darril, je t'enverrai la vidéo, tu me diras si tu peux en faire quelque chose ou pas. Je vais vous dire où je travaille, parce que qu'est-ce que ça change ? Je travaille dans l'une des usines. Avant-hier, ils ont eu besoin de bras sur le port. Je me suis proposée. On nous a fait attendre jusqu'à ce qu'un navire immense apparaisse. Ils avaient besoin d'aide pour le décharger. Nous sommes montés à bord et nous avons suivi les marins dans l'une des cales. Vous ne devinerez jamais ce qu'il y avait à l'intérieur. »

Elle fit une pause, bien décidée à ne pas ménager son auditoire.

« Des centaines et des centaines de palmiers. Pas des palmiers entiers, seulement le haut, avec les noix, celles que

Maven Corp utilise pour fabriquer certains de ses produits. Ils ont fait parvenir récemment à la presse un communiqué indiquant qu'ils s'engageaient à inventer sur l'île un nouveau mode de production, sans huile de palme. Ce n'est pas ce que j'ai pu observer.»

Nouvelle pause, laissant aux autres le temps de réagir.

Quand elle reprit, elle paraissait plus vulnérable.

«Enfin. Nous avons commencé à décharger les arbres. Mais une odeur nous a vite pris à la gorge. Pas une odeur végétale. Une odeur de putréfaction. Et petit à petit, nous nous sommes rendu compte qu'il n'y avait pas seulement des palmiers dans la cale. Il y avait aussi toute la faune qui vit habituellement dans la forêt. Et en déchargeant les arbres, nous déchargions aussi des cadavres d'oiseaux, d'orangs-outans, d'autres petits singes et d'insectes.»

Sa voix se chargea de colère.

«Nous avons entassé les orangs-outans sur le port. Il y en avait des dizaines. Des bébés comme des adultes, qui semblaient avoir subi avant de mourir l'impact des pesticides. Leur peau était à vif pour certains, les poils complètement brûlés. La plupart étaient mutilés. On avait coupé queues et pattes en même temps que l'écorce. Certains troncs étaient maculés de sang. Quand nous avons eu fini de décharger le cargo, il ne restait plus que les animaux morts sur le port. Nous ne savions pas quoi en faire. Alors nous les avons jetés à la mer. Qu'est-ce qu'on pouvait faire d'autre ? Nous avons vu leur fourrure flotter un instant, dans un ultime espoir, avant de couler, mais les plumes bleues, rouges, vertes des oiseaux dérivaient à la surface. Puis nous sommes retournés travailler. Nous avons ravalé notre envie de vomir et nos larmes. Moi, en tout cas. Et tu vois, toi qui n'as plus le temps de lutter, moi, c'est pour ça que je suis là.»

Un silence de mort accueillit la fin de son récit. Certains lui posèrent une main chaleureuse sur l'épaule quand elle retourna à sa place. June écrasait les doigts de sa sœur dans les siens.

Darril se racla la gorge. Quelques autres passèrent et reçurent des conseils, puis vint le moment pour tous de rentrer.

June et Mila décidèrent de profiter un peu de la baie déserte et s'attardèrent sur le sable. Les autres s'étaient déjà éloignés, le masque toujours collé sur le visage. Darril et la jeune femme qui avait pris la parole s'entretenaient à l'entrée de la grotte. Leur discussion semblait houleuse. Finalement, Darril s'en alla. Et la jeune femme rejoignit les deux sœurs. Elles regardaient la mer avec un œil nouveau, funeste, imaginant les animaux mutilés engloutis par les vagues.

«Vous êtes nouvelles, pas vrai?»

Mila et June acquiescèrent.

«Bienvenue! Je ne vous garantis pas d'être tombées dans l'endroit le plus sain du monde, mais bienvenue!»

Elle éclata de rire. Les sœurs auraient bien aimé voir le visage de la seule personne qui semblait les accueillir avec chaleur depuis leur arrivée. Mais Darril leur avait bien précisé que cela pouvait mettre en péril tout le plan. Elles échangèrent quelques banalités et, lorsque Mila remarqua qu'elle ne faisait pas partie de la conversation, elle décida d'aller explorer les environs.

La nuit était plus profonde encore. La lune se reflétait sur les vagues, déposant une brume pâle à l'horizon. Mila entreprit d'escalader les rochers qui encerclaient la crique. Elle agit avec concentration. Elle utilisa les arbres comme prises et ne tarda pas à atteindre la forêt qui surplombait la plage et qui devait donner, de l'autre côté, sur l'autoroute. Une fois au sommet, elle s'adossa à un tronc et regarda les silhouettes minuscules de sa sœur et de l'inconnue. Elles semblaient rire, à quelques centimètres l'une de l'autre.

Face à elle, la mer s'étalait à perte de vue. Difficile de discerner le continent. Elle ferma les yeux, se remémorant ce qu'elle avait entendu lors de la réunion. Si elle souhaitait s'en aller, il lui faudrait traverser une mer pleine de cadavres. Mais elle ne souhaitait pas partir. Elle était là parce qu'il le fallait.

Lorsqu'elle rouvrit les yeux, elle remarqua une silhouette, perchée elle aussi sur les rochers, une centaine de mètres plus bas : capuche sur la tête, avant-bras posés sur ses genoux pliés, le reste disparaissait dans l'ombre. Prise d'un élan qui ne lui ressemblait pas, Mila se leva et s'approcha. Elle aussi avait envie qu'on la rencontre.

Elle ne mit que quelques minutes à rejoindre l'individu, qui garda la tête ostensiblement baissée lorsqu'elle s'assit à côté de lui. Elle n'avait pas pensé agir avec autant de familiarité, mais c'était cela qui lui était venu.

« Euh, salut, hasarda-t-elle. T'as du feu ? »

Je suis bête, j'en ai, du feu, songea Mila. La silhouette fouilla dans sa poche et lui tendit un briquet sans même la regarder.

« Et une cigarette ? » osa-t-elle.

Un éclat de rire s'échappa de la capuche baissée. Il lui tendit son paquet, et elle put alors remarquer qu'il portait lui aussi un masque. Ce n'était pas un masque en plastique blanc comme les membres de son groupe, mais un masque souple en cuir. Appartenait-il au groupe ? Ou à un autre groupe, ennemi peut-être ? Impossible à demander.

« J'espère que tu n'as besoin de rien d'autre, dit-il. Parce que je n'ai rien d'autre. »

Elle alluma une cigarette et lui rendit ses affaires en s'excusant. Il rit, et elle avec lui. Elle aurait dû, mais elle ne bougea pas. Il avait étendu l'espace qui lui appartenait pour l'accueillir à ses côtés.

Ils restèrent un instant en silence, les yeux dans le vague, profitant du plaisir nouveau et inattendu d'être en compagnie l'un de l'autre. Puis il tourna la tête vers elle et la regarda droit dans les yeux. Elle put lire dans son regard vert un certain étonnement, tandis qu'il se repliait légèrement sur lui-même.

« Pourquoi es-tu masquée ?

— Tu l'es aussi, non ?

— Mais moi ce n'est pas pareil.

— Pas pareil que quoi ? »

Il haussa les épaules et avisa le logo sur son sweat.

« Qu'est-ce que tu fais chez Maven Corp ?

— Je m'occupe de réfléchir à de nouvelles façons de rédiger des articles sur leur site Internet. En stage. Et toi ?

— Je bosse pour Overnight. Je fais des photos.

— Oh, je suis donc en présence d'une star, le

taquina-t-elle. Tu dois être très bon pour avoir pu entrer là-dedans. Je veux dire, ce sont les plus grands qui travaillent avec Overnight. Peut-être même que je te suis déjà sur les réseaux !

— Crois-moi qu'ils le savent, qu'ils sont bons, sourit-il.

— Et toi, tu le sais ?

— Je ne crois pas à tout ça. Ces gens n'ont de la valeur que parce qu'on leur en donne. Moi aussi, bien sûr. Mais j'aimerais continuer à en avoir le jour où tout le monde me tournera le dos.»

Mila acquiesça. Ils fumèrent longtemps, le masque de Mila à moitié relevé. Ils partageaient la dernière cigarette comme si c'était une vieille habitude entre eux, mais lorsque leurs doigts s'effleuraient, ils étaient intimidés comme des enfants. Chaque mouvement était prétexte à capter l'odeur de l'autre ou à grappiller la découverte d'un nouveau millimètre de peau.

Temel profitait du soulagement de pouvoir interagir sans que son visage et son corps comptent, parce que ceux de l'inconnue ne comptaient pas non plus. Il éprouvait une égalité parfaite entre eux due à l'anonymat, une sincérité rare, et le poids dans sa poitrine semblait s'alléger.

Lorsque Mila entendit sa sœur crier son nom, elle s'excusa de devoir s'en aller, et il se leva à son tour. Il eut soudain honte des bleus dans son cou. Mais pouvait-elle les voir dans le noir ?

Elle ne lui demanda pas d'enlever son masque. Il aurait bien aimé qu'elle retire le sien.

*

Journal de Mila
Jour 57 – Ce que je ne peux pas écrire

«L'île est un pôle d'innovation et de création. Maven Corporation y a trouvé sa place après avoir prouvé durant de longues années son importance dans les sociétés du monde entier. Nos équipes sont implantées dans soixante-quinze pour cent des pays du monde pour assurer la partie production et distribution de notre entreprise. Cela nous permet, sur l'île, de nous consacrer entièrement à la tâche qui nous incombe: le futur.

Ici, nous réfléchissons aux produits et aux normes de demain. Nous observons. Nous analysons. Nous inventons. Nous mettons les cerveaux les plus performants au service de la cause la plus noble: l'alimentation de demain, à un prix abordable pour la planète entière. Nous nous appuyons sur une technologie de pointe et partageons l'île avec d'autres entreprises. Nous mettons en commun nos expériences et nos savoir-faire.

Sur l'île, notre secteur se divise en plusieurs espaces. Les bureaux accueillent les penseurs et les visionnaires, qui travaillent dans plus de cent branches différentes, depuis la recherche sur les différentes cultures mondiale, et ce que Maven Corporation peut leur apporter, jusqu'au marketing de nos produits. Nous disposons entre autres d'une digital factory, qui permet la rencontre des compétences et leur émulation, ainsi que la valorisation de nos acteurs de l'informatique. Un espace est également réservé à nos usines, utilisées pour créer et tester nos nouveaux produits. Enfin, nos employés ont le plaisir de vivre dans notre quartier d'habitations et jouissent, en plus d'appartements confortables, d'une base de loisirs, de terrains de football, de cinémas, de restaurants... et, bien sûr, d'un accès direct à la mer.

Maven Corporation a réussi à se distinguer en créant dans son secteur une ville d'hologrammes. Nos managers disposent d'hologrammes personnels, qui les soutiennent dans la réalisation de leurs missions et vivent en harmonie dans une ville faite de verre...»

Bien sûr, nous ne dirons rien dans cet article des catastrophes écologiques que nous engendrons ni des atteintes aux droits humains que nous commettons. Nous ne dirons rien de ce que nous faisons des millions de dollars qui passent entre nos mains chaque jour ni du contrôle que nous exerçons sur les décisions politiques, sur nos employés et sur les consommateurs de nos produits.

Mais les Invisibles rôdent, et ils feront éclater la vérité tôt ou tard. Alors nous tomberons de notre piédestal!

Bon, il semblerait que je m'égare. Il est 21 heures. Je suis toujours au bureau parce que je bloque sur la fin de cet article, que mon chef m'a demandé de rédiger pour leur site Internet. J'ai dû appeler le service de livraison de repas pour pouvoir dîner. Plus le temps passe, moins je profite de toutes les choses fabuleuses qui sont à ma disposition dans le quartier des habitations. À en croire le silence inquiétant des terrains de football et le clignotement désespéré des néons des cinémas déserts, je ne suis pas sûre que beaucoup d'employés en aient profité un jour. Mais bien sûr, nous n'en parlerons pas ici.

*

Amélia le trouva dans sa cuisine, dos à elle face à la fenêtre, contemplant son jardin luxuriant au milieu duquel scintillait un lac artificiel. Elle trouvait les piscines trop banales.

Il avait fait irruption chez elle par surprise. Elle avait à peine eu le temps de se recoiffer et avait descendu les trois étages pieds nus, excitée comme une enfant aux lèvres poudrées. Elle connaissait la légende, et ses mains tremblaient. Serait-elle assez belle pour lui ?

« Je ne t'attendais pas aujourd'hui. Ton agent avait dit au mien que… »

Il se retourna tranquillement, posant sur elle un regard froid. S'il ne parut pas impressionné par la jeune star, elle, en revanche, le fut instantanément. Les rumeurs avaient menti : il était encore plus que cela.

Amélia posa ses coudes sur l'îlot central de la cuisine et prit un air mutin. Elle imaginait déjà le nombre de vues qu'elle ferait si elle postait une photo d'eux ensemble sur les réseaux sociaux. S'ils collaboraient, devenaient amis ou même plus. On l'admirerait d'être celle à qui il laissait voir ce visage qu'habituellement il cachait. Elle se démarquerait à nouveau des autres actrices de l'île.

« Alors, dis-moi, pourquoi ne pas avoir attendu le rendez-vous fixé ? Trop pressé de me rencontrer ?

— Je vais être clair, répondit Temel. Ton projet ne m'intéresse pas. Mais mon agent ne lâchera pas l'affaire. Alors j'ai besoin que tu me convainques. »

Amélia se redressa, fit le tour de l'îlot et prit son courage à deux mains pour se planter face à lui. Elle observa le dessin tatoué sur le pavillon de son oreille gauche, la boucle d'oreille à son lobe droit et ses longues boucles à peine coiffées. Son regard glissa de ses yeux somptueux à ses lèvres, frôla le contour de sa mâchoire mate. Les bleus dans son cou. Elle ne put réprimer une moue. Félin, il s'appuya contre le plan de travail.

« Et qu'est-ce qui ne te plaît pas ?

— Toi. Tu es actrice. Pourquoi cette soudaine envie de faire un roman-photo ?

— Je grandis. Je ne vois plus les choses de la même...

— Tu t'emmerdes. Comme les autres, comme moi. Tu es pratiquement la seule actrice qui compte, mais tu as quoi ? Vingt ans ? Et tu sais déjà que tu es prise au piège. Ce que tu fais ne t'intéresse même plus, si tant est que tu y aies trouvé du plaisir un jour. Et maintenant, tu essaies de coller à ce qu'on attend de toi sur cette île, d'élargir ton champ de compétences, ton expérience, parce qu'au fond, tu as déjà tout, et ça te rend vide. Et tu sais que tu ne pourras jamais rien avoir de plus. Tu ne sens pas comme tu étouffes ? »

Il posa une main sur le cou de la jeune fille et serra légèrement. Ce geste lui était venu d'un besoin soudain de violence, car elle ne faisait rien pour cacher son émoi.

Elle éclata de rire et se dégagea, reprenant sa position derrière l'îlot, s'y appuyant pour faire passer le trouble de ses doigts sur sa peau. Quelque chose commençait à monter dans son ventre. L'ambiance était électrique, et Temel attendait sa réponse.

« Bon, d'accord. Peut-être que je m'ennuie ! »

Elle écarta les bras en riant, s'avouant vaincue. Puis elle enchaîna :

« Cela dit, la question n'est pas tant de savoir pourquoi j'ai cette idée de roman-photo, mais si tu acceptes d'en être le photographe. Je ne me voyais pas demander à quelqu'un d'autre. Ton travail me touche vraiment. »

Temel haussa un sourcil. Amélia se sentit soudain envahie d'une grande lassitude. Pourquoi n'était-ce pas aus-

si simple que d'habitude ? Un échange de compliments, un peu de flirt, et on tombait d'accord.

« Si ça ne t'intéresse pas, je ne te retiens pas. Mon agent contactera la tienne pour l'annulation du contrat. »

Elle fit volte-face et se dirigea vers l'escalier. Temel alluma une cigarette. Il regarda Amélia monter l'escalier, disparaître, puis redescendre avec dans les yeux une lueur nouvelle, ses pieds nus pesant plus lourd sur les marches en marbre. Elle se dirigea vers la cave à vin, sortit une bouteille et la déboucha.

« Bon. Ses parents disparaissent. Elle se retrouve seule dans une immense villa dans laquelle elle se perd. Un salon, deux salons, trois, les mêmes et en même temps pas tout à fait. Elle fouille, retourne les tables basses, les tiroirs, renverse le contenu des armoires sur le sol. Elle cherche le moindre indice. Peu à peu, une chasse au trésor se met en place, et elle ouvre la porte de la villa pour entrer dans le monde. Elle cherche la vérité de ses parents, c'est la sienne qu'elle trouve. Je t'ai dit que ça se passait au seizième siècle ? Elle suit leurs traces, ils sont morts, elle va mourir elle aussi. Clic, une photo d'elle le cœur transpercé. Clic, une photo d'elle en train de se battre. Clic, une photo d'elle...

— J'imagine que tu joues la jeune fille ?»

Amélia hocha la tête. Temel lui demanda de relever ses cheveux, de venir à la lumière, de se mettre de profil, là, c'est bien, avec le halo sur ta joue... La jeune femme retrouva son sourire, une sorte d'apaisement. Tout reprenait sa place. Il l'admirait, observait son corps à la lumière du soleil comme un bijou précieux, voyait en elle ses propres plans. Elle se laissa faire. Son regard heurtait sa peau, ses formes franches. Elle en fit même un peu trop.

« Je ne crois pas que tu correspondes au personnage » finit-il par dire.

Elle se figea.

« Sérieusement ? Tu n'as même pas lu le scénario et tu...»

La mine boudeuse, elle se tourna vers la fenêtre. Temel éteignit sa cigarette sous l'eau, la jeta et attrapa la bouteille de vin. Il était excellent.

Elle se tourna vers lui. Elle avait envie de poser ses lèvres sur les siennes, sur ses paupières et sur ses doigts. Elle voulait sentir ses hanches contre les siennes, le mordre jusqu'à ce que son sang coule dans sa bouche. Elle lui prit la bouteille des mains et but à son tour au goulot. L'alcool fit briller ses yeux.

Elle se laissa choir sur le carrelage, légèrement dépassée par la situation.

« De quoi as-tu peur si tu n'as pas le rôle principal ? » demanda-t-il finalement.

Elle eut un rire gêné et voulut se défendre, mais cela ne servait à rien de se dérober. Elle haussa les épaules et but, le regard vague.

« On dirait que tu sais déjà tout » murmura-t-elle.

Temel joua avec ses bagues, les passant d'un doigt à l'autre. En s'asseyant à ses côtés, il surprit son reflet déformé dans la vitre noire du four et détourna le regard.

Ils restèrent un moment silencieux, se passant la bouteille qu'ils finirent rapidement. La cuisine semblait immense à présent, eux trop jeunes. Des enfants bercés de lumière. Le vin leur délassa l'esprit, et ils échangèrent quelques banalités, joyeux.

Lorsqu'elle mit la main sur son bras, il la regarda de ses grands yeux pâles. Elle posa ses lèvres sur les siennes mais n'eut pas le courage de l'embrasser. Elle enfonça violemment les ongles dans sa chair et lui attrapa les doigts pour les poser sur l'un de ses seins. Lorsqu'il la repoussa, elle le gifla si fort que sa tête heurta le placard derrière lui. Il y eut un moment de flottement. Ils se regardèrent droit dans les yeux, aussi déstabilisés l'un que l'autre, ses yeux à elle s'emplissant de larmes. Il se releva et tituba jusqu'à l'îlot central. Il s'y accouda, frottant son crâne sous les boucles brunes.

Elle se leva à son tour, s'excusa avec effusion. La frustration qui lui avait fait perdre le contrôle les minutes précédentes se dissipa peu à peu. C'était une erreur, elle ne recommencerait plus, tout ce vin...

Temel quitta la pièce. Il l'entendit le suivre un instant. Une fois dehors, il composa le numéro de téléphone de Clarisse, mais n'attendit pas qu'elle réponde et raccrocha. Il savait déjà ce qu'elle allait lui dire.

Leurs pas résonnèrent sur le parquet ciré. Temel avait baissé les volets roulants de la porte vitrée. Les lustres en cristal ruisselaient de lumière. Il laissa Mila à l'entrée, le temps de parcourir la galerie au pas de charge, redressant les cadres sur les murs, modifiant l'intensité et le positionnement de certains projecteurs, soufflant sur des poussières imaginaires. Il grimpa à l'étage, redescendit en courant. Il se surprit à éprouver de l'appréhension, lui qui d'ordinaire ne s'intéressait jamais à ce qu'on pouvait penser de ses œuvres. Il s'essuya les paumes sur son jean et lui indiqua solennellement qu'elle pouvait commencer la visite.

Elle était habillée comme quelqu'un qui sort du travail, en jean et tee-shirt. Elle s'était arrêtée devant la galerie et avait hésité avant d'entrer, de peur de s'être trompée d'endroit.

C'étaient bien ses cheveux. C'étaient ses mains. C'était sa voix lorsqu'elle avait demandé s'il y avait quelqu'un. C'était son odeur. Et il eut l'impression, non pas de découvrir un visage qu'il n'avait jamais vu, mais de s'en souvenir. Il y avait cette gravité dans son regard, cette douceur dans ses traits, une sorte de candeur préservée. Une humilité. Elle n'aurait pu ressembler qu'à elle-même.

Il attendait à l'intérieur, déjà honteux de son visage à lui qui révélait le pire chez les autres, mais elle n'avait fait aucun commentaire, n'avait pas paru troublée, et Temel s'en sentait si soulagé qu'il peinait à y croire. Il craignait que cela ne dure pas.

Il lui avait donné rendez-vous bien après que la foule clinquante avait paresseusement fait le tour des lieux, écouté d'une oreille le discours inaugural de Clarisse et s'était enfin déversée sur le trottoir, coupes et petits-fours en main, sûre de ce qu'elle pensait de son travail sans s'en être approchée. Temel avait suivi cela de loin, et ses photos se déversaient maintenant sur les réseaux sociaux, se multipliant comme des monstres, finissant par appartenir à tous, sauf à lui.

Mila avança dans la gigantesque pièce. Elle s'arrêta devant chacune des photos. Elle découvrait une ville qu'elle n'avait encore jamais imaginée. Chaque cliché révélait quelque chose d'intime de cette cité absurde. Les angles étaient spéciaux, empêchant une reconnaissance immédiate. Était-ce une partie d'un bâtiment ou un miroir vide ? la surface d'un bassin ou l'horizon d'une rue ? Elle fit deux fois le tour du rez-de-chaussée. La seconde, elle regarda les photos de plus loin et remarqua que chacune d'elles semblait être le reflet plus profond d'une autre.

Lorsqu'elle eut terminé, Temel, qui fumait adossé au mur, tenta de déceler un avis sur son visage. Mais Mila se contenta de sourire avec mystère. Elle aimait son air soucieux, le froncement touchant de ses sourcils.

« Bon. Regarde maintenant. »

Il l'emmena dans un angle de la pièce qui offrait une vue sur toutes les œuvres. Il se figea, le regard droit, se déplaça de quelques centimètres et lui demanda de prendre sa place. De fermer les paupières.

« Ne bouge plus. C'est bon. Tu peux ouvrir les yeux. »

Mila ouvrit. Elle vit alors la Ville entière se déployer en trois dimensions. Les photos s'accolèrent comme les pièces d'un puzzle, comme si la Ville s'était matérialisée dans la pièce. Elle eut la sensation d'avoir plongé au cœur d'une rue. Les immeubles se dressaient autour d'elle, l'avenue continuait dans le lointain, elle pouvait presque toucher du doigt la fontaine à sa gauche. Elle y était.

Mais, lorsqu'elle bougea, la Ville s'effondra ; les photos perdirent ce lien invisible qui leur donnait un sens. Elle s'était trouvée, l'espace d'un instant, dans l'entremonde du temps, entre présent et futur, et c'était déjà terminé.

Elle se tourna vers Temel.

« C'est incroyable. Tu as créé quelque chose que personne ne peut saisir. »

Il haussa timidement les épaules et lui rappela qu'elle n'avait pas encore vu la suite.

L'étage était consacré à ses photos des hologrammes. Mila découvrit une armée transparente de travailleurs au sourire éclatant. Selon les angles, ils étaient mille ou un seul, compacts ou vaporeux. Une véritable vision de science-fiction qui lui fit froid dans le dos.

« Quel est le rôle exact de ces hologrammes ? demanda-t-elle.

— Ce sont des sortes d'assistants pour certains salariés haut placés de Maven Corp. Ils s'occupent des tâches administratives, passent certains appels...

— Peut-être qu'ils finiront par les remplacer, frissonna Mila.

— J'imagine que c'est l'idée. À quoi servent les humains, de toute façon ? »

Ils rirent, se rendant compte une fois de plus qu'ils se sentaient bien ensemble.

Elle poursuivit sa visite, à l'affût du moindre détail, sur lequel elle demandait des précisions. Quand elle eut fait le tour, elle avisa le globe terrestre sur le bureau du galeriste. Elle le fit tourner rêveusement, jusqu'à poser son doigt sur un pays du Nord.

« Je viens de là. Et toi ? »

Temel s'approcha et fit tourner le globe à son tour. Un pays du Sud, enclavé et meurtri. Il l'observa un instant, l'estomac soudain figé. Il posa son doigt dessus, et le pays disparut. Mila alla s'asseoir sur le bureau.

« J'espère que tu as encore ta famille.

— Oui, elle… Tu sais, j'ai tellement entendu dire que vivre dans mon pays était un enfer, que ça craignait, que personne ne pouvait s'en sortir, que je n'ai pas pris la peine d'y fixer des souvenirs. Il y a des choses qui me reviennent, mais ce sont les photos que j'y ai prises qui me raccrochent à sa réalité, à son atmosphère, à cette sensation que j'ai de la poussière sous le palais. »

Il avait parlé en fixant le globe. Il secoua la tête et vint s'asseoir à côté d'elle. Il dégageait ce parfum qu'il pensait avoir perdu, une odeur chaude de désert et de perle.

« Et toi, qu'est-ce que tu fais vraiment sur cette île ? » demanda-t-il.

Il l'avait si facilement cernée qu'elle en fut presque déçue. La sonnerie de son téléphone évita à Mila de mentir. Ils firent comme s'ils ne l'entendaient pas, jusqu'à ce qu'elle dise :

« Vas-y, je t'en prie. »

La sonnerie s'arrêta. Au-dehors, le quartier scintillait dans la nuit.

« Alors, dis-moi, qu'est-ce que tu fais là ? Et ne me réponds pas que tu réalises ton rêve de bosser pour Maven Corp. Ce n'est pas ce que dit ton regard.

— Je réalise mon rêve, commença Mila en prenant une grande inspiration, de faire tomber Maven Corp. Mais je ne peux pas t'en dire plus. »

Elle se maudit immédiatement. Temel n'insista pas.

« C'était vraiment l'enfer ? reprit-elle. Là-bas. »

Il haussa les épaules, joua avec ses bagues. Comme souvent lorsqu'on abordait la question de ses origines, ses oreilles bourdonnaient et ses lèvres se scellaient. Ému, peut-être.

« Les photos que tu y as prises, tu les as toujours ? »

Le photographe acquiesça, puis se leva et se dirigea vers le cliché accroché en face d'eux. Dos à Mila, il dit :

« Ce sont elles qui devraient être accrochées ici. Toutes ces conneries de ville fantôme, alors que chez moi les gens s'entre-tuent. C'est plus important, non ? Mais le monde a peur. »

Il resta immobile quelques secondes. Puis il décrocha le cadre et le laissa tomber par terre. Le verre, dans lequel était injectée la photo, explosa. Temel resta un instant les yeux rivés sur les éclats d'hologrammes, puis se tourna vers Mila. Il y avait une totale absence de peur dans son regard, qui le rendait plus beau encore, plus puissant. Il lui offrit un sourire malicieux. La jeune femme sentit plus fort dans son ventre ce tremblement qu'il provoquait en elle. Elle le regarda, conquise, ressentant la paix profonde d'être en présence de quelqu'un qui prendrait toujours l'autre sens de la vie. Celui qui compte.

*

Journal de Mila
Jour 88 – Impatiences

Sihem et June passent un temps incalculable ensemble, contournant complètement la règle mise en place par Darril. June revient de plus en plus enthousiaste de leurs rencontres secrètes, parce qu'elle est en train de tomber amoureuse. C'est d'ailleurs encore ce qu'a pu lui dire Sihem dont elle est en train de me parler.

Mila posa son stylo pour écouter sa sœur.

« Tu ne sais pas ce que Sihem m'a appris. Avant, l'île était un véritable pays, avec des habitants, des écoles, des commerces. Malheureusement très pauvre, avec peu de ressources, et, tu t'en doutes, un taux d'imposition et de taxation assez bas. Alors l'île a décidé d'attirer les entreprises pour renflouer ses caisses. Et c'est comme ça que cette idée de pôle d'innovation est née. Un appel à projets afin d'avoir plus de ressources pour se développer. Sauf que ce sont les entreprises qui s'y sont développées, et elles ont fini par chasser la population, qui a migré sur le continent, où personne n'a voulu d'elle. Les habitants vivent dans la misère la plus totale et ne peuvent même plus revenir ici. Mais l'affaire n'a jamais fait grand bruit. Ces entreprises pourraient donner assez de fric à tous les habitants de cette planète pour qu'ils se tuent et qu'ils leur laissent le monde entier comme terrain de jeu. »

Mila nota.

Maven Corporation, Beemix, Overnight Company et toutes les autres font des milliards de chiffre d'affaires par an. Ce n'est pas un secret. Ils aiment à s'en vanter.

Mais près de la moitié de ces bénéfices sont délocalisés sur l'île. C'est à ce moment qu'opère le flottement. Tout disparaît. On ne sait plus où va cet argent ni à quoi il sert. L'île devient opaque et ne laisse sortir aucune information. Secrets bancaires et secrets juridiques, tout un monde bien muselé. L'argent échappe aux administrations fiscales comme s'il n'avait jamais existé. L'île est un putain de paradis. Un paradis fiscal.

Ces entreprises utilisent les ressources et les services des États, mais ne contribuent pas aux dépenses d'intérêt général. Et les millions qui pourraient servir à améliorer la qualité de vie des populations, leur accès à l'éducation, aux soins et à l'indépendance, servent à améliorer le confort quotidien de dix personnes. Disons vingt. Qui n'ont objectivement pas besoin que leur confort soit amélioré.

« Il y avait combien d'habitants sur l'île ? demanda Mila en relevant la tête

— Je ne sais pas, répondit June. Mais la moitié a dû mourir en tentant de rejoindre le continent.

— Comment ça se fait qu'on n'en ait pas entendu parler ? On ne peut pas délocaliser une population entière sans...

— Mila. Maven Corp, Beemix et les autres sont les entreprises les plus puissantes du monde. D'un côté, elles ont étouffé l'affaire avec leur argent et, de l'autre, les personnes qui en ont vaguement entendu parler ont fermé les yeux. Parce que, comment tu te nourris si tu boycottes Maven Corp ? Eh bien, tu crèves. Et est-ce que tu as envie de crever parce que trois habitants d'une île que tu ne connais même pas se sont fait chasser de chez eux ? Et puis, avec toutes ces *fake news*, on n'est même pas sûr que ce soit vrai... Tu vois, elle est là, la vérité, Mila. Et on ne peut même pas leur en vouloir de penser comme ça. Parce que nous sommes des êtres humains, c'est tout. Juste des putain d'êtres humains.»

Toutes ces informations me donnent envie d'agir, évidemment. Mais Darril nous demande encore d'attendre. Je commence à m'impatienter. Mais je sais bien qu'il faut laisser le temps au temps.

Mila referma son carnet. Elle n'avait pas pu s'empêcher d'en tenir un, malgré les mises en garde de Darril et de June. Elle le gardait toujours sur elle et avait mis en place un système complexe d'abréviations pour rendre ses écrits incompréhensibles. Elle évitait quand même d'y parler de Temel. De sa façon de retenir un sourire qui creusait ses joues. De ses éclats de rire trop courts. Elle avait envie de l'absorber tout entier pour rayonner de ses démons et de sa lumière.

Elles entendirent le bruit de la porte d'entrée. Sihem les rejoignit dans la pièce et salua Mila avec chaleur. Puis elle enlaça June en l'embrassant dans le cou. Avisant le carnet de Mila, elle demanda :

« Qu'est-ce que tu écris ?

— Quelques notes sur la fiscalité douteuse de Maven Corporation et le fait que les entreprises aient chassé les habitants de l'île.»

Sihem, qui s'était assise à côté de June sur le canapé, passa une main dans ses épais cheveux bouclés, avant de préciser d'une voix douce :

«Quand les entreprises ont débarqué ici, elles ont racheté pour une bouchée de pain les champs et les forêts pour y construire bureaux, usines et habitations. La population locale a perdu ses moyens de subsistance et, petit à petit, a vu son espace se réduire à quelques préfabriqués de fortune au sud de l'île. Impossible de puiser de l'eau dans leurs propres rivières et sources car elles appartenaient désormais aux entreprises. Elle a donc été contrainte de migrer, il n'y avait plus rien pour elle ici. Maven Corp a passé des accords avec les sphères politiques du continent pour que la population soit accueillie à peu près décemment, mais évidemment ça ne s'est pas fait. Les entreprises n'ont pas veillé au respect de cet accord parce que le sort de ces gens n'était pas franchement une priorité.

— Alors ils sont tous partis ?

— Pas tous. Des indigènes vivent encore dans le sud. Ils travaillent à l'usine avec moi. Payés trois fois moins. J'ai d'ailleurs réussi à avoir le témoignage d'un des leurs. C'était bouleversant. J'ai hâte que l'humanité entière voie ça.

— Le dossier avance bien ? s'enquit Mila

— Plutôt bien, oui, sourit Sihem. D'ici peu, on pourra faire fuiter tellement de preuves que plus personne ne pourra fermer les yeux.

— Tu es bien sûre de ça ?» ricana June
Sihem haussa les épaules :
« Au moins, on aura fait ce qu'on peut.»

Sihem et June passent un temps incalculable ensemble, et June est de plus en plus sombre. Elle semble chaque jour comprendre de nouvelles choses, et ce qu'elle découvre la dégoûte. Son jugement et ses paroles se durcissent, la peine grandit au fond d'elle. Parfois je repense à l'époque où nous étions enfants, et je regrette l'insouciance de ma sœur. Mais l'insouciance devient peut-être un mirage dès lors qu'on ouvre les yeux.

*

Du port émanaient des effluves de poisson et de moteur. Il faisait plein soleil et Khaïm regardait l'eau scintillante clapoter contre les coques des bateaux. On s'affairait autour de lui, pêcheurs traînant des filets et touristes bruyants, et il préférait encore les regards de mépris à pas de regard du tout. On lui lança une pièce. Lorsqu'il tourna la tête, la personne était loin et l'avait déjà oublié. Un guide touristique lui signifia brutalement, dans cette langue qu'il ne comprenait pas, qu'il devait s'en aller. Et il se retrouva à nouveau à errer dans les rues, épuisé. Chassé de partout et sans rien à faire, Khaïm marchait toute la journée et se disait souvent qu'en mettant bout à bout ces kilomètres avalés, c'était comme faire le tour de la Terre.

Il y avait encore des habitants de son île qui tentaient de survivre comme lui dans cette ville portuaire, mais la majorité avait péri ou s'était frayé un chemin vers des villes plus clémentes, ou vers la capitale. Ses parents et sa sœur étaient restés ici avec lui, enchaînant des petits boulots qui ne leur permettaient pas de se payer de logement décent. Lui aussi travaillait de temps en temps, mais la langue de ce nouveau pays embrouillait ses pensées et le laissait sidéré, incapable de se mettre en mouvement. Il regardait ses interlocuteurs avec stupéfaction, et eux finissaient par se lasser.

« Tu dois apprendre leur langue », lui disait sa mère. Mais apprendre la leur signifiait pour lui renoncer à la sienne. Il était terrifié à l'idée de se retrouver coincé entre une langue inconnue et la sienne qui disparaissait, et de se réveiller un jour sans mots ni pensées, dans un corps muet. Aussi, à l'intérieur, était-ce un flot continu de paroles du matin au soir : il discutait avec lui-même pour s'empêcher de disparaître.

Après quelques minutes de marche vers le centre-ville, il décida de retourner au port, pris d'une émotion désagréable. Partout où il posait son regard, les choses et les gens lui paraissaient hostiles. Il se dirigea vers l'écran géant qui diffusait les horaires d'arrivée et de départ des bateaux, et reconnut le nom de son île. Il ne mit pas longtemps à trouver le bateau qui s'y rendait et resta un moment à le fixer. Il suffisait d'un glissement de cette embarcation sur l'océan pour qu'il retrouve ses arbres, ses plages et ses oiseaux. Ça ne pouvait pas être plus simple.

Il sursauta quand un homme d'une quarantaine d'années lui posa une main sur l'épaule. Il se dégagea vivement, prêt à fuir. Mais l'homme l'interpella dans sa langue, et ce fut une sensation soudain si familière que Khaïm chancela.

«Moi aussi, je viens de là-bas, dit l'homme avec chaleur. Nous sommes un peu frères, toi et moi. Et je sais que tu aimerais y retourner, pas vrai?»

L'homme était bien habillé, bien coiffé, mais il avait cette attitude de requin qui ne lâchera pas ce qu'il a mis trop longtemps à obtenir. Khaïm ne se souvenait pas de l'avoir déjà rencontré, pourtant son île était petite. Mais il acquiesça.

«J'en étais sûr! Eh bien sache qu'aujourd'hui est ton jour de chance, car tu vas pouvoir réaliser ton rêve.» Il arborait un sourire lumineux, qui contrastait avec la dureté de son regard.

«Je ne comprends pas, murmura Khaïm.

— Et si je t'offrais un verre en ville pour mieux t'expliquer?»

Je me rappelle, songea Khaïm, le chant des oiseaux au réveil, le soleil qui passe par la fenêtre ouverte pour chatouiller mes joues, et l'odeur de mangue dans la chambre de ma sœur, un soin pour les cheveux, et maman qui la gronde parce que les mangues ne sont pas faites pour les cheveux. Mais ma sœur a les plus beaux cheveux de l'île et je sais bien que c'est grâce à la mangue. Je regarde le jour s'ouvrir, l'océan au loin qui brille déjà, et je sais que c'est le plus bel endroit du monde. Parce que le sable est blanc, la mer turquoise, les arbres somptueux, et cette odeur d'éternel été. Mais aussi parce que c'est là que je suis né, que j'ai appris à parler et à penser, que j'ai regardé les soleils se coucher, que j'ai rêvé, échoué, aimé. C'est là-bas qu'est ma place.

*

Assis sur le toit de sa villa, Temel regardait sur son téléphone ses photos se répandre sur la terre entière, entre l'Italie, l'Inde et la Côte d'Ivoire. Des commentaires en soninké, en japonais, en arabe, en suédois. Des millions de vues, de partages, et d'avis non sollicités. Étonné comme à chaque fois, il se perdait dans la confusion de l'opinion publique.

« Alors ? »

Clarisse avait disposé un transat face au soleil et plissait les yeux devant l'écran de son ordinateur portable.

« Camila778 pense que je suis Dieu. »

Son nom et ses photos étaient partout, et son visage nulle part. Bon nombre d'internautes mettaient en doute la réalité de son existence et échafaudaient des théories rocambolesques pour rattacher son identité à celles d'autres personnalités connues.

« Est-ce qu'elle n'aurait pas un peu raison ? sourit Clarisse.

— Pas un seul habitant de cette planète n'a échappé à mes photos.

— Je n'ai jamais vu ça ! Vraiment ta meilleure série. J'ai eu un peu de mal à vendre ton triptyque, puisque tu en as cassé la pièce centrale, mais il faut croire qu'un diptyque marche aussi. »

Clarisse n'était pas restée fâchée longtemps pour la photo brisée ; les ventes aux enchères étaient spectaculaires et assuraient à l'agente un futur radieux.

« Je ne comprends pas, dit-il.

— C'est comme d'habitude, Temel, répondit-elle. Tu fais du travail de qualité et les gens le reconnaissent. C'est tout.

— Ils sont des millions.

— C'est impressionnant, je te l'accorde, mais c'est l'effet d'Internet. Que veux-tu ?

— La moitié d'entre eux pensent que je n'existe pas. »

Il alluma une cigarette.

« C'est l'effet d'Internet, répéta distraitement Clarisse. Que veux-tu ? »

Il y avait un tel écart entre la perception que Temel avait de lui-même et cette considération excessive qu'il en avait le vertige. Il se leva et s'appuya à la rambarde, le haut du corps penché dans le vide. Le bruit des touches se tut. Un nombre incalculable d'internautes parlait de lui en ce moment même, et lui n'avait plus l'impression d'exister. Ses parents aussi devaient être tombés sur ses photos. Cela le gênait profondément : était-ce pour des choses aussi futiles que des immeubles en verre qu'ils lui avaient octroyé le droit de vivre en paix ?

« Écoute, ce qui t'arrive est bien, ok ? Des millions de gens aiment ton travail. Il n'y a rien de gênant ou de triste à ça. Pourquoi t'entêtes-tu à tout prendre mal ?

— Je ne veux plus faire ça. »

Il se retourna et la fixa, superbe comme à son habitude, quelque chose de vacillant dans le regard. Sa boucle d'oreille brillait dans le soleil.

« Quand j'étais gosse, je photographiais des cadavres. Depuis que je suis sur l'île, je photographie des influenceurs, des scènes de cinéma, des produits pour des publicités. La plage ! Mais des photos de cadavres ou de plages, tu te rends bien compte que ce n'est pas la même chose. Tout ne mérite pas qu'on s'en souvienne.»

Clarisse figea sur son visage un sourire nerveux.

«Je comprends, répondit-elle avec prudence. Mais tu sais que ça ne marche pas comme ça. Comme n'importe quelle autre entreprise, Overnight vend des produits. Artistiques, certes, mais des produits. Et ils doivent correspondre aux attentes de nos clients. Il faut que les consommateurs, réels ou potentiels, nous suivent pour que nous restions les meilleurs. Ta série sur les hologrammes est exactement le genre de produits que nous vendons.

— Des millions de personnes se passionnent pour des photos de bâtiments, Clarisse. Ce n'est pas ce avec quoi j'ai envie de les faire vibrer.»

Clarisse se leva et posa son ordinateur sur le transat. Elle s'approcha de Temel avec douceur. Il croisa les bras à son approche. Son cerveau bouillonnait.

«Qu'est-ce que tu as en tête ? voulut-elle savoir.

— Je retourne chez moi. Photographier ce qui doit l'être.

— Pour le compte d'Overnight ?

— Pour le compte d'Overnight si cela me permet de diffuser mes photos et d'avoir la même audience. Sinon, pour mon compte. Ça ne me dérange pas de tout recommencer à zéro.»

Clarisse marqua un arrêt, observa le paysage à ses pieds. Overnight n'accepterait jamais. Était-elle en train de le perdre ? Elle se sentait aussi fragile que si un compagnon lui annonçait un beau matin qu'il ne souhaitait plus vivre avec elle. Cette sensation que soudain tout va disparaître, sans qu'on n'y puisse rien, mêlée à l'espoir solide que ce n'était qu'un malentendu. Il va dire qu'il plaisantait, vous sourire et passer le restant de son existence avec vous.

« Je vais voir ce que je peux faire », parvint-elle à articuler.

Temel acquiesça puis lui tourna le dos, se rappuyant à la rambarde.

« Et si Overnight dit non, tu restes ici. Et on continue à faire comme d'habitude. »

Elle avait dit cela sur un ton suppliant qui ne lui ressemblait pas. Temel se contenta de hausser les épaules. Elle n'avait plus aucune importance dans sa prise de décision.

*

Dans le ciel s'élevait sans interruption une fumée si épaisse que c'était comme évoluer dans de la gélatine. Elle s'échappait des longues cheminées plantées dans les bâtiments plats, blancs, vaguement high-tech. Ils s'étendaient sur des vingtaines de kilomètres, avec quelques arbres ironiquement replantés, après que Maven Corporation eut rasé la forêt qui se trouvait sur le terrain pour y bâtir ses usines.

« On ne se rend pas compte de l'importance des arbres pour le bien-être, physique et psychologique, des êtres humains », avait un jour dit en interview le CEO de Maven Corp. Hochement de tête conquis du journaliste, et des internautes derrière leurs écrans.

Le bruit des gigantesques ventilateurs, perchés sur le toit des usines, et qui tentaient de repousser loin de l'île cette fumée statique, était assourdissant. On se serait cru sur un tarmac.

Devant les portes blanc et or à l'entrée de la division d'Overnight Company, Mila dut appeler Temel pour qu'il donne aux militaires l'autorisation de la faire entrer. Leurs regards méfiants la suivirent jusqu'à ce qu'elle bifurque dans une rue perpendiculaire. Elle dépassa des villas somptueuses, des jardins si luxuriants qu'elle s'attendait à en voir sortir toutes sortes d'animaux. Arrivée à la grille donnant sur une grande allée bordée de pelouses, Mila croisa un homme en costume-cravate qui quittait visiblement la villa du photographe. Ils se lancèrent un regard appuyé, puis l'homme détourna les yeux. Mila se retourna une fois en montant les marches menant à la véranda, mais l'homme avait déjà disparu au coin de la rue.

Lorsque Temel vint lui ouvrir, il était sublime, malgré ses cernes et sa barbe de trois jours. Sa beauté ne semblait jamais connaître les habituelles variations auxquelles sont soumis les êtres humains. Il paraissait aussi physiquement immuable que s'il était figé sur l'une de ses photos.

Il offrit à la jeune femme un sourire timide et la fit entrer.

Des affaires de toute sorte traînaient çà et là dans l'immense salon, sur le canapé et le bar, les fauteuils et par terre : paquets de cigarette, pochons de drogue, livres ouverts et tirages photo. Pourtant c'était magnifique, une décoration raffinée et des couleurs luxueuses. Les fenêtres donnaient sur la partie arrière de la villa, un jardin luxuriant, indompté.

« Désolé pour le bordel. Tu veux boire quelque chose ? »

Il n'avait pas fait l'effort de ranger pour sa venue. Il ne voulait pas lui mentir, lui laisser croire des choses qu'il ne saurait pas tenir. Il était déjà assez caché en lui-même.

Mila se débarrassa de son sac, qu'elle posa à ses pieds en s'asseyant sur une chaise de bar. Temel passa derrière le comptoir avec grâce et se lança dans un savant cocktail de son invention.

« Cette maison est incroyable. Les artistes d'Overnight sont vraiment bien traités. En même temps, vous leur faites gagner énormément d'argent. »

Il acquiesça, concentré sur la touche finale de son mélange qui avait pris une couleur fluo. Il posa le verre devant Mila avec un sourire presque désolé, pas sûr du résultat. Elle le remercia et il la regarda boire la première gorgée. Il parut soulagé quand elle lui fit un signe avec le pouce levé.

Comme il rangeait les bouteilles, elle lui demanda s'il comptait l'accompagner. Il désigna l'évier, qui débordait d'une dizaine de verres sales, et répondit avec un petit rire :

« Je crois qu'on a eu notre compte.

— Avec l'homme que j'ai vu sortir en arrivant ? »

Hochement de tête.

« C'était pour le boulot ? »

Elle ne s'attendait pas à ce qu'il dise oui. Elle avait vu les traces de lien sur ses poignets. Le photographe s'accouda au comptoir. Ses boucles roulèrent sur ses joues lorsqu'il secoua la tête. Il se demanda quelques instants comment formuler les choses. Il craignait de heurter ses valeurs, ne voulait pas que ce qu'elle pensait de lui vacille et s'effondre. Mais que pensait-elle, au fond ?

« Il n'y a aucune différence entre le boulot et le reste chez Overnight. On travaille ensemble la journée, et on se retrouve le soir pour faire la fête. Tu rencontres des professionnels à midi, que tu retrouves dans des états pas possibles à minuit. Et si tu peux plaisanter avec eux tout l'après-midi, tu peux aussi signer de gros contrats à 2 heures du mat'. C'est une ébullition d'artistes qui veulent rentabiliser chaque seconde et pour qui tous les excès sont permis, parce qu'on est riches, célèbres, et le monde entier nous pardonne nos caprices parce qu'on est puissants. À notre manière, mais tu ne peux même pas imaginer ce que les gens se permettent ici.

— Je crois que je n'ai pas envie de le savoir, rit Mila.

— On est dans un monde parallèle où rien n'a de conséquences, parce que tout baigne dans le fric, le luxe et les privilèges. On nous répète chaque jour que nous sommes légitimes, et que le monde et les gens nous doivent tout.

— Et tu t'y sens bien ? Je veux dire... Tu y crois ? »

Temel quitta le bar pour se rendre près de la fenêtre, par laquelle il contempla les arbres fruitiers pétillants de couleurs. Mila observa son profil, croqué comme au fusain. Mais son regard était traqué, et sa voix trahissait sa vulnérabilité.

« Parfois, commença-t-il, je monte sur le toit, et c'est comme si j'attendais que le ciel s'ouvre rien que pour me distraire. J'attends cette chose éphémère qui me donnera envie de sortir mon appareil photo. Mais, la plupart du temps, je finis mon paquet de clopes et je n'immortalise rien. Ici, j'ai tout un tas de choses à ma disposition, mais aucune n'est importante. Chez moi, je n'avais rien, sauf cette peur constante de la mort. Mais j'étais tenaillé par l'envie de créer. Ici, rien n'est assez fort, et j'ai beau...»

Il glissa ses mains dans ses poches en laissant échapper un petit rire.

«Tu sais, la *quête de sensation*, la drogue, l'alcool et le reste... Rien ne sera aussi puissant, dans tes tripes et ton âme, que le bruit d'un avion qui troue le ciel de ta ville. Aussi puissant que ces hommes qui me poursuivaient à travers les ruelles, et les rêves, et les âges, pour m'arracher la peau, parce qu'un enfant comme ça est un cadeau du diable.»

Il se tourna vers Mila avec une vivacité presque forcée et, avant qu'elle ait pu réfléchir à une réaction appropriée ou même tenter de comprendre à quoi il faisait allusion, il enchaîna:

«Enfin, bref, qu'est-ce qui t'amène?»

Elle en eut comme un coup au cœur. Il s'était dérobé aussi vite qu'il s'était ouvert, et son regard d'eau, nu l'éclair d'un instant, avait retrouvé sa maîtrise habituelle. Il était simplement là et beau, mais sa profondeur s'était refermée sur elle-même.

Elle répondit sur un ton qu'elle voulut léger:

«Eh bien, il se trouve que j'ai un job pour toi. Si tu l'acceptes.»

Temel s'assit sur une chaise de bar à côté d'elle. Il perçut son odeur et jeta un coup d'œil aux mèches blondes qui sinuaient dans son cou. Il se retint d'effleurer son épaule.

« Je t'écoute.

— Déjà, c'est très risqué pour moi de te parler de ça. Et je ne veux pas que tu t'impliques si tu penses que c'est trop dangereux pour toi, pour ta vie privée ou ta carrière. Dans ce cas, n'hésite surtout pas à me dire non. Simplement, je pense que tu es la personne parfaite, surtout après ce que tu viens de me dire.

« Bon, comme tu le sais, Maven Corporation nourrit la planète entière à des prix plus qu'abordables. Ce qui signifie qu'elle privilégie un mode de production à bas coût. Produits ultra-transformés, conservateurs et additifs, des ingrédients mauvais pour la santé mais faciles à se procurer, à produire et surtout à reproduire. À l'infini. Et, tu t'en doutes, une main-d'œuvre pas cher payée.

« Maven Corp a des usines au nord de l'île pour toute une gamme de nouveaux produits, une *nouvelle expérience* pour les consommateurs. Ce ne sont pas des usines habituelles, la plupart des bâtiments sont plutôt des laboratoires de test. De ces longs mois de réflexion est né un nouveau type de plats surgelés. Ils en ont produit des centaines de milliers, parce qu'ils étaient sûrs que ça ferait un tabac. Les résultats des tests avant lancement auprès d'un échantillon de consommateurs avaient démontré que ce serait un succès.

« Mais ça n'a pas été le cas. Il y a eu quelques ventes au début, bien sûr, qui n'aime pas la nouveauté ? Mais les gens n'en ont pas racheté. Alors ils ont fait revenir toutes les barquettes, par porte-conteneurs, pour les détruire ici. Sur l'île. Pourquoi, je ne sais pas, mais c'est dans l'intérêt de mon groupe que des photos de ce gaspillage énergétique et alimentaire, et toute cette débauche de plastique, fuitent. Tu comprends ?»

Temel acquiesça longuement. Il n'avait jamais réfléchi à l'impact des entreprises sur l'environnement et sur la santé. Mila lui ouvrait une porte sur un univers immense et tout autre.

«Comment fait-on pour ne pas polluer quand on nourrit des milliards de personnes ? finit-il par demander. Mila le considéra d'un air perplexe. Je ne dis pas que c'est bien, mais l'impact négatif est énorme du fait qu'ils proposent un service à des *milliards* de personnes.

— Ce système-là doit disparaître. On doit revenir à un mode de consommation plus locale, avec des champs, des...

— Excuse-moi de te couper mais, quand le premier supermarché a ouvert dans le village où je suis né, ma mère a pleuré. Elle avait vingt ans. Qui disait *supermarché* disait ne plus passer ses journées aux champs, justement, au marché, puis dans la cuisine avec sa mère. Ça voulait dire du temps pour reprendre ses études, par exemple. Ça a été une putain de révolution.»

Mila croisa les bras sur sa poitrine :

«Je comprends. Mais l'idée n'est pas que ce soient les habitants qui reviennent à ce mode de fonctionnement. Maven Corporation a le budget et la capacité de s'organiser de manière locale, ils pourraient proposer des produits sains et frais, à moins d'une heure du lieu de vie du consommateur, avec un impact écologique minime. C'est possible, des chercheuses se sont penchées sur le sujet, et c'est totalement faisable. Mais ils ne veulent pas.»

Temel alluma une cigarette et tendit le paquet à la jeune femme, qui en alluma une nerveusement. Comme il se contentait de la regarder, elle crut bon d'insister :

« Ils sont en train de détruire la planète, environ la superficie d'un terrain de football de forêts toutes les vingt-cinq secondes, des espèces animales entières, ils épuisent nos ressources... Bon sang, des gens habitaient sur cette île avant que Maven et les autres ne s'y installent !

— Et ils font vivre des milliards de personnes. C'est aussi quelque chose à considérer. À ce que j'ai compris, vous voulez faire tomber Maven Corporation. Si vous y arrivez, qu'est-ce que ces milliards de personnes vont manger ? Maven n'a quasiment pas de concurrence. Les supermarchés ne vendent que leurs produits ou presque. Et si les trois ou quatre autres petites marques qui s'en sortent doivent soudain répondre à la demande de milliards de personnes, le problème que vous cherchez à résoudre va se reproduire avec une autre entreprise. »

Mila le considéra un instant, puis sauta au bas de son tabouret et se mit à arpenter la pièce. Il n'avait pas tort. Mais elle était déçue qu'il n'adhère pas immédiatement à ses idées, juste parce que c'était *elle* qui lui en parlait.

« Ils les font manger et leur permettent de vivre, oui, admit-elle, mais ils les empoisonnent. Leurs produits sont de très mauvaise qualité, avec des ingrédients reconnus cancérigènes, des perturbateurs endocriniens, des boucheurs d'artères... Forcément, vu le prix qu'ils en demandent ! On peut quand même espérer offrir mieux aux humains, non ? »

Temel haussa une épaule et écrasa sa cigarette dans le cendrier. Tout cela était loin de ses considérations, et il aurait besoin de se renseigner, mais il voulait bien essayer, touché par l'implication de Mila et parce que, soudain, un sens se dessinait.

« Tu t'y connais mieux que moi, concéda-t-il, mais à mon avis l'idée n'est pas tant de détruire Maven Corporation que de l'amener à repenser son mode de production pour qu'il soit plus respectueux de la planète et des personnes. »

Mila sentit les larmes lui monter aux yeux. Elle savait que cette solution était inenvisageable, parce que l'entreprise était un mur inébranlable. Elle ressentit soudain son impuissance avec violence.

« Maven Corporation ne changera jamais. Ils ne nourrissent pas les gens parce qu'ils sont sympas. Ils le font pour l'argent. Temel, ils se font des milliards chaque année. À ton avis, qui finance les armes qui servent à décimer les gens de ton pays ? »

Elle se mordit la lèvre. Elle avait parlé comme l'aurait fait June, sans réfléchir et dans le seul but de le blesser. Elle se figea au milieu de la pièce.

Le photographe baissa les yeux. Il n'y avait aucun moyen pour qu'il ne trouve pas cette réflexion odieuse. Mila allait se confondre en excuse, quand il releva la tête et planta ses yeux verts dans les siens. Déstabilisée, elle ravala ses mots.

Il remarqua son trouble. Il était vrai que Maven Corporation était engagée dans la guerre qui mettait son pays à feu et à sang, et que l'occasion se présentait de rétablir une certaine justice. Mais, au-delà, c'était comme une porte de sortie. Peut-être qu'accepter la proposition de Mila l'éloignerait du vide sourd de son esprit, retarderait l'instant où cette vie achèverait de le dégoûter, et où il n'aurait plus qu'à se laisser sombrer dans le néant.

« Mila, demanda-t-il avec un sourire triste, tu penses vraiment que sans cet argument, j'aurais décliné ta proposition ? »

Le pire, c'était l'odeur, écœurante, du plastique en train de fondre, même atténuée par les masques couvrant leurs visages. La nuit était tombée et, avec elle, la chaleur marine. Ils se déplaçaient sans un bruit, à la faveur des zones plus sombres dispensées par les bâtiments. Sihem ouvrait la marche et les autres suivaient dans un silence concentré. Ils étaient passés par un trou creusé sous le grillage délimitant le territoire des usines, qui avait nécessité de longs mois de travail de la part du groupe de Darril, à raison de quelque trente minutes deux nuits par semaine.

Ils parvinrent finalement à l'usine en question, se rapprochant de l'odeur qui les prenait à la gorge. Sihem marqua un arrêt et se tourna vers eux.

« Bon, tout a été conçu pour se passer de l'aide et de l'esprit critique des humains. Donc normalement il n'y a personne, chuchota-t-elle. C'est assez simple. On entre. Toi, le nouveau, tu photographies ce que tu peux, nous aussi avec nos appareils jetables, et puis on se casse. Des questions ? »

Pas de questions. Sihem se remit en marche et, arrivée aux portes de l'usine, en crocheta la serrure. Lorsqu'ils pénétrèrent à l'intérieur, l'odeur leur satura les narines et Mila eut un haut-le-cœur.

Avec leurs lampes torches, ils découvrirent les lieux flash après flash : d'énormes cylindres en métal reliés à la cheminée par de gros tubes et qui faisaient brûler dans un affreux bruit de remous des kilos de barquettes de plats surgelés. D'autres étaient stockés par milliers contre les murs. Un bras mécanique en attrapait à la pelle pour les faire glisser dans les tubes approvisionnant les cylindres.

Temel, aidé de Mila qui faisait jouer la lumière, appuyait rapidement sur le bouton de son appareil. June attira son attention vers un panneau posé devant d'autres tonnes de barquettes et qui mentionnait « Mer ».

« Ils ne parviendront pas à tout brûler. Ils jetteront le reste dans l'océan. »

Leur inspection ne dura que quelques minutes. Il n'y avait rien de plus nauséeux à découvrir. Sihem poussa pratiquement June dehors, qui s'attardait entre les brûleurs.

« On est entrés par effraction, je te rappelle ! »

Ils prirent le chemin inverse, mais durent se plaquer contre le mur lorsqu'ils virent foncer sur eux la lumière crue d'une torche. Mila retint son souffle au point que ses poumons semblèrent à deux doigts d'exploser. Lorsque la lumière s'évanouit, les filles voulurent se remettre en route mais Temel leur intima l'ordre de rester immobiles. En effet, le militaire revenait vers eux. Le bruit de ses bottes se rapprocha et, alors qu'il allait violemment éclairer leurs visages, Temel enleva son masque, surgit sur le chemin et se plaça de sorte à mettre le militaire dos aux filles.

Il s'écria :

« Enfin quelqu'un ! Dieu merci, j'étais complètement perdu. »

Abasourdies, les filles virent son visage apparaître dans la nuit, embrasé par la torche, magnifique. Il souriait de toutes ses dents, yeux plissés et main en visière. Il s'avança vers le militaire.

« Qui êtes-vous ? lui dit ce dernier. Comment êtes-vous entré ? Les mains en l'air ! Qu'est-ce que t'as dans la main ? Jette-le, putain ! À genoux, salopard ! »

Il sortit son pistolet et le braqua sur le jeune homme, dont le sourire se glaça. Les filles, toujours plaquées contre le mur, retenaient leur souffle.

Une ombre voila le regard de Temel, mais il ne se laissa pas démonter.

« Monsieur, je suis profondément désolé. À vrai dire je ne sais même pas comment je suis entré. Vous savez ce que c'est, les anniversaires. Mes amis m'ont dit qu'ils m'emmenaient dans un endroit secret, ils m'ont bandé les yeux et...

— Mais putain, qui êtes-vous ? »

Temel donna son nom, les mains toujours en l'air.

« Le photographe ?

— Eh oui, comme vous le voyez, sourit-il en désignant l'appareil qu'il avait posé au sol.

— Je ne sais pas quoi vous dire, s'excusa alors le militaire après avoir braqué sa lampe sur l'objet en question. Je suis désolé. Bien sûr, c'est cet appareil si particulier que vous avez amélioré vous-même, c'est ça ? Je ne savais pas que c'était vous. Vraiment navré. »

Il rengaina son arme et tendit la main au photographe, qui la lui serra vigoureusement.

« Wouah, je dois dire que je suis tout tremblant. J'adore votre travail. Vraiment, votre dernière série...

— Les hologrammes, hein.

— C'est ça ! Magique. J'étais complètement hypnotisé. Dire que j'ai braqué mon arme sur une star, je... J'espère que vous n'en parlerez pas à mes supérieurs ! Et puis j'ignorais que vous étiez si... Enfin que vous ressembliez à ça. Encore toutes mes excuses. »

Temel se pencha avec une apparente tranquillité pour ramasser son appareil. Puis il posa une main sur son cœur et, avec son sourire le plus désarmant, répliqua :

« Non. C'est moi qui suis profondément désolé. Mes amis sont un peu... Vous savez, oh, vous devez connaître Josh ? Josh Miller ?

— L'acteur ?

— Lui-même. Eh bien, il est aussi fou que dans ses films. C'est lui qui a eu cette idée de me larguer au milieu de nulle part pour mon anniversaire. Vous ne savez pas ce qu'il m'a dit la dernière fois ?

— Non, racontez-moi ! Je n'arrive pas à croire que connaissiez Josh Miller ! C'est vraiment ma soirée ! »

Et les deux hommes s'en allèrent en s'esclaffant comme des amis de longue date. L'épaule du militaire cognait contre celle de Temel, et il alla même jusqu'à lui poser une main entre les omoplates.

Les filles, en nage, étaient toujours immobiles dans l'obscurité. Elles rejoignirent en courant le trou creusé sous le grillage, naviguèrent sans un mot dans la forêt et arrivèrent enfin en ville, essoufflées. Elles restèrent un instant à se regarder, les bras ballants.

« Ok, finit par dire June, qui fusillait sa sœur du regard à travers son masque. Donc le type *qui prend des photos* dont tu nous as parlé s'avère être le photographe le plus connu et renommé du *monde*. Le genre de personne à qui on ne demande pas de faire des choses illégales, parce que tout le monde connaît son nom. Et, devine quoi, il a *donné* son nom !

— Pour nous sauver la vie.

— Ils vont faire le lien entre sa présence ici et les photos qui vont fuiter ! On voulait garder ça anonyme, Mila. Tu nous as mis en danger, putain ! Tu ne pensais pas que... »

Elle ne termina pas sa phrase et s'éloigna à grandes enjambées. Mila la regarda partir, avec dans la gorge cette boule bien particulière qui ne naissait que quand elle se disputait avec sa sœur. Sihem lui adressa un sourire compatissant.

« On trouvera un moyen, la rassura-t-elle. Ils ne feront pas forcément le lien... On trouvera un moyen. »

Elle suivit June, mais se retourna une dernière fois pour adresser un clin d'œil à Mila. Lorsque Sihem fut elle aussi hors de vue, Mila s'assit à même le sol et se mit à pleurer.

*

L'odeur de viande grillée avait imprégné non seulement ses habits, mais aussi la moindre particule de sa peau. Il avait beau se frotter sous la douche matin et soir, l'odeur était comme incrustée dans ses cellules.

Lorsqu'il s'en allait dans son uniforme alors que le jour se levait à peine, il croisait le regard de sa mère, rempli de fierté, et le même regard le soir en rentrant. Sa sœur le taquinait sur son odeur de graillon, son père lui rappelait de travailler chaque jour plus dur, et tout lui semblait à nouveau normal. Quand Khaïm fermait les yeux, il entendait presque les bruissements de son île, à des kilomètres de là, le soleil rose remplaçant le plafond humide de son nouveau chez-lui.

Cela faisait déjà trois mois qu'il avait rencontré l'homme sur le port et qu'il lui reversait une large partie de son salaire pour s'acquitter du prix du retour. Il n'en avait parlé à personne et se sentait plus fort, son secret bien enfoui dans sa poitrine gonflée à bloc. Il avait hâte de vivre ce matin où sa famille se préparerait pour aller travailler et où il leur barrerait la route. Sa mère dirait: «Tu vas me mettre en retard, qu'est-ce qui te prend?» Son père se fâcherait, sa sœur lèverait les yeux au ciel, cachant sa curiosité. Alors il leur dirait: «J'ai acheté des billets pour que nous retournions sur l'île.» Et leurs yeux se mettraient à briller comme des saphirs.

Il lui restait six mois de travail, c'était ce que lui avait promis l'homme. En somme, une fraction de seconde, avant de pouvoir poser le pied sur la terre de son île. Et il était reconnaissant envers cet homme qui non seulement allait l'aider à rentrer, mais lui avait trouvé ce travail de serveur. À chaque fin de mois, l'homme rencontrait Khaïm dans un bar. Il lui offrait un cocktail ou un hamburger et ne réclamait l'argent qu'à la fin. Khaïm le trouvait sympathique. Ils évoquaient ensemble les souvenirs de leur île, où l'homme lui aussi souhaitait rentrer un jour, et critiquaient avec virulence les entreprises qui s'y étaient installées. Puis Khaïm rentrait chez lui, motivé pour un nouveau mois de ce travail pénible et harassant. Il passait acheter un bouquet de roses pour sa mère et sa sœur et les embrassait sur la joue avant d'aller dormir.

*

Journal de Mila
Jour 112 – Comme un tiraillement

June ne m'adresse plus la parole depuis notre expédition nocturne. Lorsqu'elle me croise dans l'appartement, elle fait mine de ne pas me voir.

« C'est une histoire de danger, Mila, lâche-t-elle parfois du bout des lèvres. Tu nous as mis en danger. » Puis elle ajoute : « Je ne sais pas si je pourrai te pardonner un jour. » Je suis à moitié rassurée par le fait qu'elle me dise cela environ trois fois par mois depuis toujours.

Mais, depuis notre arrivée sur l'île, elle m'est presque devenue étrangère. Sa détermination lumineuse s'est chargée de colère, et cette lutte pour laquelle nous vivons l'a transformée. Elle ne souffre plus aucun avis divergent du sien. Persuadée de détenir la vérité, les autres sont devenus à ses yeux de parfaits imbéciles, ou trop mesurés, ou trop naïfs. Elle ne jure plus que par l'action concrète. Selon elle, ébranler un système en

Cette nuit-là, Temel rêva de villes vides, au parfum de fleur d'oranger, et d'hologrammes de poussière et de sable. Des silhouettes immenses surgissant du sol comme des géants d'argile. Il vit passer des oiseaux aux ailes de cendre et des bribes de souvenirs d'enfance, puis petit à petit son rêve prit fin.

*

Mila fut réveillée en pleine nuit par son téléphone qui vibrait.

June a raison. J'ai mis tout le groupe en danger en donnant mon nom au militaire. C'est ce qui m'est venu en premier pour que vous vous en sortiez. Je n'ai pas réfléchi, mais c'était stupide. J'imagine que la décision de Darril est juste.

Oui, tu nous as sauvées cette nuit-là. Et je ne te remercierai jamais assez. Je suis désolée que ce type ait pointé son arme sur toi. Comment tu te sens ?

Par contre, je ne trouve pas que la décision de Darril soit juste, au contraire. Il veut pouvoir tout mettre sur le dos de quelqu'un, autre que lui, si les choses se corsent.

Oui, certainement. Mais je crois que ça ne me dérange pas. Tu sais, les gens connaissent mon nom, mais pas à quoi je ressemble. J'ai de l'argent, à ne savoir qu'en faire, sur des comptes dont personne ne soupçonne l'existence… J'aurai toujours un moyen de m'en sortir. Au pire, rien ni personne ne m'attend nulle part.

Même... C'est malhonnête. Je ne sais pas comment gérer ça. Je t'ai entraîné là-dedans, et tout a dérapé... Ce n'est pas à toi de te sacrifier !

Et je suis désolée pour la dernière fois. L'argument de Maven Corp qui finance la guerre dont sont victimes les habitants de ton pays... C'était nul et déplacé. Je ne te demande pas de me pardonner, mais sache que je suis profondément désolée.

Sa réponse mit quelques minutes à arriver, pendant lesquelles Mila alterna sans but entre les applications de son téléphone.

Ce n'était que la vérité. Désolé de t'avoir réveillée, Mila.

Tournée de façon qu'elle ne se sente pas mal à l'aise. Elle l'imagina se rendormir à même le ciel, sur le toit en béton de sa villa. Elle aurait aimé lui dire des milliers d'autres mots, mais elle éteignit son téléphone et se recoucha.

En vérité, Temel resta les yeux grands ouverts. Il contempla la voûte céleste, se demanda si sa mère, à des continents de là, s'attardait elle aussi le nez en l'air sous les étoiles. Il songea à l'indifférence du ciel. Déployé à des millions de kilomètres au-dessus de sa vie, de ses peurs et de ses faiblesses, au-dessus de ces moments où il avait cru que tout s'arrêterait et de ceux qui lui faisaient garder les yeux ouverts dans le noir, comme Mila soucieuse de son sort, Mila qui répondait à ses messages au beau milieu de la nuit, ce ciel ne se penchait jamais vers lui.

Il songea à ce qu'elle lui avait dit, que ce n'était pas à lui de se sacrifier. Mais il y avait là quelque chose de facile, pour enfin payer ce qu'il devait à l'univers.

Son portable vibra à nouveau. Quelqu'un demandait à lui envoyer un message. Un certain Khaïm.

Temel accepta.

Salut,
J'imagine que tu dois recevoir des centaines de messages par jour, mais je tente quand même ma chance. Peut-être vas-tu le lire, peut-être même y répondre. Et, là, j'aurai l'air malin, parce que je n'ai pas que des choses gentilles à te dire.
Tu fais partie de ceux qui ont volé notre terre.
Vos entreprises ont détruit nos habitations pour y construire les vôtres. Ils nous ont forcés à partir pour que vous puissiez vous installer. Cela fait des années que mon peuple et moi errons de contrées en contrées pour retrouver quelque chose qui ressemblerait à un foyer. À une famille. Je n'étais qu'un enfant quand on m'a privé de mon île.
Maintenant que j'ai l'âge, je travaille dans un fast-food.
Toi, tu prends quelques photos de temps en temps et tu es une célébrité. Tout le monde t'aime et t'admire.
Tu dois être plein aux as. Tu trouves ça juste ?
Je vais revenir et récupérer ce qui m'est dû.

Temel relut le message, intrigué. Il n'avait pas l'impression qu'il lui était particulièrement destiné. Cela ressemblait surtout à un cri douloureux lancé à travers les ondes. Le photographe incarnait tout ce que ce Khaïm reprochait aux nouveaux habitants de l'île, mais lui ou un autre...

Cependant, il ne voulait pas être un autre.

Aussi répondit-il :

Cher Khaïm. Je suis désolé de la façon dont les choses se sont passées pour ta famille et toi. Si tu as besoin de quelque chose, j'essaierai de t'aider. Promis.

Et il se demanda à nouveau quelle était sa place, et ce à quoi il appartenait.

*

On ne parlait que de l'explosion au journal télévisé de l'île. Les mêmes images chocs, d'une voiture en flammes, de militaires en combinaison de pompier tentant d'extraire un corps de la carcasse, d'une femme éplorée, de la même voiture en flammes montrée sous des angles différents, passaient en boucle. Les présentateurs dépeignaient sans relâche le terrible événement, suivi de la chronologie des faits à la minute près.

7h32, l'un des plus hauts dirigeants de Maven Corporation sort de chez lui pour se rendre au siège de son entreprise.

7h34, il passe par son garage chercher son vélo.

7h37, alors qu'il s'apprête à l'enfourcher, il reçoit un appel téléphonique qui lui fait mettre pied à terre.

7h37, il rentre ranger son vélo à la hâte et se précipite vers sa voiture.

7h40, il monte dans sa voiture.

7h40, il met le moteur en marche à l'aide de son téléphone.

répété ce geste de nombreuses fois dans son enfance, se baisser pour sentir sur sa peau ce qu'il restait d'une vie, après un bombardement ou une fusillade. On s'agitait autour de lui, journalistes, experts, et proches de la victime. Mais, lorsqu'il eut l'un de ces morceaux de cuir dans la main, tout sembla s'apaiser. Il n'y avait plus que lui, et cet homme qui avait explosé comme un feu d'artifice pour s'émietter dans l'univers. Une chaussure en moins. Pieds nus sur les étoiles.

Un raclement de gorge lui fit lever la tête. Il remonta ses lunettes de soleil sur son nez et se releva. Une femme, visiblement en charge de l'affaire, lui demanda de se dépêcher. Son appareil pesait lourd dans ses mains. Il fit quelques clichés, les envoya à la femme et rejoignit sa voiture, les habits et la peau imprégnés de cette odeur de chair grillée. Il pensa à ce Khaïm, qui travaillait dans un fast-food. L'odeur de viande, ça devait le connaître.

Ici, songea Temel, c'est un homme qu'on vient de manger.

*

Journal de Mila
Jour 141 – Dernière fois

Ma sœur se lave les dents avec du charbon végétal et, quand elle crache dans l'évier, il lui reste des gouttes noires au coin de la bouche. Elle ne pense plus à se tourner vers moi et à projeter des bulles grises en attendant que je proteste en criant, provoquant son hilarité. Elle ne pense plus à nettoyer le surplus grisâtre sur ses lèvres, parce qu'elle ne pense plus à se regarder dans le miroir.

Elle ne pense plus à rien. La femme qu'elle aime a disparu.

Tout ça, c'était une mauvaise idée. Nous l'avons senti dès le début, mais nous y sommes allées quand même. Nous voulions sauver la planète. On nous avait fait la promesse que les nations ouvriraient les yeux. Grâce à nous. Cette tension au creux de l'estomac, qui ne la ressentirait pas si on lui disait : Viens, embarque avec moi sur ce bateau, je te donne la clé pour sauver le monde ?

Nos parents nous ont regardées partir en ignorant tout de notre projet secret. Ils étaient simplement heureux qu'on fasse enfin quelque chose pour nous en sortir. Ils étaient fiers qu'on ait été sélectionnées pour cette offre d'emploi plus belle qu'un rêve, sur une île plus belle que la vie elle-même. Un avenir tout tracé, dans la plus grande entreprise agroalimentaire du monde. Celle contre laquelle les concurrents ne font pas long feu, parce qu'il n'y a pratiquement pas de concurrents.

Nous avons accueilli les félicitations en souriant humblement. Les « On le savait que vous y arriveriez, intelligentes comme vous êtes ! » en baissant timidement les yeux. Les conseils parentaux avec une mine surjouée d'agacement. Nous aurions aimé, en vérité, qu'ils nous en donnent jusqu'à ce que notre tête explose, parce que nous n'étions pas préparées quand nous sommes arrivées.

C'est la dernière fois que j'écris dans ce journal. Il n'y aura pas de Jour 142. Je vais devoir me débarrasser du carnet, parce que c'est devenu trop dangereux. Je sais. Ils m'avaient pourtant prévenue.

Maintenant, Sihem a disparu. Et nous sommes les prochaines.

Mila appela Temel quelques jours plus tard, avec dans la

voix une panique mal contenue. Sihem disparue, June devenait folle. Cette dernière avait immédiatement demandé un rendez-vous à Darril, qui n'avait pas souhaité la recevoir, et les deux sœurs étaient plus seules que jamais dans les trois pièces de leur appartement.

Temel était assis sur leur canapé, calme entre les deux jeunes femmes qui arpentaient le salon de long en large, renchérissant sur les endroits où pouvait être Sihem et les raisons de son silence.

« En fait, résuma-t-il, la question est de déterminer si sa disparition est liée à l'explosion, non ? »

Mila le regarda, interloquée :

« Comment ça ? Qu'est-ce que ça aurait à voir ?

— Je ne sais pas. Ça s'est passé en même temps.

— Ça n'a aucun rapport ! s'exclama June. C'est débile de penser comme ça. Évidemment que ça n'a aucun rapport. Franchement, si c'est pour...

— C'est bon, coupa Mila. Il essaie juste de nous aider. Et au bar, celui sur la place, personne ne l'a vue ? »

Temel se renfonça dans le canapé. Les images de la voiture brûlée s'étaient imprimées sur sa rétine. Impossible de penser à autre chose. Il trouva dans sa poche le morceau de cuir qu'il avait subtilisé sur les lieux et l'y enfonça un peu plus.

Au bout d'un moment, les filles, à court d'idées, se laissèrent tomber sur le canapé à ses côtés. Mila posa la tête sur l'épaule du jeune homme.

« Cela dit, risqua-t-elle enfin, Temel n'a pas forcément tort. Les deux événements sont peut-être liés.

— Sérieusement ? s'écria June.

— Et pourquoi pas ? On fait partie d'un groupe qui cherche à nuire à ce genre de personnes. Ils en savent peut-être plus sur nous qu'ils n'en ont l'air. Ils doivent chercher de notre côté.

— Ils ont déjà arrêté quelqu'un, objecta June. Cet indigène qui vit au sud de l'île.

— Oui, et il travaillait aux usines, précisa sa sœur. Comme Sihem.»

June se leva d'un bond et sortit. Mila poussa un profond soupir et s'apprêta à la suivre, mais Temel lui dit qu'il s'en chargeait. Il rejoignit la jeune femme dans sa chambre. Assise sur le rebord de la fenêtre, elle pleurait à chaudes larmes, les bras enroulés autour des genoux. Lorsqu'elle le vit entrer, elle eut un rictus :

« Merci de mettre ces idées de merde dans la tête de ma sœur.

— Comme Sihem dans la tienne. Non ? »

Il se mit à flâner dans la pièce, observant les livres sur les étagères, effleurant les papiers sur le bureau, s'attardant sur les photos collées au mur.

« Tu ne sais absolument rien d'elle. Alors abstiens-toi. Et arrête de toucher à mes trucs. »

Il la rejoignit près de la fenêtre et la fixa droit dans les yeux. Elle ne put s'empêcher d'être troublée par son attitude désinvolte et sa beauté de prince déchu. Le fait qu'il semblait déjà tout savoir d'elle.

Mal à l'aise, elle détourna le regard.

Il retourna à l'entrée de la chambre et s'adossa au mur.

«Qu'est-ce que ça te fait que cet homme soit mort ?»

Elle eut un soupir agacé.

«Franchement, j'ai d'autres chats à fouetter.

— Non. Dis-moi. Qu'est-ce que ça te fait ?»

June remua légèrement sur le rebord. Elle parut un instant avoir envie de lutter, de l'attaquer, mais elle sentait aussi son regard lui griller l'âme. Ses larmes redoublèrent.

«Je suis terrorisée pour Sihem. Je n'arrive à rien ressentir d'autre. Mais, quelque part, je suis contente que ce mec soit mort. Parce que c'était une putain d'ordure.»

Le photographe eut un sourire. Il avait croisé assez de gens pétris par la peur pour savoir qu'elle ne concernait pas tant les autres, comme ils s'accordaient à le formuler, qu'eux-mêmes. Sihem qui disparaissait, c'était possiblement June qui disparaissait.

«Vous avez juste oublié une chose, dit-il comme s'il avait énoncé à voix haute ce qui avait permis d'aboutir à cette conclusion. Tant qu'il y a des hologrammes, les êtres humains continuent d'exister. Même morts.»

Une ombre passa sur le visage de la jeune femme.

Temel lui expliqua brièvement que tuer cet homme n'avait servi à rien, puisque son savoir et ses compétences avaient été préalablement transférés dans un hologramme. L'entreprise n'avait rien perdu.

Il vit son regard se durcir.

Temel retourna au salon et ne fit aucun commentaire sur ce qu'il avait perçu chez June. Il se contenta de hausser les épaules, l'air de dire qu'il n'avait rien pu en tirer. Mila ne parut pas surprise. Ils partagèrent une cigarette et une bouteille de vin qu'elle avait ouverte en attendant. La soirée avança et, lorsqu'ils perdirent la notion du temps, l'esprit embrumé et joyeux, ils n'étaient plus qu'à quelques centimètres l'un de l'autre, installés en déséquilibre sur le canapé, les genoux et les bras qui se cognent, le vin qui balance dangereusement dans les verres.

« Tu m'as demandé l'autre nuit ce que j'avais ressenti quand le militaire a pointé son arme sur moi, et je ne t'ai pas répondu. Eh bien, je crois que j'ai simplement pensé que ma vie et mon corps ne m'appartenaient pas. Que huit milliards d'individus contrôlaient mon destin avant moi. Et, quand je suis allé photographier la carcasse de la voiture, je me suis dit que je faisais partie des huit milliards de personnes qui contrôlaient le destin de cet homme avant lui. Quelqu'un a décidé de nous tuer, et nous n'y pouvons rien.

— J'imagine que ce n'est pas la première fois qu'on braque une arme sur toi. »

Il ne répondit pas. Et bloqua les images qui tentaient de remonter à la surface.

« Au fait, moi non plus je n'ai pas répondu à ton message », glissa-t-elle.

Elle plongea son regard dans son verre. Il effleura sa main, l'incitant à continuer.

« Tu m'as dit, l'autre nuit, que personne ne t'attendait nulle part si, au pire, les choses tournaient mal. Et je ne t'ai pas répondu que, moi, je t'attends. Évidemment que je t'attends. »

Déstabilisé, il la fixa. Il se demanda ce que cela sous-entendait et ce qu'elle attendait de lui. Il ne connaissait pas ce genre de relations.

Il se leva et s'accouda à la fenêtre ouverte, alluma une cigarette. Mila s'approcha, entoura son torse de ses bras et posa la joue contre son omoplate.

« Je t'attends, mais tu n'es pas obligé de revenir. »

Comme il ne répondait pas, elle sourit :

« Tu n'es pas obligé de répondre non plus.

— Ce n'est pas ça, esquiva le jeune homme. Je suis juste perturbé par cette histoire d'explosion. »

Il se retourna, attira Mila contre lui et lui caressa pensivement les cheveux. Elle ferma les yeux, respirant son parfum chaud et nacré.

« Je suis allé photographier la scène. L'odeur me reste dans les narines. J'ai eu l'impression que le présent avait fusionné avec mon passé, que j'étais à nouveau prisonnier de cette énergie bizarre et meurtrière, implacable. »

Temel déposa un baiser sur le front de la jeune femme et regagna le canapé, après avoir écrasé sa cigarette dans le cendrier. Soustraite à sa chaleur, Mila se frotta pensivement les bras.

« Je suis désolée. Ce n'est pas facile.

— Cela aurait pu être évité.

— Comment ?

— Si vous n'aviez pas décidé de le faire. »

Mila fronça les sourcils.

« Qui ça, vous ?

— Votre groupe. Sûrement Sihem. Probablement June. Mila, ne fais pas cette tête, c'est évident. Qui d'autre aurait eu... ?

— Tu n'as pas le droit de nous accuser comme ça, le

coupa-t-elle sèchement. Nous ne sommes pas du tout responsables de cet événement.

— Tu es sûre ? Tu en as parlé avec ta sœur ? »

Mila se laissa glisser sur une chaise et se prit la tête dans les mains.

« Rentre chez toi.

— Mila...

— Rentre chez toi. »

Dehors, il faisait particulièrement frais et dans le ciel se déplaçaient des nuages menaçants, obstruant la nuit et ses étoiles. Le néon d'un cinéma clignotait faiblement dans l'air électrique, on aurait dit que le monde était déjà fini.

II

LES AUTRES

La pièce ressemblait à un cabinet médical. Un bureau en métal, des armoires fermées, un fauteuil d'examen rembourré faisant face à plusieurs écrans et, au fond de la pièce, séparé du reste par une immense vitre, un espace éclairé par de gros projecteurs. Les sols, les murs et le plafond étaient carrelés de blanc. Les néons diffusaient une lumière crue.

Cela faisait déjà de longues minutes qu'on lui avait demandé d'attendre, et Katia redoutait à présent que quelqu'un n'arrive. Enfin, un jeune médecin, comme semblait l'indiquer sa blouse, s'approcha d'elle en souriant. Il prit place derrière le bureau après l'avoir saluée, dos aux projecteurs.

« Tout d'abord, bienvenue chez Maven Corporation, Katia.

— Je vous remercie. Je suis ravie de rejoindre l'équipe. Mais je ne suis pas bien sûre de la nécessité de ce rendez-vous.

— Votre passage ici fait entièrement partie de votre intégration à votre nouveau poste. »

Elle approuva en serrant un peu plus son sac contre elle.

« Un poste à très hautes responsabilités. Comment vous sentez-vous ?

— On ne peut mieux», dit-elle avec un rire nerveux.

Le médecin sourit largement et se cala dans son fauteuil.

«Bien. Vous n'êtes pas sans savoir que la direction d'un établissement comme Maven Corporation requiert une organisation complexe et précise. Nous devons pouvoir compter sur nos collaborateurs, et notamment sur celles et ceux qui occupent les postes les plus élevés. La charge de travail à un poste comme le vôtre est colossale. Nous en sommes conscients, et nous ne vous demandons pas d'être parfaite. Vous

n'êtes qu'un être humain, après tout. Alors, Maven Corporation s'occupe de... limiter vos failles, maladresses et petites erreurs dues à la fatigue, les déficits d'attention, les émotions et toutes ces choses qui font de vous un être faillible.»

Elle acquiesça, tira sur la jupe de son tailleur.

«Vous n'ignorez pas non plus que Maven Corporation est à la pointe de la technologie, surtout sur cette île. Des techniques et des avancées dont nous pourrions aisément nous vanter mais que nous gardons secrètes pour le moment. Car si elles étaient utilisées à mauvais escient...

— Par exemple ?

— Je vous en prie... Nous connaissons la nature de l'homme.»

Katia eut un petit rire, puis jeta un coup d'œil à sa montre, espérant ainsi envoyer le message qu'elle ne comptait pas s'attarder.

«Nous souhaitons donc vous présenter l'aide mise en place par Maven Corporation pour ses collaborateurs.»

Les projecteurs s'allumèrent. Un hologramme apparut derrière la vitre. Il ressemblait en tout point au jeune médecin, même teint hâlé, même coupe de cheveux, mais sa carrure était légèrement plus athlétique, et il manquait peut-être les cernes et les poils mal rasés. Il lui adressa un signe de la main. Katia ouvrit de grands yeux. Elle regarda le médecin, attendant qu'il s'explique.

« Eh oui, admit-il, c'est assez étonnant. Je vous présente mon hologramme. Qu'est-ce que je pourrais vous dire, sinon qu'il s'appelle comme moi, parle comme moi et pense comme moi ? » Il éclata de rire.

« Pense comme vous ?

— Vous souvenez-vous du test de personnalité que nous vous avons demandé de passer après votre entretien avec les RH ?

— Il a duré sept heures, je ne suis pas près de l'oublier, plaisanta-t-elle

— Eh bien, c'est une base de données très complète pour aider votre hologramme à penser. Grâce à vos réponses, il y a de fortes chances pour qu'il pense et réagisse comme vous. Mais ce n'est pas suffisant. Pour l'élaboration de votre hologramme, je vais devoir appliquer des électrodes sur votre cerveau qui traduiront les réactions de votre système neuronal à l'ordinateur. Cela permettra à votre hologramme d'être la copie la plus fidèle de vous-même, avec vos savoirs, vos connaissances et vos expériences, mais une copie plus performante, dépourvue de ce qui vous empêche d'être une machine. Les souvenirs douloureux, les peurs irrationnelles...

— Comme un surhomme. Moi, en mieux. »

Le médecin hocha la tête. Katia hésita à continuer. Elle ne savait quelle contenance adopter.

« Et qu'est-ce qu'il fait pour vous, cet hologramme ?

— Eh bien, il répond à mes mails, prend mes rendez-vous, se charge de certaines réunions quand je ne suis pas disponible. Je lui donne de nombreux problèmes à résoudre, ce qui m'aide dans ma pratique de la médecine technologique. Il réfléchit bien plus vite que moi. En somme, grâce à lui, j'effectue deux journées de travail en une seule.

— C'est fantastique, approuva Katia. Cela doit remarquablement augmenter la rentabilité de Maven Corporation.

— C'est l'idée. Il anime mes conférences à travers le monde, par exemple. Il est plus facile de faire voyager un hologramme autour de la planète qu'un corps humain ! »

Le médecin se leva et invita Katia à s'asseoir sur le fauteuil d'examen. Tandis qu'elle prenait place, il continua à lui expliquer le fonctionnement de l'hologramme et, plus il parlait, plus le sang de la jeune femme se glaçait. Il revint sur cette idée d'atténuer les entraves émotionnelles, effacer souvenirs et cauchemars, et elle comprit qu'il s'agissait d'endormir artificiellement certaines zones du cerveau pour ne garder actives que les zones utiles à Maven Corporation. Exploiter le meilleur du cerveau humain – pour le bien de l'entreprise.

Il prit sa tension, lui fit passer un test de réflexes, regarda le fond de ses pupilles et de sa bouche. Lui posa quelques questions d'ordre médical. Puis il lui demanda si elle était prête. Une fois qu'elle eut acquiescé à contrecœur, il plaça les électrodes sur son front, ses tempes, son crâne et sa nuque. Alors il rejoignit son bureau et s'installa derrière son ordinateur.

Il s'éveilla au lever du jour, la brûlure du soleil glissant sur ses iris d'un vert fragile. Il se redressa sur son avant-bras et observa la silhouette étendue près de lui. Profondément endormie, la jeune femme avait le visage enfoui contre ses côtes. Ses paupières frémissaient. Elle n'avait pas enlevé son costume, une robe du seizième siècle au corsage compliqué dont s'échappait une épaule nue. Il la toucha du bout des doigts. Sa peau, sans surprise, était soyeuse. Il s'étonna qu'elle soit si belle. Elle semblait avoir pris la pose, comme si elle n'avait pas le droit de faillir, comme si un photographe pouvait la surprendre en plein songe.

Il effleura de nouveau sa peau. Elle n'avait pas la sécheresse de celle de Mila, ses grains de beauté en pagaille.

Il se leva en faisant attention à ne pas la réveiller et descendit dans la cuisine. L'équipe avait tout laissé en plan, verres et assiettes sur l'îlot central et jusque sur le bar du salon. Il alluma une cigarette, la fuma en regardant le soleil monter dans les arbres. Il songea à ces mangues qu'il ne pensait pas à ramasser et à manger et qui pourrissaient dehors en dégageant une odeur douceâtre. D'ailleurs, il ne profitait de son jardin que par les fenêtres et se demandait parfois si ce n'était pas qu'un décor. Peut-être qu'en changeant de vitres, il aurait vue sur des montagnes enneigées. Il se dirigea vers la porte menant à l'extérieur et l'ouvrit.

Amélia le trouva étendu sur la pelouse, bras et jambes écartés.

« Qu'est-ce que tu... L'équipe va arriver ! »

Il se redressa lentement puis retomba en arrière.

« Tu fais une dépression ? »

Il agita la main.

« Sérieusement, l'équipe va... Ah tiens, j'entends Zoé. Bon, euh... On t'attend au salon. »

Il prit le temps de se relever et alla cueillir quelques fruits qu'il rapporta à l'intérieur. Il avait encore des feuilles dans les cheveux quand il rabattit sa capuche sur sa tête. Il salua rapidement les gens qui arrivaient et se retira dans la pièce qu'il avait aménagée en laboratoire et qu'il transformait à l'occasion en chambre noire. Il envoya les photos prises la veille à

Amélia et les imprima également. Il les avait retravaillées une bonne partie de la nuit. Elle en choisirait cinq, peut-être six pour le roman-photo, et garderait les autres par orgueil.

Lorsqu'il pénétra dans le salon, la dizaine de scénographes, perchistes, maquilleurs et assistants se turent, attendant qu'il présente son travail. Mais, comme les jours précédents, il tendit les tirages à Amélia et remonta à l'étage. Il entendit la costumière demander à cette dernière si elle avait dormi là, et il put presque imaginer son sourire hautain, ses gloussements. Que sa vanité l'étouffe.

Une fois qu'Amélia se fut changée et maquillée, ils rejoignirent à pied la plage, où le tournage aurait lieu ce jour-là. Elle était quasi déserte, l'eau turquoise, le sable blanc. Installer les projecteurs et les parapluies dans le sable s'avéra long et pénible, mais ils finirent par avoir gain de cause et se mirent au travail.

Ils avaient commencé la réalisation des clichés depuis plus d'une heure lorsque Temel vit du coin de l'œil, derrière l'écran de son appareil photo, la silhouette de Mila s'avancer vers eux. Elle n'avait pas répondu à ses messages. Il l'avait croisée à une ou deux réunions du groupe auxquelles il continuait à assister parce que l'expérience de cette rébellion cachée faisait naître en lui une flamme agréable au fond du ventre. La dette qu'il était persuadé de porter s'allégeait quelque peu.

Lors de ces réunions, Mila l'avait ignoré, comme s'il avait tout inventé de cette chose entre eux. Après tout, il ne s'était presque rien passé. Il continua à travailler jusqu'à ce que l'assistante soumette l'idée d'une pause. Il fit alors semblant de la remarquer pour la première fois. Elle était égale à elle-même, lumineuse et discrète à la fois.

« Je suis désolée de te déranger en plein... Ça a l'air chouette, ce que vous faites. »

Elle croisa le regard d'Amélia, qui la considéra avec dédain. Elle se racla la gorge.

« On peut parler ? »

Temel hocha la tête. Il avait peur que, s'il ouvrait la bouche, ses lèvres deviennent incontrôlables.

« Tu me manques, dit-elle une fois qu'ils se furent éloignés. Je suis désolée de t'avoir chassé de chez moi. Je ne voulais pas admettre que tu avais raison.

— J'avais raison, alors ?

— Oui. June a fini par m'avouer qu'elle et Sihem avaient fait partie du micro-groupe qui avait organisé l'attentat. Sa disparition a forcément un lien. D'autres personnes de ce groupe ont d'ailleurs également disparu. Darril évite de trop en parler aux réunions, mais il tient June informée. Et, pour tout te dire, ça devient flippant.

— Je suis désolé. Je ne peux pas en discuter avec toi maintenant mais, si tu as envie de m'en parler, on peut se voir. »

La jeune femme acquiesça.

Il retira ses lunettes de soleil et elle lui trouva l'allure d'un prince.

« Tu vas continuer à venir, je veux dire, à prendre des photos pour nous ?

— Bien sûr. Pourquoi pas ?

— Je ne sais pas... Mais je ne suis pas là pour ça. »

Amélia les rejoignit à grands pas et informa le photographe de la fin de la pause, sans manquer de lui caresser

le bras en s'éloignant. Temel lui jeta à peine un regard, les yeux rivés sur Mila.

« Dis-moi.

— Je suis là parce que, comme je te le disais, tu me manques. »

Elle glissa une main dans la sienne. La réponse de Temel s'étrangla dans sa gorge et il espéra serrer assez fort ses doigts en retour pour qu'elle comprenne. Il lui adressa un regard qu'il voulut riche de sens. Mila rit.

« Bon, je te laisse travailler. »

Temel eut envie de pleurer. Il sentait le souvenir, la promesse du danger. Il avait peur que, une fois qu'il consentirait à cette relation, Mila devienne aussi monstrueuse pour lui que tous les autres l'avaient été.

Mais il n'y a pas de monstre.

« Tu es en sécurité avec moi, chuchota-t-elle. Je te le promets. »

Elle posa un baiser sur sa joue, juste au coin de la bouche. Ils se donnèrent rendez-vous le soir, et il la regarda s'en aller avec la sensation d'être enfin devenu beau.

*

June patientait, les bras croisés. Elle était adossée à un arbre, camouflée, capuche rabattue sur le visage. Elle attendait que la porte de la villa s'ouvre et que la femme blonde sorte. Elle attendait de voir si ses yeux étaient rouges.

Elle ne pouvait rien entreprendre de la journée tant qu'elle ne savait pas si la femme avait pleuré ou non, si ses yeux étaient gonflés, son pas chancelant, si elle entourait sa taille de ses bras ou bien si, au contraire, elle sortait joyeusement et éclatait de rire au téléphone. Parfois, elle portait des lunettes de soleil et, parfois, son corps ne disait rien, indéchiffrable. Ces jours-là, June se sentait tellement mal qu'elle aurait pu mourir.

Elle ne savait plus comment l'idée d'espionner l'épouse de l'homme qu'ils avaient tué lui était venue. Sûrement après la disparition de Sihem. Peut-être lorsque sa sœur avait mis le photographe à la porte. Il avait pourtant raison, et Mila était si persuadée du contraire que June en avait la nausée. Avant cette dispute entre ce photographe trop beau et sa sœur trop confiante, June se sentait en harmonie avec elle-même. Cet homme était une ordure, leur but était d'affaiblir Maven Corp. Elle avait donc fait le bon choix.

Puis quelqu'un qui n'aurait pas dû avait deviné. C'était cette impression d'avoir été vue à son insu, lorsque Temel avait déambulé, l'air de rien, dans sa chambre en lui posant des questions, qui l'avait poussée à aller vérifier, chaque matin, si la veuve avait ou non versé des larmes. Cela la détournait de l'angoisse qu'elle nourrissait envers Sihem et lui permettait de récupérer un certain contrôle. Elle l'épiait désormais deux fois par jour, depuis qu'elle avait avoué à Mila qu'elle était bien responsable de l'explosion de la voiture et de la mort de l'homme.

Sa sœur n'avait pas pleuré. Elle ne lui avait pas dit qu'elle était folle. Elle ne lui avait pas crié dessus. Tuer un homme, cela n'existait pas dans son champ de possibilités. Elle l'avait simplement regardée comme si elle ne la voyait pas, comme si, dans cette nouvelle réalité, sa sœur n'existait plus.

Elles ne s'adressaient plus la parole. Mila l'évitait dans l'appartement, tressaillait quand elles s'effleuraient par mégarde. Et June la surprenait souvent à regarder dans le vide, l'air profondément perplexe.

Bien sûr que c'était douloureux. Mais ce n'était rien à côté de cette sensation du devoir accompli, cette satisfaction d'avoir eu un impact réel. Si Sihem n'avait pas disparu avec Anton et Claire, elle n'en aurait jamais parlé à Mila. Parce que c'était son accomplissement à elle. Mais Temel avait vu, et sa sœur avait compris.

La femme sortit de chez elle. Ce jour-là, elle avait l'air de plutôt bonne humeur et portait une robe à fleurs courte et fluide. Penchée sur son téléphone, elle faisait bouffer ses cheveux de l'autre main, et June décida que cette nuit elle n'avait pas pleuré. Elle attendit que le taxi ait emmené la veuve et partit en sens inverse.

Lorsqu'elle mit un pied dans l'appartement, June sentit son odeur, reconnut son sweat sur le portemanteau, entendit sa voix. Elle fit irruption dans la cuisine où ils discutaient en fumant. Le photographe lui adressa un regard et Mila prit un air pincé pour annoncer :

« Maman a appelé. Je lui ai dit que tout allait bien.

— Et tu voudrais lui dire quoi d'autre ? ironisa June avec méchanceté en se servant un verre d'eau.

— Je veux que tu déménages d'ici. Je ne peux plus te voir.

— Quoi ? »

Mila ne la regardait pas, concentrée sur sa clope qui partait en fumée.

« Ça y est, ce mec fait à nouveau partie de ta vie et tu recommences à dire n'importe quoi.

— C'est vrai que c'est complètement absurde de ne pas vouloir vivre sous le même toit qu'une meurtrière.

— Faire tomber un aussi gros lieu de pouvoir que Maven Corp exige des sacrifices. Je pensais que tu étais assez intelligente pour le concevoir.

— Comme cet indigène que vous avez laissé accuser de votre crime, alors que vous vous vantez à grands cris d'être de leur côté ?

— Je suis désolée pour lui, mais...

— Tu me dégoûtes », la coupa Mila.

June lança son verre à travers la pièce et sortit en claquant la porte. Mila écrasa sa cigarette avec rage dans le cendrier et se prit la tête entre les mains.

« C'est un enfer, murmura-t-elle. Ma sœur a tué quelqu'un et considère que ce n'est pas plus grave que d'avoir lancé une pierre dans une vitrine pendant une manif.

— Tu peux venir habiter chez moi. »

Mila releva la tête. Temel la regardait avec sérieux.

« Je veux dire, j'ai plein de pièces dans lesquelles je n'entre jamais, j'ai de la place et on se... On ne se verra pas tant que ça, puisqu'on travaille et... Enfin j'ai de la place, quoi. Si tu veux. »

Il se tut en lui adressant un sourire timide qu'elle trouva irrésistible.

Elle éclata de rire.

« Tu sais quoi ? Faisons ça. »

Derrière la porte, June serra les poings et les dents, hésita un instant, puis fonça dans sa chambre. Elle alluma ses

ordinateurs et ses deux téléphones. Elle espérait avoir reçu un message de Sihem, par n'importe quel moyen, sur le web ou le darkweb, chiffré ou en clair, dissimulé dans une pub, un article, une vidéo, n'importe où. Mais les appareils restèrent muets. Elle reprit ses recherches. Comme chaque jour, elle retraça les dernières heures de Sihem, regroupa les informations à sa disposition, essaya de trouver, en infiltrant les réseaux de Maven Corp, un post, un article ou un support quelconque qui parlerait d'elle, ou d'une situation anormale, un indice. En vain.

Comme chaque jour, non seulement elle ne trouvait pas trace de Sihem, mais elle n'avait aucun moyen de se protéger si l'envie les prenait de la kidnapper elle. Ou Mila.

Puis elle eut une idée. Elle rejoignit la cuisine et s'adressa à Temel :

« Tu as la clé pour te rendre dans la ville des hologrammes ?

— Pour quoi faire ? voulut savoir Mila.

— Non, je n'ai pas la clé.

— Comment tu as réussi à y prendre tes photos, alors ?

— C'est mon agent qui a géré ça.

— Est-ce que tu pourrais...

— Pour quoi faire ? insista Mila, agacée.

— Peut-être que c'est là-bas qu'ils retiennent Sihem et les autres.»

Elle les vit échanger un regard.

« Je ne peux pas t'aider, articula Temel.

— Tu sais que, toi aussi, ce que tu fais est considéré comme un crime ?

— Qu'est-ce que c'est que ça, encore ? soupira Mila.

— Hein, Temel ? Tu le sais ? Ouh là, oui, ça a l'air. Mila, désolée si tu n'étais pas au courant.»

Le photographe quitta le canapé pour aller s'adosser à la fenêtre, ses yeux verts électriques plantés dans ceux de June. Il ne lui intimait pas l'ordre de se taire ou de retirer ses propos. Il ressentait simplement une immense fatigue à l'idée de devoir évoquer ça.

Mila, qui s'était levée à son tour, s'écria :

« Quelqu'un m'explique ?

— Il demande de l'argent à des hommes en échange de relations sexuelles. De la prostitution, ça s'appelle. C'est puni par la loi. Oui, j'ai piraté tes messageries.

— Quoi ? »

Mila jeta au jeune homme un regard déconcerté. Il ne répondit pas tout de suite. Il n'avait pas honte de ses actes mais trouvait pénible que June s'en serve contre lui. Il finit par demander avec une certaine ironie :

« Et donc, si je ne te donne pas les clés, tu me dénonces à la police ? June, on ne peut pas te reprocher tes convictions, mais ce que vous avez fait est un acte terroriste. Si tes amis ont disparu, c'est qu'on leur a réservé le sort qu'on réserve aux personnes qui commettent ce genre de choses. Tu crois que les gars de Maven Corp se comportent correctement, parce qu'ils viennent de pays à peu près démocratiques ? Au contraire. La justice n'existe nulle part, ni celle qui répartirait équitablement les richesses ni celle qui offre un procès aux criminels. Nous sommes au milieu de l'océan, coupés du reste du monde. Le plus sage serait que tu t'enfuies avant qu'ils ne te trouvent. Et Mila aussi. Je ne sais pas si mes privilèges et mon statut l'aideront bien longtemps. En attendant, elle vient habiter chez moi. Enfin, si elle le souhaite toujours.»

Il avait parlé avec mesure. June sentit les larmes couler sur ses joues. Elle l'avait provoqué pour qu'il proteste, se défende, pour qu'une dispute s'ensuive et que le poids de son cœur s'allège dans des cris de colère. Mais il ne lui avait opposé aucune résistance et son énergie tournait à présent dans le vide, sans prise.

Elle tituba jusqu'au canapé :

«Vous ne comprenez pas. Oui, nous avons tué un homme. Parce que Maven Corp assassine l'humanité en vendant à des prix ridicules de la nourriture ultra-transformée, bourrée de sucre, d'exhausteurs de goût, de colorants et d'additifs. Leurs élevages sont intensifs et leurs cultures aussi, ultra-polluantes et sans aucun respect des animaux et de la nature. Ils traitent leurs producteurs locaux comme des esclaves. Ils manipulent les gens sur les réseaux sociaux et dans leurs publicités. Ils utilisent leur influence pour que les États ne régulent pas le marché et les laissent régner en maître, empêchant ainsi toute concurrence et interdisant à toute initiative responsable de croître.»

Elle s'arrêta pour ravaler les sanglots qui roulaient dans sa gorge.

«Vu le prix de leurs produits et leurs conséquences néfastes sur la santé, vu la pression qu'ils mettent aux États pour que ceux-ci délaissent la protection de la santé publique, ils obligent les humains à acheter leur propre mort en leur faisant croire qu'ils les aident à rester en vie. Ce qu'ils font est grave, et il faut les arrêter. Si cette explosion était à planifier une nouvelle fois, je le referais. Si je pouvais, je les brûlerais tous un par un jusqu'à ce que Maven Corporation n'existe plus.

— Oui, approuva Mila, tout ça, je le comprends. Je suis aussi en colère que toi. Mais commettre un meurtre prémédité, ce n'est pas anodin. Ça dépasse les limites de tout ce qu'on avait pensé faire. Cela fait de toi quelqu'un de complètement différent.

— C'est vrai», finit par admettre June.

Mila acquiesça lentement. Elle approcha sa main pour prendre celle de sa cadette, mais arrêta son geste avant.

Puis elle se détourna pour aller faire ses bagages.

Les deux sœurs ne se croisèrent plus qu'aux réunions organisées par Darril, dans la grotte sans lumière, les lèvres closes derrière des masques en plastique blanc.

La première semaine de son emménagement chez le photographe, Mila et Temel se virent à peine. Elle avait des horaires impossibles chez Maven, lui enchaînait les tournages avec Amélia et les rendez-vous professionnels. Ils ne dormaient pas ensemble parce qu'elle n'osait pas le rejoindre la nuit, d'ailleurs elle avait essayé un soir mais sa chambre était vide.

Un matin, cependant, ni l'un ni l'autre ne travaillait et ils se croisèrent au petit déjeuner. Il avait l'air d'avoir peu dormi, les cheveux en bataille et des cernes prononcés. Il était assis torse nu sur les marches menant au jardin. Elle s'approcha doucement de lui, l'entoura de ses bras et lui embrassa la nuque. Il rit. Elle vint s'asseoir à côté de lui et observa l'impact de balle tatoué au niveau de son cœur, les gouttes de sang écarlates qui coulaient sur ses côtes mates. Elle réprima l'envie d'en dessiner le contour du bout des doigts pour sentir son cœur vibrer sous ses phalanges. Il passa un bras autour de ses épaules et posa son front contre sa joue.

« Tu as bien dormi ? »

Elle acquiesça. Ils parlèrent de tout et de rien devant leurs tasses de café, riant, profitant du soleil, de la vue sur le jardin magnifique et du bonheur d'être ensemble. Il passa sa main dans ses cheveux couleur miel, la complimentant sur leur douceur. Elle aurait tant eu à dire sur lui qu'elle ne dit rien. Elle ne voulait pas être de celles qui l'aimaient pour sa beauté.

Finalement, il prit la parole :

« Je suis désolé pour ce dont a parlé June. J'imagine que ça ne fait plus de moi un très bon choix. »

Elle lui caressa la main.

« Tu peux m'expliquer, si tu as envie.

— Je ne sais pas. Ça simplifie les rapports. »

Il prit son temps avant de continuer :

« Je sais pourquoi ils sont là et ils savent pourquoi je suis là. Les hommes ont toujours eu incroyablement besoin de mon corps. De se l'approprier. Alors, s'ils payent, ce n'est plus un acte injuste et violent que je subis. Ça devient, je ne sais pas, quelque chose de normal. De contractuel. Comme le reste.

— Tu le fais encore ? »

Il allait répondre quand son téléphone vibra. Il lut le nom de l'expéditeur.

« Tu sais, j'écris à ce type qui vivait sur l'île avant d'en être chassé.

— Quoi, mais c'est dingue !

— Je te jure. Tu veux lire ce qu'il me dit ? »

Mila acquiesça et prit son téléphone au photographe.

Elle lut à voix haute :

Monsieur le photographe. Est-ce que tout se passe bien sur mon île ? Il me reste trois mois de travail à effectuer, et puis je rentrerai avec mes parents et ma sœur. Tu auras intérêt à être parti, d'ici là ! Je plaisante. Je sais que ce n'est pas évident de devoir partir à toute vitesse et de n'avoir plus nulle part où aller. Et, d'après ce que tu m'as dit, je sais que tu le sais aussi.

Je ne m'attendais pas à ce que la discussion soit possible entre nous. Que tu me répondes et que tu t'intéresses à ce que je vis. Mais enfin, vous nous avez tout volé, comment je pouvais m'attendre à ce que tu ne sois pas tout à fait comme eux ?

Tu sais, je commence à maîtriser leur langue, et j'ai l'impression que la mienne s'efface. Je ne l'entends plus nulle part. Même pas chez moi. Quand je discute avec quelqu'un, c'est à moi de m'adapter. Penses-tu que quelqu'un se dise qu'il serait sympathique de connaître quelques mots dans ma langue pour me mettre à l'aise, me comprendre un peu plus ? Nous n'avons aucun poids. Et même si nous nous épuisons chaque jour pour faire au mieux, pour nous intégrer et leur plaire, il y a toujours leurs regards aux aguets. Ils attendent que nous commettions l'erreur qui prouvera que nous sommes comme ils avaient imaginé.

Mes parents sont fatigués. Nous avons perdu notre logement, alors que nous travaillons tous les quatre. Nous avons vécu dehors deux semaines avant de pouvoir en retrouver un. Et pourtant il faut aller chaque jour travailler, et sourire, et leur plaire, et eux qui attendent que nous fassions un faux pas !

Et toi, comment ça avance avec cette super demoiselle qui te plaît ?

Réponds-moi.

Khaïm.

*

Il ravala ses larmes. Son patron lui avait déjà reproché ce matin de mal faire son travail et l'avait même menacé de se séparer de lui. Alors Khaïm avait redoublé d'efforts.

La journée avait passé lentement et, le soir, alors qu'il ne tenait presque plus debout, il fut plus qu'heureux de pouvoir s'avachir dans un fauteuil moelleux dans le bar où l'homme lui avait donné rendez-vous. Le bruit de deux pintes posées sur la table le réveilla brutalement. En voyant son état, l'homme décida de commander aussi à manger. Khaïm ne parla pas avant d'avoir englouti son hamburger.

« Tu as l'argent ? »

Le garçon fouilla dans sa poche et lui tendit la plus grosse partie de son salaire. L'homme fit disparaître les billets dans sa veste en souriant. Il avait peu à peu perdu ses manières distinguées depuis que Khaïm avait accepté le deal.

« Écoute mon bonhomme. Il y a eu un petit souci avec le voyage. Le prix a augmenté.

— Comment ça se fait ?

— Ah ça, c'est pas nous qui décidons. C'est ces salauds de passeurs. Ils font ce qu'ils veulent. Le truc, c'est que ça va te rajouter trois mois de boulot. »

Khaïm sentit le poids du monde lui tomber dans la poitrine. Il pensait être si proche du but. Il s'apprêtait à protester, mais l'homme lui posa une main sur l'épaule.

« Allez, petit, c'est pas si grave. Trois mois de plus, c'est pas la mer à boire. On se revoit le mois prochain ! »

Et il s'en alla, laissant Khaïm au bord des larmes dans son fauteuil.

*

« Ce que je veux dire, c'est qu'ils ont accès à l'intégralité de notre cerveau et peuvent le modifier à leur goût. Supposons qu'à cause d'un accident de voiture que j'aurais vécu, je sois particulièrement fatiguée le soir. Ils effaceront cette donnée dans le corpus de mon hologramme. Plus de ralentissement après 18 heures. Le souvenir de l'accident n'existe plus pour lui. Ils peuvent aussi agir sur le code informatique de l'hologramme à leurs propres fins : augmenter l'importance de l'entreprise dans sa vie, falsifier des faits qui ne les arrangeraient pas, le manipuler entièrement pour qu'il devienne plus efficace. Imaginez qu'il leur vienne l'idée de transférer ce nouveau cerveau électronique dans celui de l'humain ? Et puis, si j'en viens à ne plus travailler pour eux, qui dit qu'ils ne garderont pas ces données ? Les possibilités sont infinies, et nous n'en connaissons pas une seule.»

Il n'aurait pas pu faire plus froid dans la grotte. Derrière son masque en plastique et sous ses cheveux crépus, la voix de Katia pénétrait jusque dans leurs os et les faisait frissonner.

«J'ai découvert autre chose. Le test de personnalité que j'ai effectué leur a donc permis de donner matière à l'hologramme pour reconstruire ma personnalité, mais aussi pour prédire, dans une certaine mesure, mes réactions. L'hologramme a comme un temps d'avance, il représente mon futur. Et, si quelque part dans mon esprit a germé l'idée d'une rébellion, mon hologramme en donnera les signes avant que je ne le fasse. Il me trahira, en un sens.»

Un ange passa.

«Cela rend vraiment délicat ce double jeu que je joue, continua-t-elle, et j'espère avoir rempli le test de manière à ne pas nous trahir. D'ailleurs, je pense que nous pourrons exploiter sans mal l'enregistrement que j'ai effectué pendant mon rendez-vous avec le médecin. Le reste, je l'ai appris au détour de conversations et je n'en ai pas de traces. Mais, Darril, nous pouvons convenir d'un plan pour récupérer ces infos.»

L'homme sursauta, comme tiré de sa rêverie. Il avança vers Katia, se tourna vers le reste du groupe, puis vers Katia de nouveau.

« Je suis consterné par le récit que tu viens de nous faire, avoua-t-il. Je vais avoir besoin d'un peu de temps pour remettre mes idées en place. Mais je suis content de t'avoir parmi nous. Bravo pour ce boulot.

— Il faut les désactiver, suggéra une voix. Katia l'a dit, pour l'instant ce ne sont que des assistants mais, s'il prenait l'envie à Maven Corp de s'en servir pour modifier un être humain, il n'y aura plus de limites. Qui sait s'ils ne l'ont pas déjà fait ? »

Tout le monde acquiesça. Malgré son pull, Mila frissonna. Pas très loin d'elle, elle pouvait voir les poings de June se serrer, tout son petit corps se tendre. S'il y avait des hologrammes à massacrer, sa sœur serait la première à se jeter dans la bataille.

Darril éleva la voix au-dessus des murmures :

« Oui, je pense que les désactiver est la bonne solution. C'est comme ça qu'on affaiblira vraiment Maven Corp. Il faudra, bien sûr, faire fuiter ça. Je ne crois pas que grand monde soit au courant de l'existence de ces... robots.

— Piratons les ordinateurs qui contrôlent les hologrammes ! suggéra quelqu'un.

— Ça semble compliqué, répliqua une voix. Nous avons déjà tenté de pirater le système informatique de Maven Corp. Et je peux vous dire que leurs pare-feu, clés de chiffrement et tout le reste sont très élaborés. J'imagine que pour des données aussi importantes que les hologrammes, ils en utilisent de plus complexes encore voire des *air gaps*. Là, ça rend le piratage absolument impossible, quel que soit le moyen utilisé. Sauf si l'on a physiquement accès aux serveurs.

— Dans ce cas, on pourrait les détruire ? proposa quelqu'un d'autre. Plutôt que de les pirater.

— Ils sont protégés des attaques informatiques, mais le sont-ils tout autant des attaques physiques ? Cela les prendrait sûrement par surprise.

— Bonne idée, mais comment y accéder ? Les hologrammes apparaissent dans cette ville tout en verre, mais est-ce que cela signifie que les ordinateurs qui les contrôlent se trouvent aussi dans la ville ?

— Et puis où dans la ville ? Apparemment, elle est immense, non ?

— Serait-il possible que le centre de contrôle soit situé dans les bureaux de Maven Corp ?

— Le photographe connaît quelqu'un qui détient plein de réponses sur les hologrammes, affirma soudain June. Son agent.»

Tous les regards se tournèrent vers Temel. Il balbutia, pris de court. June exultait. Pénétrer dans la Ville de verre, c'était une chance de plus de retrouver Sihem. L'occasion tant attendue lui était offerte sur un plateau d'argent.

Darril fit revenir le calme et donna rendez-vous au groupe la semaine suivante. D'ici là, de nombreuses informations étaient à récupérer, et il réfléchirait à un plan d'action minutieux.

En sortant de la grotte, les deux sœurs s'ignorèrent soigneusement. June se dépêcha de disparaître dans l'obscurité, accompagnée de deux ou trois autres personnes.

Mila fit part à Temel de son trouble. Elle était choquée par le comportement de sa sœur et avait du mal à rendre réel le meurtre qu'elle avait commis ainsi que ses conséquences. Que signifiaient pour elle les actes de sa sœur ? Que disaient-ils d'elle-même ? Devait-elle la protéger, la dénoncer, ne rien faire ? Avoir ses parents au téléphone était une torture.

Cela remettait aussi en cause son combat avec le groupe. Darril n'avait pas puni les meurtriers et était sûrement l'instigateur du projet. Était-ce ainsi qu'elle avait envie de mener sa lutte, aux côtés de terroristes ?

Lorsqu'elle avait embarqué sur ce bateau, elle pensait être consciente de l'ampleur du projet, mais elle se rendait compte à présent qu'elle était partie sans rien savoir, naïve et trop confiante. Elle avait soigneusement tenu son journal jusqu'à ce que Sihem, Anton et Claire disparaissent. Depuis, elle l'avait brûlé, méfiante. Elle se retournait dans la rue pour être sûre de n'être pas suivie, s'inquiétait dès qu'un collègue de travail la fixait quelques secondes de trop. Elle ne voulait pas payer pour les actes de sa sœur, mais elle était empêtrée avec elle jusqu'au cou. Elle sentait qu'elle ne pouvait ni reculer ni fuir. Darril menait leur barque.

Temel l'écouta jusqu'à ce qu'ils arrivent chez lui. Il lui prépara un cocktail alors qu'elle s'allongeait en bougonnant sur le canapé.

« Fuir ne me semble pas si impossible, finit-il par dire. Mais peut-être après.

— Après quoi ?

— La désactivation des hologrammes.

— Quoi ? Toi aussi, tu veux te lancer là-dedans ? »

Temel haussa une épaule et s'appuya avec souplesse contre le bar.

« Tuer, ce n'est pas ton truc. Compréhensible. Mais désactiver ces hologrammes, est-ce que ce n'est pas une action en accord avec tes valeurs ? L'action ultime ?

— J'ai déjà mené des actions pour Darril en accord avec mes valeurs. J'ai récolté des preuves sans faire de mal à personne... Je n'ai rien à prouver.

— Alors tu serais prête à partir ? »

Mila se releva et se mordit la lèvre. Elle croisa les bras, les décroisa. Puis elle but une gorgée du cocktail et finalement se lova contre l'accoudoir.

« Ce n'est pas si simple.

— Je sais. »

Il la prit dans ses bras, laissa ses larmes mouiller son tee-shirt, mouiller la peau de son torse et ses cicatrices.

Ils firent l'amour pour la première fois sur le canapé, en déséquilibre, sans espace, conjurant peurs et blessures, parce qu'il n'y avait que l'un pour l'autre, elle pour lui, sans coups ni morsures, et parce qu'ils n'avaient rien d'autre à faire que s'aimer pour éloigner la violence du monde.

Temel resplendissait, penché sur l'écran de son appareil photo. Mila effleura du bout du doigt sa nuque dégagée, si gracieuse. Il se retourna en lui adressant un regard d'un vert lumineux. Des fossettes se creusèrent, son sourire éclata, et la jeune femme sentit son cœur s'accélérer.

Mila s'était simplement couverte d'un drap. Elle voulait garder son odeur sur sa peau, ce désert énigmatique dans lequel il l'avait plongée toute la nuit. Elle voulait qu'aucun vêtement n'efface ses caresses, la pureté de son regard, son contact fragile et précieux, qu'aucun coup de brosse ne vienne blesser le souvenir de ses doigts dans ses cheveux. De ses larmes dans son cou.

Ils se regardèrent un instant comme s'ils se voyaient pour la première fois. Ils se sentirent stupides et éclatèrent de rire.

Un coup de sonnette vint cependant briser cette atmosphère joyeuse. Mila fronça les sourcils, craignant qu'on ne vienne pour elle et se recroquevilla sur elle-même. Temel se leva, déposa un baiser sur son front et alla ouvrir. Elle l'entendit trébucher dans les escaliers et pousser un juron.

Elle le suivit jusqu'en haut de l'escalier, d'où elle avait vue sur la porte d'entrée. Ce n'était que Clarisse, l'agent du jeune homme, qui le prit dans ses bras avec chaleur.

« Je suis tellement heureuse que tu aies souhaité me voir », dit-elle en entrant. Alors qu'elle pénétrait plus avant, Mila l'entendit s'écrier :

« Dis donc, vous êtes trente à vivre ici ou quoi ? Tu es sûr que tu ne veux pas d'aide pour le ménage ? J'envoie quelqu'un aujourd'hui sinon... »

Mila ne savait pas si elle devait descendre ou s'éclipser, elle s'assit donc sur la marche la plus haute. Clarisse, qui revint mettre sa veste sur le portemanteau, croisa avec surprise son regard en se retournant. Elle trouva que la jeune femme dégageait une certaine beauté, une sorte de force discrète, même enveloppée de ce drap qui la couvrait à peine, la peau pâle sous ses cheveux emmêlés. Elle lui adressa un geste de la main et demanda en souriant :

« Vous vous joignez à nous ? »

Mila les rejoignit quelques minutes plus tard. Elle avait passé les vêtements les plus couvrants qu'elle avait trouvés, gênée qu'une parfaite inconnue l'ait surprise à moitié nue. Temel fumait contre la porte menant au jardin, jouant à la faire rebondir sur le bout de sa chaussure. Il éprouvait au fond de lui un sentiment inconnu, une paix, une évidence.

Clarisse avait déplacé quelques affaires pour s'asseoir sur une chaise du bar. Elle était amusée par les regards que les deux jeunes gens se lançaient, leurs sourires timides, laissant entendre qu'ils partageaient un secret qu'eux seuls pensaient secret.

« Et donc ? Une comète est tombée dans ce salon ?

— C'est l'équipe de tournage d'Amélia. Ils prennent à la lettre le *Faites comme chez vous*. Je vais m'en occuper. Au fait, je te présente Mila. »

Les deux femmes se sourirent et échangèrent quelques banalités. Puis Clarisse s'enquit de la raison de sa présence.

« J'ai des questions sur les hologrammes. Tu veux un café ? Mila ? »

Elles déclinèrent son offre.

« Je n'y connais rien, aux hologrammes. Pourquoi est-ce que tu fais appel à moi ?

— Ne fais pas comme si tu n'y connaissais rien », répliqua le photographe avec une certaine dureté.

Clarisse se demanda s'il lui en voulait encore pour leur dispute. La boucle à son oreille renvoyait un éclat de lumière sur le bord de sa mâchoire. Il gardait la tête obstinément tournée vers l'extérieur. Mila parut étonnée du ton employé par le jeune homme.

«C'est toi qui m'as fait entrer dans la Ville, toi qui m'as expliqué à quoi ils servaient. Je suis sûr que tu en sais plus que tu ne veux bien le dire.

— Quelle importance?

— Je ne peux pas t'expliquer. Je le ferais sinon.»

Ils se fixèrent un instant. Temel recracha sa fumée. Clarisse parut hésiter.

«Qu'est-ce que vous mijotez?

— Mais rien.»

Un silence plana.

«Temel, j'ai sauvé ta peau un nombre incalculable de fois, parce que tu as tendance à te comporter comme un petit con borné. Tu sais très bien de quoi je parle, et la liste est longue. Je ne remets pas en cause la qualité de ton travail. Mais, là, ça mérite une explication.»

Il croisa les bras. Il n'était pas surpris par ces remarques, Clarisse sauvait souvent les meubles quand il se sabordait de diverses manières. Il ne trouva rien à répondre.

«C'est pour moi, expliqua Mila sur le ton de l'aveu. C'est moi qui ai quelques questions, si ça ne vous ennuie pas.»

Temel quitta la pièce sans un mot. Les deux femmes échangèrent un regard. Clarisse se racla la gorge.

«Ah bon. Eh bien, soit... Je t'en prie. Sur quoi portent tes questions?»

Mila allait se lancer mais Clarisse continua:

«Il me dit souvent qu'il n'y a que ses photos qui le relient à la réalité, que sans elles il n'existe pas. Parfois il est *persuadé* qu'il n'existe pas, et alors il se comporte comme tel. Moi, je pose des chiffres sur ses ressentis les plus profonds.

Je lui demande de rendre commerciale cette chose irréelle qui lui donne envie de créer, de vivre. Il doit photographier des choses qui n'ont aucun intérêt pour lui. C'est injuste. Et puis cette beauté qui l'éloigne du reste du monde… Il me fait payer tout ça.»

Mila se demanda un instant si elle allait se mettre à pleurer mais Clarisse reprit, avec un certain entrain cette fois:

«Bon. Alors, dis-moi. En quoi puis-je t'aider?»

Bien des années auparavant, Clarisse était tombée amoureuse. De cet amour trop rapide, trop fort, qui laisse des séquelles à long terme. Elle travaillait déjà pour Overnight Company et, dans les bureaux, on commençait à parler de ce projet fantastique que constituerait l'île. Ce n'était qu'une ébauche, on ne savait pas encore si Overnight serait sélectionnée pour y participer. Mais cela les faisait tous vibrer. Ils imaginaient les missions incroyables qui leur seraient confiées, déliraient sur la vie paradisiaque qui serait la leur, la puissance qu'ils acquerraient.

À cette époque, Clarisse était assistante d'un grand agent de photographes et courait du matin au soir pour satisfaire ses besoins, qui dépassaient parfois les limites du cadre professionnel. En dehors du bureau, sa vie se résumait à de longues soirées en solitaire dans son appartement luxueux et à quelques week-ends chez son frère, qui vivait avec sa famille dans un chalet à la montagne. Clarisse revenait ragaillardie de ces longues randonnées dans la neige et en rapportait le souvenir du silence immense et généreux de la nature. Les brunchs dans des restaurants gastronomiques et les événements dans les galeries, les cinémas et les théâtres égayaient sa vie de célibataire. Elle attendait surtout que sa carrière décolle.

Lorsque le directeur et fondateur d'Overnight Company leur annonça officiellement leur participation au projet de l'île, Clarisse sut que c'était sa chance. Il y aurait une réorganisation des missions, des postes et des emplois. Elle augmenta ses heures de travail, anticipa ce qui n'avait pas encore été pensé, se démarqua par sa rapidité d'exécution et ses idées brillantes. Quelques mois plus tard, on lui offrait le poste d'agent des artistes photographes. Sur l'île.

Elle fut alors conviée aux réunions organisées avec les entreprises qui y établiraient leurs locaux : Beemix, Maven Corporation... En effet, l'idée était de faire se rencontrer les collaborateurs de toutes ces boîtes pour qu'une fois le projet lancé, les savoir-faire puissent se mélanger et se nourrir mutuellement. Pour le futur. On les invita à des journées de cohésion inter-entreprises, des mascarades pour faire croire que le bien-être des employés comptait.

Georg était un informaticien aux manières froides, aussi ambitieux que Clarisse, et qui travaillait depuis de longues années pour Maven Corporation. Ils s'étaient retrouvés côte à côte pendant un déjeuner et avaient eu le temps d'échanger quelques phrases sur leurs postes respectifs. Informaticien, donc, mais Clarisse sentait qu'il y avait autre chose, et elle le tanna jusqu'à ce qu'il se penche vers elle et lui chuchote à l'oreille qu'il travaillait à créer un hologramme. Puis il avait fait le signe du secret en posant un doigt sur ses lèvres, et ils s'étaient mis en couple.

Mila leva un sourcil :

« Ah bon ? Comme ça ? C'était rapide.

— Non, enfin, bon, je t'épargne les détails, ce n'est pas la question », éluda Clarisse avant de continuer.

Peu à peu, grâce à sa relation avec Georg, elle en apprit plus sur ce mystérieux hologramme dont elle n'aurait même pas dû connaître l'existence. Pas encore validé officiellement par la direction de Maven Corp, ce n'était qu'un prototype sorti de l'esprit peu conventionnel de cet homme. Mais son

supérieur lui avait tout de même laissé les clés d'un laboratoire pour qu'il puisse faire ses premiers tests. Et les résultats avaient été étonnamment concluants.

Finalement, cette histoire d'hologramme n'avait que très peu compté dans leur couple. Ce n'était qu'une anecdote, et Clarisse ne parla pas de la passion corrosive et frustrante, de l'inconsistance de cette relation où aucun des deux n'était sain pour l'autre.

Lorsque Temel avait fait part de son envie de photographier quelque chose de différent, Clarisse avait repensé à ces hologrammes, qui avaient depuis pris une ampleur phénoménale et n'étaient plus un secret – du moins sur l'île. Elle avait recontacté Georg, qui avait permis à Temel de pénétrer dans la Ville de Verre. Juste une fois.

Mila bondit du canapé, le regard pétillant. Elle voulut immédiatement en savoir plus sur le fonctionnement de la Ville et de ses hologrammes. Clarisse fit la moue. Elle ne se résolvait pas à donner ces informations sans savoir à quoi elles serviraient. La jeune femme lui assura que moins elle en saurait, mieux elle se porterait. Clarisse secoua la tête :

avait-elle envie de se lancer dans un projet qui nécessitait justement une telle ignorance ?

Et puis elle croisa le regard pâle du photographe, qui se tenait dans l'entrebâillement de la porte et semblait toiser ses réticences, lui ordonner de prendre un risque, pour une fois dans sa vie. Comme si aller te chercher sous les bombes et te défendre aux yeux du monde, ce n'en était pas un, songea-t-elle. Donner une chance à ceux qu'on ne regarde pas, et éloigner de la violence ceux qu'on regarde trop.

« J'en ai fait déjà beaucoup, conclut-elle dans un souffle.
Et je n'en sais pas plus. Excusez-moi. »

Et elle s'en alla en faisant claquer ses talons sur le marbre.

Alors que le taxi quittait la zone pavillonnaire, elle se dit que le photographe n'avait certainement rien voulu lui signifier de spécial en la regardant de la sorte.

*

June attendit que la voiture ait disparu. Elle ajusta le masque sur son visage, enfonça sa capuche et remonta ses gants jusqu'aux poignets, avant de se mettre à courir en direction de la femme. Elle se jeta sur elle, l'assomma d'un coup sur la tête et tira par le bras sa victime groggy jusqu'à l'arrière de la maison. Elle l'immobilisa contre le mur et la regarda s'affaisser après lui avoir envoyé un coup de genou dans le ventre.

Puis elle se planta devant elle, attendant qu'elle se remette du choc. Après s'être tenu les côtes quelques instants en poussant des jurons, la femme leva ses yeux d'un bleu délavé sur son assaillante et esquissa un rictus qui surprit cette dernière.

« Je me demandais quand vous passeriez à l'assaut », grimaça-t-elle.

Le masque dissimula l'étonnement de June.

« Cela fait des jours que vous m'épiez depuis l'autre côté de la rue, il y avait bien un moment où... »

La jeune femme lui donna un coup de pied violent dans le genou pour ne pas affronter son sentiment de gêne. La femme se recroquevilla à nouveau en gémissant.

« Est-ce qu'on pourrait discuter de tout cela à l'intérieur ? » demanda-t-elle d'une voix éraillée.

June se gratta la tête à travers sa capuche et acquiesça. Elle attrapa la femme par le bras pour la relever brutalement et le lui maintint fermement tandis qu'elles pénétraient à l'intérieur par la véranda. Une fois au salon, June tira de sa poche un bout de ficelle. Elle ligota les mains de la femme dans son dos, par-dessus le dossier d'une chaise sur laquelle elle l'avait poussée.

« Asseyez-vous », lui suggéra la femme.

June était déstabilisée par cette attitude. Elle tenta de garder l'avantage en restant debout, jambes écartées, les poings serrés, dans une posture qu'elle espérait menaçante.

« Comme vous voudrez. Eh bien, vous ne me dites pas pourquoi vous êtes là ?

— Dites-moi ce que vous avez fait d'eux. »

Elle avait ajouté dans son masque un modificateur de voix, et son timbre prit une teinte métallique, inquiétante.

« D'eux ? »

June se saisit d'une petite sculpture en bronze posée sur la table basse et frappa la femme au tibia. Celle-ci poussa un cri en se penchant en avant.

« Je ne suis pas d'humeur à jouer, prévint June. Je ne me répéterai pas. Dites-moi ce que vous avez fait d'eux.

— Si vous parlez de ces individus qui ont assassiné mon mari, j'en sais à peine plus que vous.

— Alors discutons de cet *à peine plus*, pour commencer. »

La femme ferma les yeux un instant.

Quand elle les rouvrit, elle semblait avoir retrouvé sa contenance.

« Pour tout vous dire, je suis en lien avec un enquêteur dépêché expressément sur l'île dans le cadre de cette affaire. Mais il ne me communique que le strict minimum, et rien qui puisse me chambouler encore plus, pauvre âme que je suis. »

Elle eut à nouveau ce rictus.

« Les femmes sont de petites choses fragiles à protéger, n'est-ce pas, mademoiselle ? Surtout celles qui perdent ce qui compte le plus pour elles. Leur mari. Ils pensent que le maximum qu'une femme puisse faire, c'est être belle. Mais intelligente et forte ? Ils nous connaissent si mal. Si j'avais ces petits salopards en face de moi, je les étriperais à mains nues. Pourtant, est-ce que ma vie tournait autour de mon mari ? Certainement pas. »

June écoutait avec une attention qu'elle ne voulait pas lui accorder.

« Connaissez-vous au moins mon nom, mademoiselle ?

— Détourne encore une fois la conversation, et je t'éclate le crâne. »

La femme leva une main comme pour signifier qu'elle comprenait, puis reprit :

« Je m'appelle Ivana. Enfin... Ce que je sais de ce qui vous intéresse, c'est qu'ils ont été sortis de l'île.

— Morts ?

— Je ne sais pas.

— Y a-t-il une chance pour qu'ils soient retenus dans la Ville de Verre ?

— On m'a dit qu'ils avaient été sortis.

— Comment les ont-ils attrapés ?

— Grâce à la compétence de leurs services et à leur fidélité aux hommes comme mon mari, singea-t-elle, avant de reprendre avec sa voix normale : Je n'en sais pas plus. Je suis une femme. Traitée comme telle. Maintenue dans l'ignorance des affaires des hommes. »

June abattit une nouvelle fois la sculpture contre le tibia d'Ivana. Il y eut un bruit de craquement. La femme laissa cette fois échapper un hurlement mêlé de larmes.

« Je crains qu'il ne faille faire un effort, Ivana. Comment les ont-ils attrapés ?

— Je vous dis que je n'en sais rien ! » s'écria l'épouse.

Elle tressaillit en baissant les yeux vers son pantalon, dont le tissu s'imbibait de sang.

« Le petit souci, c'est que j'ai besoin d'une réponse, objecta June en feignant l'ennui. Vous vous targuez d'être intelligente, mais vous faites l'idiote, non ?

— Vous êtes une des leurs. Pourquoi vous aiderais-je ? Vous avez tué mon mari.

— Qui n'était pas au centre de votre intérêt, alors quelle

importance ?

— Là, c'est vous qui faites l'idiote.»

Elles se toisèrent.

«Ils auraient apparemment trouvé la planque où la bombe a été construite, finit par lâcher Ivana. Et des indices les ont menés aux terroristes.

— Quels indices ?

— Un cheveu, un ongle, qu'est-ce que j'en sais ?»

June recula. Cela n'avait pas de sens. Quand bien même ils auraient trouvé un cheveu appartenant à Sihem, elle n'était enregistrée dans aucune base de données. Son ADN n'était répertorié nulle part sur l'île.

Comme si elle lisait dans ses pensées, Ivana lança :

«Ils sont forts, chez Maven Corporation, n'est-ce pas ?

— Que…

— Ce que je vais vous dire est absolument confidentiel, mais Maven Corporation récupère l'ADN de tout nouvel employé. À leur arrivée sur l'île, les collaborateurs sont dépossédés de leurs biens électroniques. Cela permet à l'entreprise de récupérer des informations confidentielles, en fouillant dans leur contenu, mais également des indices matériels, par exemple, de l'ADN.

— Pour quelle raison ?

— Eh bien, dans des cas comme celui-ci, cela s'est révélé plutôt utile, non ? On pourrait presque dire qu'ils ont eu raison de le faire. Vous savez, Maven Corporation ne connaît aucune limite en termes de contrôle de ses employés. Ainsi, ils savent dans quel gobelet vous avez bu votre café, quel dossier vous avez feuilleté que vous n'auriez pas dû et derrière quelle porte vous avez laissé traîner une oreille indiscrète. Vous êtes à leur merci. Sans oublier les trackers et autres logiciels espions qu'ils glissent dans les tablettes et ordinateurs qu'ils vous fournissent à votre arrivée. Et tant d'autres choses...»

June était au courant pour l'espionnage informatique de Maven Corp, ce pourquoi les membres du groupe de Darril n'avaient jamais utilisé leurs appareils, mais ceux fournis par Darril lui-même. Mais cette histoire d'ADN... Elle desserra les doigts autour de la statuette, abasourdie.

«Vous dites qu'ils se sont servis de cette méthode pour retrouver les criminels?

— Oui, ou peut-être juste un seul. Qui a trahi les autres.»

Sihem avait disparu la première. Elle avait donné le nom de toutes les personnes impliquées dans l'attentat, mais pas celui de June. Celle-ci prit la mesure de cette révélation et ne s'en trouva que plus déterminée à retrouver son amoureuse.

«Où sont-ils maintenant?

— Comme je vous l'ai dit, j'ai entendu dire qu'ils avaient été sortis de l'île. La Ville de Verre pourrait être une autre alternative. Cependant je ne peux rien affirmer, car je ne sais vraiment rien à ce sujet.»

Elle avait l'air sincère. June lui donna un coup dans le ventre pour la faire basculer en arrière. Le bois du dossier de la chaise se fendit sous l'impact. Ivana se cogna la tête contre le marbre et perdit connaissance. Puis elle tomba sur le côté, entraînée par ses jambes, et le bois de la chaise émit un douloureux gémissement.

June regarda un instant les cheveux bruns maculés de sang, le corps tordu dans une position étrange, les paupières fermées sur ces yeux d'un bleu intelligent. Et elle sortit en courant.

Son téléphone sonna au beau milieu de la nuit et, pour une fois, il répondit. Cela tira Mila de son sommeil. Pendant quelques secondes, encore entravée par les restes d'un songe, elle crut qu'un inconnu s'était introduit dans son lit. Elle reconnaissait vaguement la voix mais ne comprenait pas le sens des mots. Elle eut le réflexe de s'éloigner mais, en l'entendant bouger, il se retourna et caressa sa joue avec le dos de la main. *Rendors-toi.*

C'était bien Temel, mais il s'exprimait dans une autre langue, avec rapidité, les « r » roulant dans sa gorge, adoucissant la sécheresse des consonnes, la quasi-inexistence des voyelles. La prononciation de tous ces sons qui n'existaient pas dans la langue de l'île lui créait des fossettes nouvelles autour des lèvres.

Alors qu'il se levait pour quitter la pièce, elle vit qu'il se déplaçait avec une sorte d'aisance qu'elle ne lui connaissait pas. Sa part d'ombre s'était évaporée. Il semblait plus grand, plus libre, plus beau encore. Elle comprit que cette langue qu'elle l'entendait parler pour la première fois, en dépit de tout ce qu'elle pouvait lui rappeler de terrible, était la sienne et qu'il n'en aurait jamais d'autre.

Près d'une heure plus tard, Temel revint, sa gravité retrouvée, sa personnalité à nouveau morcelée.

« Tu ne t'es pas rendormie ? Je suis désolé. C'était ma mère. Il est à peine 17 heures là-bas.

— Tout le monde va bien ? »

Il hocha la tête, joua avec ses bagues.

« Oui. Avec l'argent que je leur envoie, ils ont pu se mettre en sécurité, mais ça reste précaire. Parfois je me demande si je ne devrais pas rentrer. »

Mila se redressa, comme piquée par un insecte.

« Pourquoi ?

— Je ne sers pas à grand-chose ici, et puis là-bas il y a des choses à faire, des choses à dénoncer.

— Mais c'est ce que tu fais ici aussi. Toutes les photos

que tu prends pour le groupe dénoncent les agissements de Maven Corp.

— Oui, bien sûr. »

Il s'allongea de son côté du lit, lui caressa doucement le bas du dos. Il avait l'air ailleurs, piégé par une terre meurtrière.

« Mais… ? devina Mila

— Mais ce n'est pas vraiment… Je suis sensible à cette problématique, mais ce n'est pas mon combat. »

Mila accusa le coup. Elle le savait, mais l'entendre le dire était autre chose.

« Pourquoi tu le fais alors ? questionna-t-elle avec un peu plus d'amertume qu'elle n'aurait voulu.

— Parce que tu m'as demandé de l'aide. Et puis, les choses se sont enchaînées.

— Sérieusement ? »

Elle se leva, furieuse.

« Alors tout ça est un mensonge ? Tu n'as pas vraiment envie de voir Maven Corp tomber, tu n'as pas vraiment envie d'être avec moi, tu t'es juste laissé embarquer, sans volonté, et maintenant que ça ne t'intéresse plus, alors quoi ? Tu vas simplement te barrer à l'autre bout de la planète ?

— Je n'ai pas dit que ça ne m'intéressait plus. Et puis, tu le sais que ce n'est pas mon engagement. Tu m'as demandé de l'aide, et j'ai accepté, parce que effectivement ici c'est la chose la plus utile à faire. Mais je ne suis pas venu sur l'île pour ça.

— Tu n'as pas le droit de partir.

— Je ne pars pas. J'ai simplement dit qu'il faudrait peut-être...»

Elle lui tourna ostensiblement le dos, s'appuyant sur le rebord de la fenêtre.

«Tu n'es qu'un menteur. Clarisse a raison. Ta présence ici est un mensonge. Tu n'as pas envie d'être là.

— Non, je n'ai pas envie d'être là. Et pas particulièrement ailleurs non plus. Mais je n'ai pas menti. Surtout en ce qui nous concerne, toi et moi.

— Alors...

— Laisse-moi finir. Cette histoire de groupe ne m'enchante pas. Déjà parce que je ne me sens pas proche de la cause et ensuite parce qu'on a assassiné ce type. D'ailleurs, toi aussi, tu m'as dit que tu t'interrogeais sur ton engagement, depuis.

— Ne change pas de sujet !»

Temel se releva en soupirant.

«Mila, viens dormir. On en reparlera demain.

— Non, répliqua-t-elle sèchement. Si tu pars, le...

— Je ne partirai pas avant que les infos fuitent.

— Et après ?»

Mila revint s'asseoir au bord du lit, le regard rivé au sol.

« Il n'y a pas d'après pour le moment, tu le sais. Cela dépendra de comment se passent les fuites.

— Mais si tu devais partir, tu rentrerais chez toi ? Sous les bombes, les balles…

— Oui, mon pays est en guerre. J'en suis conscient et je préférerais que les choses ne soient pas telles qu'elles sont. Mais c'est là que se trouve ma famille. C'est ma terre. C'est là que prendre des photos et s'engager signifie vraiment quelque chose pour moi. Qu'est-ce que je suis censé faire ? »

La jeune femme sentit les larmes lui monter aux yeux. C'était la première fois qu'elle percevait de la colère chez lui. Il y avait soudain quelque chose d'impossible entre eux.

« Je suis désolée. Je sais. Mais je ne peux pas t'y suivre, murmura-t-elle dans un sanglot.

— Je ne te demande pas de… Oh ! »

Il se tut, prenant la mesure de ce qu'elle tentait de lui dire et qu'il ne saisissait que maintenant. Elle s'était imaginé un avenir où il serait présent.

Il la prit dans ses bras et posa ses lèvres sur sa nuque.

« Si nous étions des êtres humains comme les autres, si tu ne t'étais pas trouvée si tôt et que je n'étais pas aussi perdu, je pourrais t'affirmer que nous passerons l'éternité ensemble. Mais nous sommes ce que nous sommes et projetés dans un jeu dont nous ne connaissons pas les règles. Est-ce qu'on ne pourrait pas se contenter de ce que nous possédons, sans se torturer pour ce qui n'existe pas encore ? C'est-à-dire toi, moi, cette nuit, cet endroit, ta beauté… ? »

Ses lèvres sur sa nuque et leurs cœurs l'un dans l'autre. Mila se laissa aller contre lui.

*

La voix d'Ivana se tut. June n'avait passé que la partie de l'enregistrement où elle expliquait comment et pourquoi Maven Corporation récupérait l'ADN de ses employés. Les regards étaient horrifiés et, elle l'imaginait sans mal, les visages défaits. Darril souleva légèrement son masque pour se passer une main sur le menton. Il remercia la jeune femme, préféra ne pas lui demander comment elle avait eu ces informations et l'invita à lui envoyer le fichier.

Il n'ajouta rien de plus. Le silence était pesant. Tous attendaient certainement qu'il se prononce sur ces nouvelles, à moins qu'ils ne soient encore en train de digérer le fait que des gens à la puissance quasi illimitée avaient accès à une partie d'eux aussi intime et puissent en faire n'importe quoi.

Finalement, il déclara, tentant un trait de légèreté :

« Si quelqu'un se posait encore des questions sur la légitimité de nos actions, je crois que maintenant le doute n'est plus permis.

— Il faut que tu fasses quelque chose, Darril, le somma quelqu'un.

— Ah oui ? Et quoi ? Dites-moi ce que je dois faire. Pénétrer dans leurs bureaux, demander gentiment à récupérer votre ADN et revenir vous le rendre ? »

Pas de réponse.

« Nous nous sommes mis d'accord sur un mode de fonctionnement. On tente de débrancher les hologrammes, on fait fuiter les milliers de données que nous aurons récupérées à leur sujet, et on disparaît dans la nature. Il n'y a rien d'autre à *faire*. On ne peut rien faire d'autre.

— Mais ils ont notre ADN, protesta une voix.

— Et c'est de ma faute ? » éructa Darril.

Les secondes passèrent.

« Ce que je veux dire, reprit la voix, c'est qu'on peut corréler cette information avec la disparition de trois d'entre nous. Nous n'avons jamais été anonymes, contrairement à ce qu'on pensait. Ils nous retrouveront tous jusqu'au dernier après la *leak*. »

Des murmures s'élevèrent. Le temps que les connexions se fassent, la panique avait pris possession du groupe et tous se mirent à élever la voix. Certains tentaient de se rassurer, d'autres s'écriaient qu'ils ne devaient plus faire fuiter les infos, d'autres encore se moquaient des précédents en leur reprochant leur couardise.

Darril siffla entre ses dents.

« Taisez-vous, bon Dieu ! Rien n'a changé. Nous en savons simplement davantage, et nous n'en serons que meilleurs. Les hackers, vous me confirmez qu'il est impossible de pénétrer le système en charge des hologrammes ? »

Hochements de tête.

« Ok. Nous irons donc les attaquer physiquement. Celles et ceux qui veulent participer, vous m'envoyez par message vos raisons et ce que vous pouvez apporter au cours de l'opération. Le photographe, tu participes. La cameraman, aussi.

On se retrouve la semaine prochaine, comme prévu, avec un plan d'action. Allez, rentrez chez vous, prenez une douche et oubliez tout ça. Et surtout, gardez pour vous vos théories foireuses.»

Le groupe se dispersa. Darril rattrapa Temel par la manche alors qu'il s'apprêtait à partir.

«Mila m'a dit que, pour le moment, ton agent n'était pas prête à coopérer mais, honnêtement, je n'ai pas d'autre solution. Alors, débrouille-toi pour la persuader.»

Temel acquiesça et sortit de la grotte à la faveur de la nuit qui n'en finissait pas. Mila l'attendait non loin de là, le masque rangé dans son sac, promeneuse nocturne n'ayant rien à se reprocher. Elle lui fit un grand sourire et glissa sa main dans la sienne.

*

Le restaurant était désert, inondé de lumière, avec ce pétillement doré des soirées de Noël. Les baies vitrées feutraient le bruit des vagues et les lampions allumés vacillaient sur la plage.

Les talons de Clarisse claquaient sur le sol, à mesure qu'elle rejoignait la table où le jeune homme sirotait déjà une coupe de champagne. Elle avait bêtement soigné sa toilette, changeant plusieurs de fois de robe, insatisfaite de son image dans le miroir, souhaitant que lui aussi soit ébloui. Mais son regard de verre cassé ne parut pas se troubler en la voyant. Il ne se leva pas lorsqu'elle approcha, têtu dans son inaccessible beauté.

Alors elle comprit qu'il ne s'agissait pas d'elle, comme elle avait osé se le formuler et aussitôt se le reprocher, et laissa échapper un petit rire en s'asseyant.

« Monsieur privatise un restaurant pour la soirée. Laisse-moi deviner. Ta petite copine n'a pas lâché l'affaire des hologrammes. »

Il ne répondit pas et lui servit une coupe. Elle se laissa aller contre le dossier de son siège et trempa les lèvres. Vendredi soir, la lassitude d'une semaine sans repos, les pieds et l'esprit engourdis, elle ferma les yeux et prit une profonde inspiration.

« Laisse-moi profiter du dîner avant de me confirmer que j'ai raison.

— Enfin le week-end, hein ? »

Clarisse acquiesça en souriant.

« Pour toi aussi. Amélia a l'air extrême. Cela dit, le projet avance bien, vous faites du bon boulot.

— Oui, c'est pas mal, concéda le photographe. Pas mon style, mais pas mal.

— Comme si quelque chose était ton style. »

Il ignora la pique, mais Clarisse reprit :

« À part les hommes de quarante ans qui se bousculent à ta porte.

— Pour ne pas se retrouver coincés derrière la tienne, j'imagine » répliqua-t-il.

Clarisse éclata de rire et se pencha légèrement en avant. Temel serra les mâchoires.

« Excuse-moi, ce n'était pas professionnel, admit-elle. Mais ce que tu t'apprêtes à me demander non plus.

— Je croyais que tu voulais attendre le dessert.

— Tu n'auras pas la patience.»

Un serveur leur apporta la carte, puis Clarisse enjoignit au jeune homme de s'expliquer.

«Je ne peux pas te dire exactement à quoi ces informations vont lui servir, parce qu'elle est engagée dans quelque chose dont elle n'est qu'une infime partie. Elle-même n'est pratiquement au courant de rien. Mais elle a besoin de ces infos.

— Donc tu attends de moi que je recontacte l'homme qui m'a fait le plus souffrir au monde pour lui extirper des renseignements pour quelque chose dont j'ignore tout.

— Je ne sais pas si extirper..., commença Temel. Il faudrait que tu les récupères, peut-être sans qu'il le sache ?

— De mieux en mieux.»

Clarisse piocha une cigarette dans le paquet du photographe et l'alluma.

«Et puis tu finiras par savoir à quoi cela aura servi. Et tu seras ravie d'en avoir su si peu.»

Elle s'enquit du caractère légal du projet.

«Si ça l'était, tu penses que je te demanderais de voler des informations ?»

Encore cette façon de tourner ses phrases qui montrait à quel point il la méprisait. Elle répondit que c'était hors de question. Elle le vit accuser le coup, discrètement, se mordant un peu l'intérieur de la lèvre. À peine un froncement de sourcils. Un mouvement de tête fit glisser une mèche et révéla son tatouage à l'oreille.

«Clarisse, je t'en supplie, insista-t-il. Si je pouvais, je te raconterais tout, mais cela te mettrait en danger. On n'a besoin que de quelques petites choses. Ce que je veux dire, c'est que tu le sauras bien assez tôt.»

Tu crois que je ne vois pas que tu me manipules ? songea-t-elle en tirant une bouffée puis elle éteignit sa cigarette à peine consumée.

«Je suis chaque jour plus effarée par ton comportement.»

Le serveur les interrompit. Temel fixa son agent, n'ayant aucune idée de ce dont elle était en train de l'accuser. Elle commanda avec aisance, et Temel marmonna «La même chose», sans conviction.

«Tu m'expliques ? exigea-t-il une fois que le serveur se fut effacé.

— Ne fais pas semblant. On sait très bien tous les deux que je t'ai quasiment créé. Sans moi, tu n'es rien. Mais, chaque jour, je te vois détruire tout ce que j'ai construit pour toi. Pour des idées stupides, des fréquentations stupides. Et maintenant des affaires illégales dans lesquelles tu n'as aucun scrupule à m'impliquer.

— Ok. Excuse-moi, c'était une erreur.»

Temel se leva, troublé, et fit mine de partir, mais Clarisse le retint en s'esclaffant :

«Oh, s'il te plaît, ne joue pas les martyrs. Je vais te donner ce que tu veux. Viens te rasseoir.»

Quelque chose dans sa voix le fit revenir sur ses pas. Habituellement, il se sentait peu affecté par les colères de son agent, mais cette fois il y avait un je-ne-sais-quoi de différent dans son attitude, une sorte de lassitude dangereuse. Il se rassit, commençant à se demander si effectivement il n'avait pas exagéré sur ce coup-là. S'il n'était pas aussi ingrat qu'elle le prétendait. La conversation avec Mila lui revint en mémoire. « Tu n'es qu'un menteur. Clarisse a raison. Ta présence ici est un mensonge. » Il alluma une cigarette.

« M'as-tu seulement remerciée une seule fois pour la vie dont tu profites actuellement ? Bien sûr que non, trop occupé à gérer tes humeurs, tes histoires de cul et à me mettre des bâtons dans les roues. À croire que tu aurais préféré crever sous les bombes. J'aurais dû t'y laisser, tiens. Tu penses que tout cela t'est dû, alors que je peux tout te retirer d'un claquement de doigts. Malgré cela, tu me traites comme une moins que rien, exigeant toujours plus de moi, de petits services en petites faveurs que tu trouves normal de me demander.

— Non, je..., balbutia Temel. Je suis conscient de tout ce que tu as fait pour moi. Tu sais bien que je te suis reconnaissant de m'avoir donné ma chance. Je te demande de l'aide ce soir parce que...

— Parce que tu n'as aucun respect pour moi. Ni pour toi, d'ailleurs. Tu as peut-être cette allure qui fait penser que tu es splendide aussi à l'intérieur, mais tu sais que tu es mauvais et que tu ne mérites pas le bonheur. Tu n'es qu'une coquille vide. »

Il était déjà arrivé à Clarisse de faire des remarques sur son manque de reconnaissance envers elle, sur ses attitudes parfois irrespectueuses et son comportement autodestructeur. Mais jamais elle n'avait attaqué ce qu'il était au fond.

Même s'il l'avait tenue à distance, Temel se fiait à son jugement et l'avait suivie assez aveuglément au fil des années. Il se rendait compte à présent que cette femme, seule constante de sa vie sans contours, le voyait exactement comme il se voyait lui-même. Ses encouragements et ses discours rassurants n'avaient été que des artifices. Alors, il n'y avait plus personne pour le sauver.

Il surprit son reflet dans la coupe de champagne et se trouva si monstrueux qu'il voulut mourir. Il sentit ses yeux s'embuer.

« Temel, ne fais pas semblant d'être blessé alors que tu sais que j'ai raison. Tu le vois chaque jour en te regardant dans le miroir. Et, comme tu me l'as si gentiment dit lors de notre dispute chez moi, je ne suis pas mieux. Comment l'as-tu formulé ? Ah oui, nous ne valons absolument rien et rien au monde n'y changera quoi que ce soit. Tu parlais de moi, mais tu parlais surtout de toi. Le plus beau des fruits. Complètement pourri. »

Il baissa la tête un instant, puis tira sur sa cigarette. Il projeta son regard à travers la baie vitrée, se noya dans la mer, revint à lui lorsque le serveur déposa les plats sur la table. Clarisse entama le sien avec appétit. Temel écrasa son mégot dans le cendrier.

« Alors c'est comme ça que tu as construit ta cage autour de moi, dit-il. Avec tout ce que tu as fait pour me sortir de ma condition, et le peu de valeur que j'ai, qu'est-ce que je suis ? Avec les millions que je t'aide à amasser malgré tout, hein ? Ton pays colonisé ?

— Tout de suite le drame, ricana Clarisse. Je souhaite juste un rapport plus égalitaire entre nous. Je te donne ce dont tu as besoin. Tu me donnes ce dont j'ai besoin. C'est plus juste, non ? »

Temel serra les dents.

« Que veux-tu en échange des informations sur les hologrammes, Clarisse ? »

Elle sourit, mastiqua sa bouchée, avala avec lenteur et reposa sa fourchette.

Puis elle posa une main sur la joue du jeune homme et la caressa.

Dans la voiture, Temel avait envie de vomir. Ses pensées s'entrechoquaient dans un vacarme assourdissant. Mila et une centaine de personnes comptaient sur ces informations. Clarisse menaçait ouvertement de le renvoyer chez lui sans un sou s'il lui refusait l'accès à son corps. Elle avait vu ses plaies et ne lui disait plus qu'elles se refermeraient. Il n'y avait qu'elle qu'il croyait depuis des années ; fragile, il n'était rien, elle tout. Au fond de son ventre, Temel avait mal de quelque chose qu'il ne parvenait pas à nommer. Il n'avait qu'à demander au chauffeur de faire demi-tour, il n'avait qu'à ouvrir la portière et se laisser tomber sur la route, il n'avait qu'à dire non, pourquoi pas ?

Il ne le fit pas.

Hacker le système informatique du poste de garde à l'entrée de la division avait été un jeu d'enfant. Ils profitèrent du laps de temps pendant lequel les militaires s'élançaient pour résoudre un problème imaginaire afin de se faufiler à l'intérieur. Ils ne croisèrent personne, ni dans le quartier résidentiel ni à l'approche des bureaux. Il faisait nuit noire. Seuls les logos de l'entreprise, gros néons agressifs, et les vidéos publicitaires au rythme saccadé éclairaient leurs pas. Ils parvinrent à la porte sans encombre.

Elle était encastrée dans l'enceinte même de la Ville, dans un renfoncement entre deux immeubles. Inutile de la cacher aux yeux des travailleurs, qui allaient et venaient dans le quartier des bureaux de Maven Corporation, car elle était impossible à déverrouiller.

Ils se tournèrent vers le photographe. Celui-ci avait autour du cou son appareil, qui frappait contre sa poitrine à mesure qu'il avançait vers la porte, le passe dans la main gauche, le morceau de latex imitant l'empreinte digitale du manager dans la droite, se répétant mentalement le code à douze chiffres. Mila se retint de l'effleurer quand il passa à côté d'elle. Elle ne pouvait éloigner les souvenirs des jours précédents, lorsqu'il était rentré au petit matin de son rendez-vous avec Clarisse, le regard mort. Elle savait ce que Clarisse avait exigé de lui, pourtant elle ne put s'empêcher de ressentir un soulagement enthousiaste lorsque la porte s'ouvrit. Elle mit sa culpabilité de côté.

Ils le félicitèrent en chuchotant et pénétrèrent dans le tunnel. Ils allumèrent leurs lampes frontales lorsque la porte claqua derrière eux. Mila marcha à côté de lui dans l'obscurité. Elle lui prit la main et il la serra une fois avant de se dérober.

Il déverrouilla la deuxième porte avec la même efficacité. Lorsque le petit groupe émergea dans la Ville, les masques ne suffirent pas à cacher leur émerveillement. Il faisait clair sous le ciel étonnamment bleu, et Temel retrouva cette beauté glaciale de verre et de soleil. Déjà, June, qui avait étudié en détail les plans qu'il lui avait transmis, guidait Mila, la cameraman et les trois autres infiltrés à travers les rues. Il les rejoignit en pressant le pas.

Tout l'enjeu était d'échapper aux détecteurs de mouvements. Ils s'étaient entraînés des heures durant grâce à Darril, qui leur avait organisé un véritable parcours à l'intérieur de la grotte. June se baissa, marcha à quatre pattes, roula sur le côté, se releva, courut en plein milieu de la route avant de se plaquer contre un immeuble, et les autres l'imitèrent au millimètre près. Le rythme de leurs pas devint régulier, prévisible. On aurait dit qu'une seule créature s'emparait de la ville muette.

Et puis Priya, la cameraman, dérapa. En l'entendant s'étaler de tout son long, ils se figèrent. La sirène hurla. En quelques secondes, des hommes armés jusqu'aux dents surgirent des rues adjacentes.

« Courez ! » hurla June.

Ils détalèrent. Trois hommes prirent Mila en chasse. Ses poumons manquaient d'éclater chaque fois que ses talons foulaient le sol. La peur et l'excitation lui bloquaient la poitrine. Ils lui crièrent de s'arrêter, la menacèrent d'utiliser leurs armes. Elle glissa à son tour sur le sol trop lisse. Ils se jetèrent sur elle. L'un d'eux la maintint au sol, un genou appuyé sur son dos, tandis que les deux autres lui donnaient des coups de pied. Elle tentait de protéger son visage, mais elle pouvait à peine bouger. Elle ne ressentait pas la douleur. Pourtant, elle suffoquait, absorbant les coups de toute part. Et sa vue se brouilla.

Lorsqu'elle rouvrit les yeux, elle se trouvait debout à l'entrée de la Ville.

Elle mit quelques secondes à recouvrer ses esprits. Que venait-il de se passer ? Elle tâta son corps, qui ne portait aucune trace de coups. Tout était silencieux, elle entendait presque le sang circuler dans ses veines, son cœur tambouriner dans sa poitrine. Elle allait retourner sur ses pas, lorsque Katia se matérialisa à côté d'elle. Elles échangèrent un regard médusé à travers leurs masques.

«On m'a tiré dans la tête», dit Katia.

Elle porta une main à ses cheveux, considéra ses doigts immaculés.

«Mila ? Qu'est-ce qui se passe ?»

Celle-ci haussa les épaules et suggéra d'aller retrouver les autres. Elles refirent le trajet en sens inverse, respectant les mêmes contraintes liées aux détecteurs. Arrivées près de l'embranchement où Priya avait glissé, elles la découvrirent en plein combat avec un homme armé. Sans réfléchir, Mila s'élança vers l'homme mais ses bras embrassèrent le vide et elle chuta par terre. Au-dessus d'elle, l'altercation continuait, mais aucun des deux adversaires ne semblait l'avoir vue, et ils piétinaient le sol à l'endroit même où elle était étendue. Mila, elle, ne sentait rien.

De l'autre côté de la rue, Katia regardait la scène bouche bée. Mila se releva et la rejoignit en courant.

«Ok, haleta-t-elle, qu'est-ce qui se passe, putain ?»

L'homme assena un coup de matraque fatal à Priya, qui s'effondra et disparut. L'homme disparut à son tour, et les deux infiltrées contemplèrent la rue parfaitement vide.

Puis le paysage se modifia, et elles se retrouvèrent dans une rue qu'elles ne reconnurent pas.

*

June courait à perdre haleine. Elle avait réussi à semer ses assaillants. Ayant une image très précise de la Ville en tête, elle savait pertinemment comment se rendre à la salle des serveurs informatiques nécessaires à la programmation et à l'exécution des hologrammes. Elle avait vu du coin de l'œil sa sœur échapper à trois hommes. Elle repoussa cette pensée. Ce n'était pas le moment de s'inquiéter.

Elle arriva à l'immeuble plus vite qu'elle ne se l'était imaginé. Il était en tout point semblable aux autres, mais elle avait tant étudié les photos et les plans fournis par Temel qu'elle le reconnut immédiatement. Il ne lui fallut que quelques minutes pour déverrouiller les portes vitrées à l'aide de plusieurs outils qu'elle sortit de son sac.

Un grand hall illuminé s'étendait devant elle. Elle se précipita vers les ascenseurs, appuyant sur les boutons d'appel avec frénésie. Au bout de quelques secondes, l'ascenseur arriva, les portes s'écartèrent et elle pénétra à l'intérieur.

Son rythme cardiaque s'apaisa. Elle se surprit même à pousser un soupir. Elle avait réussi.

Mais, au quatrième étage, l'ascenseur ne s'arrêta pas comme prévu. Il continua tranquillement son ascension. Arrivé au dernier, il indiqua retourner au rez-de-chaussée, d'où il recommença à monter.

June mit quelques secondes à comprendre ce qui se passait. Elle appuya sur différents boutons, mais la machine ignora ses commandes. Il n'y avait aucun moyen d'immobiliser l'ascenseur. Pendant quelques instants, elle regarda les étages défiler sur l'écran, hagarde. Puis, à mesure que la boucle se répétait, elle se mit à hurler, frapper les parois et appeler à l'aide. Elle tenta de forcer les portes, puis de défoncer le toit, mais l'appareil était imperturbable, lancé dans un looping infernal dont elle ne connaissait ni le programme ni la durée. Alors elle se laissa glisser au sol et se prit la tête entre les mains, enfonçant ses poings dans ses paupières pour éloigner le cauchemar.

*

Katia et Mila se retrouvaient au début de la rue dès qu'elles en atteignaient la fin, qu'elles la prennent dans un sens ou dans l'autre. Exténuées, elles finirent par abandonner.

« Récapitulons, proposa Katia. Des hologrammes d'hommes armés ont surgi de nulle part. Ils n'ont pas pu nous faire du mal puisque, physiquement, ils n'existent pas. Mais je ne comprends pas comment le paysage fait pour se modifier de la sorte.

— La Ville semble reposer sur des illusions d'optique, entre le verre et les miroirs, tenta Mila. Le photographe avait évoqué ce problème lors d'une réunion. Nous sommes en plein dedans.»

Katia baissa la tête, se massa la nuque et s'assit à même le marbre immaculé.

« Il y a quand même quelque chose qui m'échappe. La Ville ne semble pas vouloir que nous trouvions la salle des serveurs. Est-ce qu'elle serait douée d'une sorte d'intelligence propre ?»

Mila frissonna en s'asseyant à côté d'elle.

« Rappelle-moi comment fonctionnent les hologrammes ?

— Eh bien, nous pouvons les faire se matérialiser à nos côtés en activant une application sur notre téléphone. Sinon, ils évoluent ici, dans cette ville, où ils effectuent les tâches que nous leur ordonnons.

— Mais ils ne sont que la matérialisation *ludique* d'un programme informatique confiné à un écran. Pourquoi auraient-ils besoin d'une ville pour se déplacer ? Et d'ailleurs, s'ils vivent ici, où sont-ils ? »

Katia eut un mouvement de surprise. Mila touchait juste. Pourquoi y aurait-il besoin de matérialiser les hologrammes quand les employés n'en avaient pas besoin ? Et pourquoi destiner une ville à ce but ? Elle se leva d'un bond et croisa les bras autour de son ventre.

« Ok, quelque chose me vient, là comme ça. Tu vas me prendre pour une folle, mais, d'après ce que j'entends dans les hautes sphères de Maven Corp, cela n'est peut-être pas si incohérent.

— Vas-y. Dis-moi.

— Je crois que cette ville n'est pas réelle. »

Mila sentit ses tempes se contracter, à mesure qu'elle comprenait. Katia allait continuer mais elle la devança :

« Nous sommes dans une simulation informatique. Nous sommes nous aussi des hologrammes. »

Katia hocha lentement la tête, sentant l'effroi lui glacer les tripes. Elle n'aurait rien pu imaginer de pire.

« Si nous ne sommes plus dans nos corps, où sont-ils ? »

*

Des larmes de colère lui sillonnaient les joues. Ils s'étaient fait avoir, et Darril ne savait à qui en imputer la faute : le photographe, son informatrice ou l'informateur de celle-ci ? Il aurait dû recevoir des nouvelles de June. Mais, depuis qu'ils étaient entrés dans le tunnel, elle n'avait pas tenu sa promesse. Alors il y était allé, se maudissant de tomber droit dans ce qui ressemblait fort à un piège.

Il se trouvait désormais planqué dans un coin sombre de la rue, à regarder des hommes en uniforme charger les corps de ses infiltrés hors du tunnel, dans un camion qui ne tarderait pas à démarrer. Et les membres du groupe à qui il avait demandé de l'aide par message ne semblaient pas presser de le rejoindre.

Lorsque le dernier corps fut chargé, deux des hommes rejoignirent l'avant de la camionnette, tandis que le dernier s'occupait de fermer les portières. Sans le moindre bruit, Darril surgit derrière son dos et lui plaqua un tissu imbibé de chloroforme sur le visage. L'autre se défendit en lui assénant un violent coup de coude dans le ventre. Darril se mordit l'intérieur des joues pour ne pas lâcher sa prise. L'autre se débattit de plus belle, bourrant Darril de coups, mais celui-ci parvint à maintenir fermement le tissu sur son visage. Finalement, l'homme se détendit dans ses bras, et il le déposa au sol.

Darril prit une profonde inspiration. Il s'étira pour se détendre et apaiser les douleurs naissantes, puis s'empara de l'arme que l'homme portait à la ceinture. Il entendait les collègues de ce dernier s'impatienter. Il fit le tour du camion le plus doucement possible.

Lorsqu'il arriva à la hauteur du conducteur et, avant même que celui-ci ait le temps de tourner la tête, il lui tira dans la joue, faisant voler la vitre en éclats. Il reçut des morceaux de verre dans le torse et la main, le masque protégeant son visage. Le troisième homme, assis à la place du passager, recouvert du sang et de la cervelle de son collègue, poussa un juron. Il dégaina son arme et tira sur Darril à travers le corps qui s'était écroulé sur le volant. Darril roula à terre, esquivant de peu la rafale. Il rampa à toute allure sous la camionnette et, au moment où l'homme sortait du véhicule, il l'attrapa par les chevilles et le fit tomber en avant. Puis il allongea le bras pour tirer à travers les semelles de ses chaussures, arrachant à l'homme des hurlements que Darril souhaita ne jamais réentendre de sa vie.

Il se recroquevilla sous la camionnette, tandis que les cris se faisaient de plus en plus déchirants. Puis il y eut un coup de feu, un deuxième, un troisième, et le silence revint. Des bruits de pas. Quelqu'un prononça son prénom à mi-voix. Darril sortit comme il put de sa cachette, aidé par un membre du groupe, qui paniqua en voyant son tee-shirt et sa main dégoulinant de sang.

« Tout va bien, répliqua-t-il sèchement. Les autres sont là-dedans. On dégage les types, et on se barre avec le camion.»

Tandis que les cinq membres exécutaient ses ordres, Darril tentait d'arracher les bouts de verre plantés dans sa chair. Constatant que cela empirait ses blessures, il décida de les y laisser.

Une femme vint lui annoncer qu'ils pouvaient partir. Darril prit place au volant. Une flaque de sang imbiba son pantalon et le bas de son tee-shirt. Deux membres vinrent s'asseoir devant avec lui, tandis que les trois autres montaient à l'arrière, auprès des corps désarticulés de leurs camarades.

Darril prit un chemin vers la plage, ne pouvant décemment pas sortir par le portail avec un véhicule dans cet état.

Alors qu'ils roulaient, il demanda aux passagers de se présenter.

« Mais je croyais qu'on ne devait pas donner nos noms aux autres, protesta l'un d'eux.

— Est-ce que tu peux juste faire ce que je dis ?

— Oui, euh... Moi, c'est Tara.

— Luís », répondit l'autre après s'être raclé la gorge.

Le silence retomba dans l'habitacle. Darril n'expliqua pas pourquoi il avait soudain eu besoin de ce contact humain. L'odeur du sang était insupportable. Son corps était tellement meurtri qu'il sentait un début de fièvre lui embrumer l'esprit.

Lorsqu'ils parvinrent à la plage, ils avaient le cœur au bord des lèvres et respirèrent avec bonheur l'air du dehors. Ils se retrouvèrent tous à l'arrière du camion, à fixer un instant les cadavres des infiltrés.

« Chacun en prend un, finit par décider Darril, et on les met en sécurité dans la grotte.

— Ça va nous prendre des heures !

— Tu es attendu quelque part ? Bon. On reste bien à l'abri des falaises. Évidemment, on tâche de ne pas attirer l'attention. »

Un éclat de rire le traversa soudain. Comment ne pas

attirer l'attention ? Six personnes tirant des corps inanimés sur des kilomètres, laissant derrière elles un camion trahissant un crime, et trois hommes morts. Tout cela était absurde.

Mais ils suivirent son ordre.

Alors qu'ils portaient comme ils le pouvaient leurs camarades sur la plage, Darril reçut un message de June, que Tara était justement en train d'emmener, évanouie, à quelques mètres devant lui.

*

L'ascenseur avait fini par s'immobiliser et, par miracle, June avait retrouvé une barre de réseau. Elle attendait la réponse de Darril, toujours bloquée dans l'appareil, entre le sixième et le septième étage. Elle n'avait aucune idée du stade où en était l'opération et ignorait si ses camarades étaient parvenus à échapper aux hommes, et surtout à la rejoindre dans le bâtiment pour mener à bien leur mission.

Alors qu'elle vérifiait pour la énième fois si Darril lui avait répondu, elle entendit une voix l'appeler de très loin. Une bouffée d'espoir l'envahit et elle hurla à pleins poumons. Elle attendit une réponse, en vain. Elle réitéra son cri. Au bout d'un moment, elle se demanda si elle n'avait pas rêvé et éprouva à nouveau un découragement sans nom. L'ascenseur se remit en route. Cette fois, il effectua une descente docile jusqu'au rez-de-chaussée. Et les portes s'ouvrirent.

Le photographe la trouva en état de choc, roulée en boule dans un coin, les yeux exorbités. Il fit un pas vers elle et elle se rua à l'extérieur. Elle se pelotonna dans ses bras et se surprit à fondre en larmes. Il lui tapota doucement la tête et la rassura en chuchotant.

Lorsqu'elle reprit contenance, elle enleva son masque pour essuyer ses larmes et le jeta à travers le hall. Le photographe l'imita et croisa de ses yeux verts ceux pleins de détermination de la jeune femme.

« On prend les escaliers » décida-t-elle.

Ils les grimpèrent quatre à quatre jusqu'à la salle des serveurs.

Ils semblaient être les premiers arrivés. Temel se lança dans le déverrouillage de la porte. Arrivé à la reconnaissance rétinienne, il activa un nouveau code, qui lui permit de basculer sur une autre à empreinte digitale, et il se servit du même accessoire que pour les portes précédentes. Pendant ce temps, June était plongée dans des échanges de messages avec Darril. Elle ne comprenait rien à ce qu'il lui racontait, et lui pas davantage. Mais, au bout de quelques minutes, quand les pièces du puzzle s'emboîtèrent dans son cerveau, elle posa la main sur l'épaule de Temel.

« On a un problème. »

Alors qu'il ouvrait la porte, son intuition se confirma. La salle était vide.

Elle le poussa à l'intérieur, prise d'un accès de colère.

« Pourquoi tu nous as fait ça ? Pourquoi tu nous as trahis ? »

Temel tenta d'articuler un mot, mais la jeune femme se précipita sur lui. Avant qu'elle n'assène son poing sur son visage, il lui bloqua les bras et la regarda avec une dureté intimidante.

« Ne me touche pas. »

June se dégagea avec fureur mais ne recula pas.

« Réponds-moi !

— Je ne vous ai pas trahis. Je ne sais pas non plus pourquoi cette salle est vide. Les serveurs devraient être là.

— Ne me mens pas ! »

Temel se sentit pris lui aussi d'une bouffée de colère, mais il la ravala et répondit avec une rage froide :

« Tu crois que ça me fait plaisir de constater que ces informations étaient fausses, vu la manière dont j'ai dû les obtenir ? »

June croisa les bras.

« Qu'est-ce que c'est censé signifier ?

— Rien qui te regarde.

— Pourquoi est-ce que je te croirais ?

— Pourquoi est-ce que je vous aurais trahis, June, putain ? Pourquoi est-ce que j'aurais trahi ta sœur ? »

La jeune femme garda le silence. Temel observa qu'elle avait la même façon que Mila de plisser les paupières lorsqu'elle réfléchissait. Il savait que June et lui n'étaient pas les meilleurs amis du monde, mais il était surpris qu'elle pense qu'il ait pu les trahir.

« Tu penses que c'est le moment de se diviser ? » insista-t-il.

Elle lui lança un regard. Peut-être parce qu'il était si beau et qu'il l'avait sortie de l'ascenseur où elle avait cru finir ses jours, elle décida de le croire.

« Ok, bougonna-t-elle. Je viens de parler à Darril, et les nouvelles ne sont pas réjouissantes. Apparemment, nos corps ont été kidnappés par des gars de Maven Corp. Il a réussi à les récupérer, mais ce que j'essaie de te dire, c'est que nos corps sont avec lui, sur la plage, et nos esprits sont ici. On s'est peut-être transformés en hologramme ou je ne sais quoi. C'est dingue ! En tout cas, rien de ce qui nous entoure n'existe. Donc, même si on trouvait les serveurs et qu'on les détruisait, cela ne servirait à rien. »

Temel s'assit et mit un certain temps à digérer l'information. Il aurait dû se sentir paniqué à l'idée d'être ainsi dépossédé de son corps et de ne plus avoir de prise sur lui-

même, mais il se sentait étonnamment plus léger. Confier le problème de son corps à d'autres ne serait-ce qu'un instant était un véritable repos.

Cependant, cela ne changeait rien. Il avait une mission à accomplir. Pour Mila, et parce que cela faisait longtemps qu'il n'avait pas éprouvé aussi fort le sentiment de participer à quelque chose de juste. De trouver une raison à un exil qu'il était persuadé de ne pas mériter. Parce qu'après sa nuit avec Clarisse, il avait besoin de maîtriser quelque chose.

« On va les trouver, déclara-t-il enfin. Les vrais serveurs. Pas dans la simulation, mais à l'endroit signalé comme étant la Ville.

— Comment ça ? »

Il tripota un instant ses bagues avant d'expliquer :

« J'ai rencontré l'informateur de Clarisse. Cette nuit-là. J'ai dîné avec elle, puis nous sommes allés chez elle. Elle a appelé le type en question, et il est venu. Je lui ai posé des questions, il m'a apporté les réponses. Clarisse l'avait déjà contacté pour que je fasse des photos de la Ville. On lui a fait croire que je souhaitais pousser ce projet plus loin, en collaboration avec un très grand réalisateur. Que cela devait se faire dans le plus grand des secrets. Bref, on lui a emballé le truc jusqu'à ce que ça ait l'air alléchant. On lui a fait miroiter une belle somme à la clé. Il nous a demandé pourquoi on ne procéderait pas comme la dernière fois : il viendrait m'ouvrir, tout simplement. On a fait valoir le fait qu'on ne voulait pas le déranger, que l'équipe serait importante, que les plans devaient être tournés la nuit... Alors il m'a donné les infos utiles, les codes, les accessoires, les plans, tout. Mais, visiblement, il nous a menti.

— Sans blague, fulmina June.

— Clarisse m'a juré qu'il croyait vraiment à cette histoire de projet. Il n'avait aucune raison de ne pas nous faire confiance. Et je n'avais pas l'esprit clair. À la fin, il m'a demandé si j'avais bien compris, et peut-être que j'avais l'air perdu parce qu'il m'a dit : *Tu devrais trouver facilement, mais au cas où, continue à chercher au même endroit.*

— Et donc ?

— Donc je propose qu'on continue à chercher au même endroit. Mais pas dans le virtuel. On doit retourner dans l'espace réel qui correspond au lieu où nous sommes actuellement.»

June allait objecter, considérant que la phrase prononcée par l'informateur ne constituait pas un indice mais, en vérité, ils n'avaient pas d'autre piste. Et elle ne supporterait pas de ne pas remplir sa mission, alors qu'elle avait déjà échoué dans celle, plus personnelle, de retrouver Sihem dans les rues de la Ville. Car si la Ville n'existait pas, il n'y avait aucune chance que Sihem y soit retenue prisonnière. Et quand bien même elle y serait, cela ne signifiait pas que son corps physique soit toujours en vie.

Alors qu'elle prenait la mesure du fait qu'elle ne retrouverait certainement jamais son amoureuse, elle se sentit étrangement apaisée. Il lui fallut quelques instants pour comprendre que sa colère s'estompait et laissait place à une certaine sérénité, un lâcher-prise.

Elle s'approcha doucement du photographe.

« Je suis désolée d'avoir parlé de ton secret à Mila le jour où elle a déménagé. Et je suis désolée que tu aies dû faire quelque chose que tu ne voulais pas en échange des infos. »

Il lui adressa un sourire lointain.

« Mila m'a fait entrevoir que mon corps est quelque chose de précieux et que je ne peux pas accepter tout ce qu'on a envie de lui faire. Depuis, le monde est à la fois beaucoup plus dur et beaucoup plus beau. C'est comme ça. »

June lui toucha l'épaule et prit sa main pour l'aider à se relever.

« On reparlera de tout ça plus tard. Alors, qu'est-ce qu'on fait ? Maven Corp est au courant de nos agissements, puisqu'ils nous ont kidnappés. Est-ce qu'on attend que les choses se tassent ici en attendant les infos de Darril ou est-ce qu'on ressort et on tente de chercher la vraie salle malgré le danger ?

— On a un peu de temps grâce à Darril. Donc je serais d'avis qu'on la cherche. Foutus pour foutus...

— Je suis d'accord. Comment on ressort ? Tout simplement comme on est entrés ? Est-ce qu'on va se matérialiser dans nos corps ? Il faudrait peut-être demander à Darril de les rapprocher de l'entrée de la Ville, si on continue nos recherches dans le coin, non ?»

Temel acquiesça. June se mit à pianoter sur son téléphone. Elle imagina sans mal que Darril serait furieux de devoir les ramener au point de départ, après tout ce qu'il avait fait pour les en éloigner. Une fois que celui-ci eut accepté sa demande, elle proposa au photographe de retourner à l'entrée. Et ils dévalèrent les escaliers en courant.

Ils parvinrent à quitter la Ville avec une étonnante facilité. Elle semblait occupée à jouer avec leurs camarades et ne leur prêta aucune attention. Ils ne croisèrent personne et se retrouvèrent rapidement devant la porte. Temel tapa quelques codes et ils inspirèrent profondément avant d'entrer dans le tunnel, appréhendant le retour dans leurs corps. Et, surtout, qu'il n'y ait pas de retour.

Mais ils se retrouvèrent instantanément dans le quartier des bureaux, assis dans la rue devant l'entrée du tunnel. Ils mirent quelques instants à réintégrer leur corporéité et éprouvèrent de légères nausées.

Darril se précipita vers eux, enjambant les trois hommes morts qui n'avaient pas bougé. Il empoigna le photographe au niveau de la gorge et le plaqua contre le mur. June lui ordonna de se calmer. Sous ses doigts, les veines du jeune homme palpitaient mais son regard était tranquille, celui d'un homme qui n'a rien à perdre. Cela mit Darril mal à l'aise, en plus de sa beauté effrayante, soudain trop accessible. Il le relâcha, comme sonné. June l'apostropha avec vigueur.

«Je ne savais pas, dit simplement Temel. Ce n'est pas moi qui vous ai trahis.»

Il avait l'air honnête. Darril n'insista pas, perturbé. Il se tourna finalement vers June.

« Bon, le plan ? »

Elle lui résuma leur idée.

Soudain, ils entendirent un bruit de voiture.

Temel déverrouilla la porte une nouvelle fois, aussi vite qu'il put, et ils s'enfoncèrent dans le couloir plongé dans le noir. June alluma sa lampe frontale.

« Puisque nous sommes là, pourquoi ne pas chercher une entrée secrète ou je ne sais quoi ? proposa-t-elle. S'ils nous en laissent le temps... »

Les deux autres acquiescèrent. Alors qu'ils cherchaient, plaqués contre le mur, Temel demanda à Darril des nouvelles de Mila : savait-il si elle était toujours coincée dans la Ville ? Pourrait-il essayer de la sauver si les choses tournaient mal ?

Darril lui jeta un regard intrigué et revint sur le jugement qu'il avait émis plus tôt. Pas un homme qui n'a *rien à perdre*. Un homme qui sait qu'il ne pourra pas empêcher le monde de lui retirer tout ce qu'il a.

« Trouvée ! »

Ils rejoignirent June en courant. La porte secrète était dissimulée juste à côté de celle qui menait à la Ville et qui créait une sorte de portail entre le monde réel et le monde virtuel. Une porte devant laquelle on laisse son corps, comme un manteau de chair. Elle était quasi invisible, plus étroite que l'autre, mais bel et bien là. Et Dieu seul savait de quoi il fallait se délester pour pouvoir y entrer.

Aucun digicode cependant, aucune serrure, absolument rien pour l'ouvrir. Ils cherchèrent aux alentours pendant quelques instants. Puis la porte qui menait à l'extérieur, dans le quartier des bureaux, se mit à cliqueter. Alors que June l'éclairait malgré elle en se tournant dans sa direction, elle illumina également un espace, en haut à gauche, de celle qui menait au-dehors : un digicode.

Temel ne réfléchit pas. Il sentit à l'intérieur en lui une sorte d'appel. Il se mit à courir droit vers la porte qui s'ouvrait, découpant une trouée sur la nuit de l'île. Trois hommes armés apparurent dans l'encadrement, stupéfaits que l'un de ceux qu'ils voulaient attraper se jette littéralement sur eux. Ils se mirent en position de défense. Mais, loin de vouloir les attaquer, une fois arrivé devant eux, Temel s'arrêta et tendit le bras au-dessus de la porte. Il se mit à taper les codes, à une vitesse phénoménale, tandis que les trois militaires l'encerclaient. Il eut juste le temps d'appliquer l'empreinte digitale avant qu'ils ne lui tombent dessus à coups de matraque. Son appareil vola en éclats.

De l'autre côté du couloir, la porte secrète s'ouvrit. Darril et June assistèrent, désemparés, au passage à tabac du photographe. June ne pouvait en détacher ses yeux, mais Darril lui intima l'ordre d'entrer et de refermer derrière eux.

Ils échouèrent dans un véritable labyrinthe. Trois routes se présentaient à eux. June se remémora ce que Temel avait dit : la salle devait se trouver au même endroit que dans la ville virtuelle. Alors, utilisant le plan mental de la Ville de Verre, elle guida Darril dans les méandres du labyrinthe. Enfin, ils parvinrent à la salle. Une fenêtre laissait apercevoir un espace d'au moins deux cents mètres carrés, avec des serveurs hauts de deux mètres, aux clignotants rouges et verts, et d'innombrables câbles, ordinateurs, tours et disques durs. Au moment d'ouvrir la porte, June se tourna vers Darril, qui lui adressa un sourire complice. En quelques minutes, il parvint à crocheter la serrure.

« Tu es prête ? »

June acquiesça, nerveuse.

Ils entrèrent.

III

CEUX QUI SAVENT

Khaïm fut accueilli par un brouhaha venu de la cuisine : les voix de son père, sa mère et de sa sœur mêlées, excitées et médusées à la fois. Il déposa sa veste sur le portemanteau, épuisé par sa journée de travail. Il referma la porte, se demandant s'ils n'avaient pas découvert la somme généreuse versée par le photographe quelques jours auparavant, avant qu'il puisse le leur annoncer lui-même. Avec cet argent, ils pourraient à coup sûr rentrer chez eux, sans passer par les services de l'individu qu'il avait rencontré. Mais, lorsqu'il déboula dans la cuisine, le sourire aux lèvres, personne ne lui prêta attention. Ils étaient agglutinés autour du seul téléphone qu'ils possédaient et parlaient tous en même temps.

« Qu'est-ce qui se passe ? »

Il dut répéter la question pour faire se retourner sa mère, qui marqua un mouvement de surprise.

« Déjà rentré ? Viens voir, des nouvelles de chez nous ! »

Sa sœur lui tendit le téléphone, l'air triomphant.

Khaïm, comme sa famille avant lui, fit défiler l'article, puis un autre, et un autre encore, avant de cliquer sur le lien qui répertoriait toutes les fuites. Il les lut plusieurs fois, observa les photos, regarda les vidéos, scrolla, scrolla et scrolla jusqu'à ce que ses yeux fatiguent. Des centaines d'informations sur les agissements illégaux, immoraux et dangereux de Maven Corporation étaient exposées, dans tous les domaines, des atteintes à la dignité humaine aux accords douteux passés avec certains États ; des photos d'une planète mise à mal et d'êtres humains réduits en esclavage ; des témoignages de salariés sur les pratiques de l'entreprise – conservation de leur ADN, espionnage, humiliations ; des graphiques et des chiffres concernant l'impact des produits vendus sur la santé des consommateurs, l'économie mondiale, l'environnement ; des secrets révélés sur la fabrication de leurs produits, la valorisation de la viande, l'ajout d'additifs et de conservateurs nocifs...

Khaïm navigua dans les actualités du jour, parcourut un article sur l'effondrement en Bourse de Maven Corporation. Apparemment, le gros de leurs données informatiques avait été détruit par le même groupe qui avait participé à la fuite, et l'entreprise avait perdu des milliards de dollars. Des milliers de supermarchés n'avaient pas reçu leur livraison hebdomadaire. Sur les réseaux, les internautes partageaient des photos de magasins quasiment vides, dans une centaine de pays différents, exprimant leur colère et leur inquiétude avec force emojis.

Parmi tous ces communiqués en vrac, un seul nom revenait pour désigner l'instigateur de cette action : celui du photographe.

Une fois que Khaïm eut terminé, il dut s'asseoir, abasourdi. La police du continent avait été envoyée sur l'île pour enquêter. Maven Corporation serait-elle priée de quitter les lieux ? Pourraient-ils retrouver leur vie d'avant ?

« Les photos qui ont fuité, dit-il d'une petite voix, je connais celui qui les a prises. Il m'a envoyé de l'argent pour que nous puissions rentrer à la maison. »

Le silence tomba dans la pièce.

« Quoi ? s'exclama sa sœur.

— Cela fait plusieurs mois que je discute avec lui. Il m'a envoyé de l'argent pour que...

— Tu veux dire que tu discutes avec l'un des terroristes les plus recherchés au monde et qu'il t'a envoyé de l'argent ? s'écria sa mère.

— Ce n'est pas un terroriste, se défendit le jeune homme.

— C'est ainsi qu'ils nomment les gens de ce groupe, rétorqua-t-elle. Il n'y a d'ailleurs que le nom de ce photographe qui soit sorti. C'est certainement lui qui sera responsable de tout.

— Tu dois rendre l'argent, gronda son père. Tu veux qu'ils t'accusent de complicité ? »

Khaïm baissa la tête et laissa les larmes lui monter aux yeux.

« C'est Maven Corp qui devrait en découdre avec la police, murmura-t-il, pas ceux qui ont dénoncé ses agissements terribles. Le photographe est un héros. C'est mon ami. »

Il releva la tête, bien décidé à affronter le désaccord de ses parents. Mais ceux-ci se contentèrent de hocher la tête, pensifs.

« Il a raison, approuva sa sœur. Il n'a rien fait de mal.

— Faire fuiter des données confidentielles est illégal aux yeux de la loi, rappela leur mère. Je suis sûre qu'il y aura aussi une enquête sur l'entreprise mais, en attendant, ce photographe va avoir des problèmes.

— Tu dois rendre l'argent, répéta son père. Sinon, nous aurons des problèmes nous aussi, et des gros. Si ce photographe a une chance de s'en sortir parce que c'est une star, nous, en revanche, nous n'en avons aucune.»

*

Mila pleurait, la tête entre les mains, appuyée contre un lampadaire. Elle avait une vue dégagée sur la villa du jeune homme, assaillie de policiers venus du continent, leurs voitures clignotantes garées en pagaille. Ils y entraient et en sortaient avec des sachets en plastique contenant des preuves sous scellés. Ils avaient barricadé le périmètre avec un ruban jaune. Son téléphone vibrait, et le nom de Temel apparaissait en caractères gras dans tous les articles, publications et commentaires qu'elle lisait.

Mila essuya ses larmes et se passa une main dans les cheveux. Puis elle s'arma de courage, avança l'air de rien dans la rue, le nez collé à son téléphone. Elle ralentit devant la villa comme absorbée par son écran, et elle entendit la réponse à la question qu'elle se posait. Deux policiers, adossés à leur véhicule, se demandaient où avait bien pu passer le photographe. Ils fouilleraient l'île entière s'il le fallait pour mettre la main sur ce merdeux. Mila s'éloigna, le cœur battant, ne sachant si c'était une bonne ou une mauvaise nouvelle. La police ne détenait pas Temel mais, dans ce cas, où était-il ? Avec June et Darril ?

Elle s'était réveillée le matin même dans l'obscurité de la grotte. Katia et elle avaient fini par sortir de la simulation et par réintégrer leurs corps, déplacés à des kilomètres de là, en sécurité. Les infiltrés étaient tous parvenus à revenir sains et saufs, sauf un, qui visiblement n'avait pas encore dégagé son esprit des méandres de la Ville. Pour elles, cela s'était fait d'un seul coup. La simulation s'était arrêtée et elles avaient repris conscience.

Mais June, Darril et Temel n'étaient pas là. Une jeune femme prénommée Iris expliqua avoir reçu de Darril l'ordre de lancer la fuite des données s'il ne pouvait le faire lui-même à l'aube. Il lui avait envoyé les photos de la destruction des serveurs et des dizaines d'infos supplémentaires sur les hologrammes. Darril semblait en vie, aux dernières nouvelles mais, comme il n'était pas rentré au petit matin, Iris avait respecté ses consignes et lancé l'opération.

Mila pensait avoir obtenu d'elle que le nom du photographe ne soit pas révélé, mais c'était apparemment une des choses auxquelles Darril tenait le plus. Iris avait fini par maugréer qu'elle verrait ce qu'elle pouvait faire avant de rejoindre la clique des hackers surexcités, les doigts en suspens au-dessus de leurs claviers, leur heure de gloire enfin arrivée, n'attendant que le top départ.

Iris n'avait pas tenu sa promesse.

Deux heures plus tard, Darril n'avait toujours pas refait surface, June était introuvable, Temel également. En plus, celui-ci était désormais recherché par les polices du monde entier. Mila, quant à elle, se sentait plus seule qu'elle ne l'avait jamais été, et rien n'apaisait les sanglots incontrôlables qui lui noyaient la gorge. Elle se promena un moment dans le quartier résidentiel d'Overnight, hésitant même à aller sonner à la porte d'Amélia. Alors qu'elle renonçait à cette idée, un numéro masqué l'appela et elle répondit, électrisée.

« C'est quoi ce bordel ? » hurla la voix à l'autre bout du fil.

Mila bégaya, ne reconnaissant pas tout de suite son interlocutrice.

« Je n'arrive pas à le joindre, est-ce que quelqu'un peut m'expliquer ce qui se passe ? C'était donc pour ça, votre petite excursion dans la Ville ? On le traite de terroriste partout, dis-moi que tu sais où il est ! J'ai deux mots à lui dire !

— Bonjour, Clarisse, soupira Mila, dépitée. Je n'ai pas non plus de nouvelles de Temel. Je ne sais pas où il est.

— Ben voyons », cracha l'agente.

Mila songea à raccrocher mais elle avait désespérément besoin de parler à quelqu'un qu'elle connaissait, même de loin.

« Ma sœur aussi a disparu, vous savez.

— Vous êtes des grands malades. Ça va me retomber dessus. La police va me contacter, tu le sais, ça ? Qu'est-ce que je vais leur dire ?

— Que vous lui avez fait du chantage sexuel en échange d'infos qui ont conduit au plus grand hack de tous les temps », suggéra Mila, glaciale.

Silence à l'autre bout du fil.

« C'est ce qu'il t'a raconté, hein ?

— Il n'a pas eu besoin de me raconter grand-chose.

— Je n'ai pas à me justifier. Il était consentant.

— Vraiment ?

— Nous avons notre propre relation, rétorqua Clarisse. Que cela te plaise ou non.»

Mila sentit un nouveau sanglot lui monter dans la gorge et, avant que Clarisse ne continue, elle lui raccrocha au nez. Elle erra un instant encore à travers les rues, puis rejoignit le secteur de Maven Corporation, pénétrant dans un univers devenu encore plus absurde.

Les employés se trouvaient dans la rue, hagards. Ils étaient des centaines et prêtaient à peine attention aux policiers qui grouillaient parmi eux. Certains avaient le nez en l'air, comme si la solution allait venir du ciel, d'autres le regard dans le vide, d'autres encore attendaient simplement qu'on leur dise quoi faire. Mais la plupart avaient l'œil rivé à leur téléphone. Mila passa à côté d'une femme passablement énervée qui tonnait :

« On n'a plus accès à rien, on ne peut plus rien faire ! J'ai une montagne de choses à faire aujourd'hui, moi ! »

Un attroupement s'était créé autour d'un homme qui, selon les rumeurs, avait sauté du douzième étage. Parmi eux, Mila reconnut un de ses collègues, qui lui fit un signe de la main. Il s'inquiéta de son visage rougi. Elle désigna l'homme qu'on emmenait en ambulance.

« Le type s'est carrément suicidé », sanglota-t-elle, choquée, et son collègue lui posa une main compatissante sur l'épaule.

« C'est vrai que ça craint. Apparemment, tous les serveurs de l'entreprise ont été bousillés. Plus aucun ordinateur ne fonctionne. Les informaticiens s'arrachent les cheveux.

L'entreprise est à l'arrêt total, on va perdre des milliards. Et on va certainement tous se faire virer.»

Il émit un petit rire qu'il voulait léger mais qui trahissait sa nervosité. Mila se moucha et attendit quelques instants à côté de lui. Avait-elle vraiment voulu ça ? Elle sentit un vertige la saisir, un gouffre s'ouvrir en elle. Elle avait tout perdu. June, Temel et Darril ne referaient pas surface. Qu'allait-elle dire à ses parents ? C'était elle, l'aînée. Elle aurait dû veiller sur sa petite sœur. Ses parents ne lui adresseraient plus jamais la parole. Elle ne retrouverait jamais son foyer.

Tandis que l'angoisse de ces révélations lui paralysait les sens, l'image d'un homme tombant à l'infini s'insinua dans son esprit. Il tombait, tombait, mais avait le sourire aux lèvres et la regardait droit dans les yeux. C'est ta faute, si je tombe, c'est ta faute à toi, Mila, si je suis mort.

Terrorisée, elle prit ses jambes à son cou, sous le regard fataliste de son collègue. Elle traversa le quartier des bureaux, puis celui des habitations où se trouvait son appartement, avant de faire demi-tour et de courir jusqu'à l'entrée du tunnel qui menait à la prétendue Ville. Des policiers avaient déjà tendu un ruban pour en interdire l'entrée. Cependant la voie semblait libre. Elle tenta d'ouvrir la porte, en vain, se maudissant de ne pas avoir demandé le code au photographe. Elle s'acharna sur la poignée, jusqu'à ce que ses mains lui fassent mal, et qu'elle renonce.

Alors qu'elle reculait, elle remarqua le sang séché sur le sol et, pas très loin, un minuscule objet scintillant. Elle s'approcha et reconnut la boucle d'oreille de Temel. Son cœur gonfla et elle serra de toutes ses forces le minuscule diamant entre ses doigts.

Une main se posa sur son bras. Mila se retourna en sursaut, une sueur glacée coulant le long de sa colonne vertébrale. Une femme d'une quarantaine d'années, vêtue avec classe, au visage encadré de cheveux lisses et bruns et aux yeux bleus, la regardait avec curiosité.

« Est-ce vous ? » demanda-t-elle.

Mila recula d'un pas, apeurée. La femme désigna sa jambe plâtrée et répéta sa question. Voyant l'incompréhension sur le visage de Mila, elle reprit :

« Elle avait les mêmes cheveux que vous, et cet air sur le visage, bien que je n'aie vu que ses yeux. Enfin... j'ai dû me tromper. Drôle de journée, n'est-ce pas ? »

Mila mit quelques secondes à reconnaître la voix. Il s'agissait d'Ivana, la veuve de l'homme que sa sœur avait contribué à assassiner. C'était elle qui avait appris aux membres du groupe que Maven Corp conservait l'ADN de ses salariés. Jetant un coup d'œil à son plâtre, Mila comprit également comment June avait réussi à se procurer l'enregistrement qu'ils avaient écouté dans la grotte.

Sa gorge se noua et elle bredouilla :

« Je suis désolée... Ma sœur vous a... Elle a disparu et... Ce n'était pas moi.

— Je vous crois, sourit Ivana. Je vous emmène ? »

Elle désigna du menton une voiture de luxe qui l'attendait dans la rue. Mila recula à nouveau.

« Vous allez me livrer à la police ?

— Ai-je livré votre sœur ? »

Désemparée, et parce qu'elle n'avait plus rien à perdre, Mila suivit Ivana et monta dans le véhicule.

L'odeur du cuir était étrangement rassurante, comme si la proximité avec le luxe éloignait Mila de sa propre mort, qu'elle imaginait sordide et solitaire, susceptible surtout de survenir dans les prochaines heures. Il émanait d'Ivana un calme profond, celui de la connaissance des choses intimes, le même calme que l'on retrouvait parfois chez Temel, une sorte de sagesse. Ivana, elle, semblait en paix. Elle proposa une coupe de champagne à Mila, comme s'il y avait quelque chose à fêter. Celle-ci déclina la proposition,

la bouche sèche, et regarda le monde imploser à travers les vitres teintées. Elle aurait dû se réjouir de la situation, car c'était pour cela qu'elle avait lutté de longs mois durant. Elle comprenait à présent qu'elle avait pactisé avec le diable, son désir exaucé en échange de l'âme de ses proches. Elle avait signé en pensant pouvoir échapper aux clauses en petits caractères.

Ivana respecta son silence les premières minutes du trajet, découvrant elle aussi le bal muet et désespéré des travailleurs sans travail. Enfin, la voiture quitta le quartier des bureaux et prit la route vers la mer. Mila ne demanda pas où elles se rendaient et regarda l'océan rouler à ses côtés.

Puis la femme lui demanda de lui raconter son histoire, et Mila se surprit à lui dévoiler ses premiers pas sur l'île, le projet de déstabilisation de Maven Corp, l'engagement de sa sœur, sa rencontre avec le photographe, tout ce qui s'était emballé et lui avait échappé, ces dernières semaines, ces derniers jours. La veille. Tout, dans les moindres détails.

« Je sais que vous avez perdu votre mari à cause de nous, conclut-elle, le regard toujours à la dérive. Et que cet homme s'est jeté du douzième étage à cause de nous. Ce n'est pas ce que je voulais. C'est ce que j'ai eu pourtant. Je ne vais même pas m'excuser auprès de vous, parce que je suis déjà en train de payer le prix de nos erreurs.»

Ivana posa une main sur son genou.

«Je ne vous demande pas de vous excuser. J'ai beaucoup souffert quand Callum est mort, c'est vrai. Mais je n'ignorais pas ce qui se tramait dans les hautes sphères de l'entreprise et du caractère souvent illégal de ces affaires. Moi aussi, j'ai payé le prix de mon erreur, celle de m'être tue des années alors que je savais presque tout de ce que vous avez révélé publiquement.»

Mila croisa son regard.

«Je suffoque, avoua-t-elle. Je ressens des émotions que je n'ai jamais connues. C'est un amour que je ne pensais pas éprouver. Ma sœur était ce qu'elle était, pleine de défauts, excessive, dangereuse, mais nous n'avons pas eu le temps de nous réconcilier.

— Nos histoires ne sont pas celles des livres, déclara la femme. Ici, pas de deuxième chance. Les choses disparaissent exactement comme nous les avons laissées.

— Temel prendra pour tous les autres. Exactement comme je le craignais et comme le souhaitait Darril. Comme vous dites, il n'existe pas de deuxième chance, et ce sont les innocents qui tombent.»

Elle ouvrit la main sur le diamant et le laissa un instant briller dans sa paume. *Nous ne sommes pas dans un livre. Ce n'est pas un signe.*

*

Il avait accepté une rencontre. La dernière, avait-il précisé. Clarisse s'assit face à lui et commanda une eau pétillante avant d'allumer une cigarette, trouvée dans un paquet que Temel avait laissé chez elle. Elle fixa Georg dans les yeux et croisa les bras. Il connaissait cet air qu'elle prenait souvent lorsqu'ils étaient ensemble. Elle attendait des explications pour une faute qu'il avait commise. Mais, cette fois, il n'en avait commis aucune.

« Tu pensais que j'allais laisser le gamin et ses amis jouer avec mes hologrammes ? Tu sais combien de temps il a fallu pour que ce projet voie le jour ? Évidemment que je lui ai tendu le piège de la simulation. »

Il avait les traits tirés. Il était à peine 10 heures du matin et sa journée était déjà foutue, sa vie probablement aussi. Il avait eu rendez-vous à la première heure avec son supérieur et devait s'attendre à être interrogé par la police. Ce dernier lui avait demandé de donner sa démission et l'avait prié de rentrer chez lui, sans même une poignée de main. Après tous les sacrifices qu'il avait faits pour Maven Corp !

« Je vais tomber moi aussi, continua-t-il. Le premier, certainement. À moins que tu ne dises rien. Que ce qui s'est passé chez toi la semaine dernière ne reste qu'à l'état de rêve.

— Où est-il ? »

L'homme ne répondit pas. Clarisse éclata d'un rire dédaigneux.

« Temel te demande des informations qui lui serviront à détruire l'œuvre de ta vie, tu t'en doutes et lui en donnes de mauvaises. Il s'avère que le gamin a de la ressource et effectue quand même sa mission. Tu veux me faire croire que tu ne sais pas où il est ? que tu ne l'as pas surveillé ? que tu n'as pas déployé de gros moyens pour canaliser la situation ?

— J'ai envoyé des hommes. Il y a eu des combats. Ils en ont neutralisé quelques-uns, mais la majorité s'en est tirée. Pas tous. »

Clarisse lâcha sa cigarette, qui roula sur le sol où elle finit de se consumer. Elle n'aimait pas qu'il voie ses faiblesses, mais celle-là, elle ne pouvait pas la contenir. Ses oreilles se mirent à bourdonner et la nausée lui étreignit l'estomac.

« Non.

— Je suis désolé.

— Non. »

Clarisse recula sur sa chaise, la main plaquée sur sa bouche. Étonnamment, sa première pensée alla au père du photographe, qui lui avait remis son fils avec une confiance aveugle. Et voilà ce qu'elle en avait fait. Après avoir abusé de lui pour satisfaire son ego et sa vanité, elle l'avait laissé se faire tuer alors que quelque chose semblait enfin lui donner envie de vivre. Qu'allait-elle dire à cet homme vieillissant qui s'endormait le soir le cœur un peu plus léger de savoir son enfant en sécurité ? Ce gamin qui était comme son fils, rebelle et magnifique et qu'elle avait conduit en enfer. Dans son enfer à elle.

« Non », répéta-t-elle d'une voix faible.

Georg posa les mains sur la table et entreprit de lisser sa serviette en tissu.

« C'était un terroriste, Clarisse. Dieu seul sait ce dont il était capable. Il aurait pu... »

Clarisse se leva et frappa Georg au visage avec une force inattendue. Puis elle lui cracha à la figure et sortit presque en courant du café. Elle dépassa son chauffeur, qui lui adressa un signe étonné. Tandis qu'elle courait entre les passants et les voitures, la boule au ventre, elle sortit son téléphone. *Qu'est-ce que j'ai fait ?*

*

Mila répondit une fois qu'Ivana eut hoché la tête en guise d'assentiment. Elles s'étaient arrêtées dans une crique magnifique, au sud-ouest de l'île, et se dégourdissaient les jambes, pieds nus sur le sable. Clarisse lui annonça qu'il était mort, que c'était de sa faute, qu'elle ne le supporterait pas, qu'elle ne se supportait plus et qu'elle pensait qu'elle aussi était en train de mourir. Mila ne trouva rien à répondre et envoya une ambulance là où la femme lui dit qu'elle se trouvait. Puis elle alla s'asseoir à côté d'Ivana, avec la sensation qu'on lui cognait le cœur. La jambe plâtrée de la veuve reposait sur le sable, et le bleu de sa robe évoquait des vacances lointaines, un souvenir de joie.

Après quelques instants passés à observer une mer indifférente, Ivana décida qu'il était temps de repartir. Mila l'aida à se relever. Et elles retournèrent s'asseoir à l'arrière de la voiture.

« Vous ne m'avez jamais confondue avec June, n'est-ce pas ?

— Démasquée, rit la femme. Il faut que je dise la vérité. Depuis que votre sœur m'a attaquée, j'ai mené des recherches sur votre groupe, sur chacun d'entre vous, à vrai dire. Quand je vous ai croisée, je vous ai immédiatement reconnue et j'ai su que la chance me souriait. Ce matin, j'ai décidé de faire une chose qui demande beaucoup de courage.

— Vous voulez dire que Maven Corp consigne toutes nos identités ? Sait tout de ce que nous avons fait ?

— Ils ont eu le temps de vous identifier lorsque vous étiez piégés dans la Ville. À quoi vous attendiez-vous, ma chère ? Vous vous êtes attaqués à des professionnels. Vous vous en êtes bien tirés, c'est vrai, vous avez causé les dégâts que vous souhaitiez, mais plus l'adversaire est fort, plus les dommages le sont aussi. »

Mila ne répondit pas. Pas la force. Un engourdissement s'était emparé d'elle, qui l'empêchait de réagir à toute nouvelle information. Elle ne pouvait rien absorber de plus. Elle avait atteint ses limites. Elle se mit à parler, avec difficulté, contrôlant à peine ses paroles.

« On dit souvent que tout ce qui nous arrive a un sens, que cela nous permet de tirer des enseignements, de regagner le droit chemin, de corriger nos défauts. De devenir meilleurs. Tel accident, tel échec, telle déception amoureuse. Mais c'est absurde. Qu'est-ce que June va bien pouvoir apprendre de sa propre mort ? Cela ne la mène à rien. Être mort, c'est... l'impossibilité absolue de s'améliorer. Elle avait encore tant de choses à apprendre.

— Parfois, certaines expériences ne servent pas à nous améliorer mais visent plutôt ceux qui nous entourent.

— Comment ça ?

— La question n'est pas de savoir ce que cela signifie dans son chemin de vie à elle, ça, il n'y a qu'elle qui le sache. La question, c'est plutôt de savoir ce que cela signifie dans votre chemin à vous.»

Mila fronça les sourcils.

«Comme si elle avait donné sa vie pour moi ?

— C'est une interprétation. Mais vous savez, tout le monde n'a pas à accomplir la même chose sur terre. Certains sont de passage, mais il est important que d'autres persévèrent, parce qu'ils *savent.*»

En d'autres circonstances, Mila aurait maudit cet enseignement qui se voulait philosophique, accrochée qu'elle était à sa croyance que rien n'avait de sens. Mais, à cet instant, c'était exactement ce qu'elle avait besoin d'entendre.

Ivana se tut jusqu'à la fin du trajet. La voiture avait bifurqué et s'enfonçait désormais dans une jungle épaisse jusqu'à un terrain aplani faisant office de tarmac. Elle s'arrêta à une centaine de mètres d'un jet sur le point de décoller et se tourna vers Mila :

«Je me rends sur le continent. Me livrer à la police. Appuyer tous les faits révélés par votre groupe sur Maven Corporation, avec des preuves trouvées dans ma propre existence. Me faire cogner par votre sœur n'a pas été une partie de plaisir, mais au moins cela a eu le mérite de m'ouvrir les yeux sur votre rage de vivre et votre désir de justice, et sur mon propre sommeil.»

Son sourire s'épanouissait, confiant. Avant de sortir de la voiture, elle ajouta :

« Il y a une place de libre dans l'avion. Si vous le souhaitez, je peux vous déposer dans n'importe quel endroit où nul ne vous retrouvera jamais. »

Mila serra les mâchoires, émue. Dans quelques heures, elle pouvait sortir sauve de ce cauchemar, définitivement. Elle renaîtrait, étrangère à elle-même, mais en sécurité.

Au bout de quelques secondes, elle demanda à la veuve, soucieuse de la réponse qui déciderait du reste de sa vie :

« Pas de deuxième chance comme dans les livres ou est-ce que ça vaut le coup de persévérer ? Pour ceux qui savent ? »

Ivana eut un sourire et lui adressa un dernier regard, complice et encourageant, avant de claquer la portière de la voiture. Mila la regarda rejoindre le jet, appuyée sur le chauffeur. Elle s'y engouffra sans se retourner, en paix avec sa décision.

Mila ouvrit les doigts et observa dans sa paume la boucle d'oreille de Temel.

*

Le bruit de froissement du sable. Le goût de la terre plein la bouche, émiettée, dans la gorge et sous les dents. Une sensation de brûlure en ouvrant les yeux. À nouveau, la terre, qui macule son visage. L'effleurement râpeux jusque dans son cou le fait frissonner. Et puis le silence.

L'homme a vu la délicatesse de deux prunelles d'un vert si clair qu'elles semblent prêtes à casser comme du verre. Il a tout arrêté et s'est mis à crier.

Temel entend mais ce qu'il voit est flou, comme si la réalité ne lui parvenait plus. Il sent son corps mais n'y habite pas, retenu dans ses souvenirs. Il referme les paupières. Les rouvre.

« Je ne sais pas », balbutie-t-il à ce qu'il pense être une question.

L'homme est penché au-dessus de lui, demande s'il est mort, ne comprend pas sa réponse parce qu'ils ne parlent pas la même langue.

Temel ferme les poings et ses doigts touchent sa chair froide. L'homme lui tend la main, l'aide à se relever. Il trébuche sur des corps en pagaille, écrase des mollets et bute sur des hanches. L'homme le soutient, alors qu'il remonte de la fosse, couvert de terre, de sang. Il tient à peine debout quand l'homme lui caresse la joue.

« On me dirait de te tuer, gamin, mais ce serait du gâchis. Cours. »

Alors Temel se met à courir.

*

Amélia virevoltait dans sa robe, servant des limonades et babillant sur le temps, la complexité de leur métier et la force de leur engagement, mais personne n'était dupe, ni eux ni elle. Ils acquiesçaient en silence, impatients, et se jetaient des regards en coin.

Lorsqu'il n'y eut plus rien à dire qui ne l'eût déjà été, l'un d'eux lâcha la phrase fatidique que la jeune actrice redoutait :

« Nous avons quelques questions à vous poser. »

Quatre policiers en uniforme avaient débarqué chez elle au petit matin, bien réveillés alors qu'elle émergeait à peine.

Elle les avait laissés aux mains de la cuisinière, le temps de s'habiller, de se maquiller et de jeter un œil à son téléphone qui vibrait sans arrêt. Après avoir absorbé le choc des révélations du jour, elle avait tenté d'appeler plusieurs fois Temel, et avait même essayé de joindre son agent. Lorsqu'elle avait vu son nom apparaître dans tous les articles, posts et conversations, elle s'était retenue de hurler. Comment avait-il pu tramer tout cela sans qu'elle s'en rende compte ?

Elle s'était sentie trahie, puis l'inquiétude l'avait gagnée. Elle était désormais persuadée qu'il était mort, et le trou dans sa poitrine ne cessait de se creuser.

« Bien sûr, sourit-elle, affichant jusqu'au bout une confiance surjouée. Je comprends. Temel et moi étions en train de travailler sur mon projet. Est-ce que je peux vous confier quelque chose ?

— Je vous en prie.

— Ne me trouvez pas trop sévère, mais je ne veux plus jamais le revoir. Je pensais que c'était quelqu'un d'honnête. Je l'ai laissé entrer ici, fréquenter mes amies, alors qu'il était tellement dangereux. Je me sens...

— Était ? »

Amélia baissa légèrement la tête, lissa sa jupe.

« Il n'est plus rien pour moi. Si je savais où il se trouve, je vous le dirais, messieurs. Mais apparemment, je n'étais pas assez importante pour qu'il me confie quoi que ce soit. »

En vérité, elle ne savait comment orienter la conversation pour qu'ils la laissent tranquille. Elle en faisait peut-être trop, mais elle n'avait surtout pas envie d'être soupçonnée de quoi que ce soit pour la simple raison qu'ils travaillaient sur un projet commun. Elle tentait de leur prouver qu'il n'y avait aucun lien entre eux qui ne soit strictement professionnel.

Et elle se demanda si elle disait la vérité : si elle savait où il se trouvait, le livrerait-elle aux autorités ?

« Peut-être n'étiez-vous pas si proches, répéta un des hommes, mais cela fait quelque temps que vous le connaissez. Avez-vous remarqué un changement chez lui ces dernières semaines ? Même quelque chose d'infime. »

Mila. C'est Mila qui lui est arrivé, monsieur le policier, pensa-t-elle.

Mais elle s'empressa de répondre :

« Je ne crois pas. Comme je vous le disais, ici c'était très boulot-boulot.

— Une de nos sources nous a pourtant confié que vous auriez dormi avec lui un soir. Vous le lui avez apparemment confié vous-même. »

Amélia sentit les larmes lui monter aux yeux, mais pas parce que ses mensonges s'effritaient au fil du temps. Surtout parce que venait le moment le plus triste de l'histoire, de son histoire, et qu'il n'y avait rien de plus tangible que cette vérité-là.

« C'est vrai. Il m'a accueillie chez lui à la suite d'un tournage. Et je me suis endormie dans son lit. Je ne voulais pas dormir ailleurs. J'ai insisté.

— Pourquoi cela ?

— Parce que je suis amoureuse de lui. »

Derrière les visages peu avenants des policiers, elle vit celui de son agent se décomposer. Il était arrivé en catastrophe alors qu'Amélia tentait de gagner du temps, il scrutait depuis nerveusement la moindre de ses réactions. Pour le moment, elle s'en était plutôt bien tirée. Il lui adressa un regard plein de reproches, qu'elle choisit d'ignorer.

« Et si vous êtes amoureuse de lui, pourquoi croirions-nous que vous ne tentez pas à tout prix de nous le cacher ?

— Messieurs, sourit Amélia en croisant les jambes, vous n'avez aucun doute sur le fait que je puisse être éperdument amoureuse, mais vous en avez sur le fait que si je savais où il est, je le dénoncerais sans hésiter. Parce que les femmes peuvent faire des folies pour un homme, mais pas pour elles-mêmes ? Vous me connaissez si peu. Je suis la personne la plus égoïste de cette terre. Je tuerais ma propre mère pour un premier rôle. Dieu merci, on me les offre avant que j'aie besoin de le faire. Messieurs, je ne suis rien sans le cinéma et la gloire. Je ne sais pas où est Temel mais ce que je sais, c'est que je ne laisserai personne me soupçonner de quoi que ce soit ou ébranler ma carrière ou mon nom. S'il tente de me contacter, vous serez les premiers avertis. Peu importe ce qu'il a fait ou non, je veux rester en dehors de ça. Je n'ai pas à payer pour ses actes simplement parce que je suis amoureuse de lui ou parce qu'il m'a prise deux fois en photo. » Elle se leva le cœur battant. « Merci de votre visite. Oh, et bien sûr, je compte sur vous pour me protéger et empêcher quiconque d'associer mon nom au sien. Gardez ma réputation sauve. »

Elle s'engouffra dans l'escalier. Elle entendit les policiers protester, mais la porte de sa chambre s'était déjà refermée. Elle s'assit au bord du lit et se surprit à sourire. Cela faisait des années qu'elle n'avait pas été aussi sincère. Que Temel aille au diable. Elle avait bâti sa vie toute seule, à force de sacrifices et de dur labeur. Elle avait passé des jours entiers à apprendre des textes, les répéter jusqu'à épuisement, supporter des heures infinies de casting et de terribles déceptions. Personne ne l'avait aidée et, aujourd'hui, elle était devenue la meilleure. Bien sûr que son cœur battait pour le photographe, mais ce n'était rien en comparaison de ses passions brutales pour cinéma. Ce frisson extatique qui la parcourait quand elle se voyait à l'écran, aucun homme ne parviendrait jamais à le lui faire ressentir.

Elle avait eu une période d'ennui en arrivant sur l'île, où tout semblait avoir déjà été joué. C'est pourquoi elle s'était lancée dans ce projet de roman-photo. Mais elle comprenait désormais que la flamme brûlait toujours, que c'était l'île et ses vents maudits qui l'avaient amoindrie, et son obsession pour le photographe l'avait presque gelée. Elle avait été stupide.

Elle alla à son ordinateur et regarda les photos de Temel. D'abord celles qu'il avait prises pour elle, ensuite celles qu'il avait déversées sur le Net contre Maven Corporation. Les premières la firent sourire, les secondes la dégoûtèrent. Alors, c'était comme ça que fonctionnait l'entreprise ? Et si Overnight Company trempait dans les mêmes combines ? Elle replia les genoux contre sa poitrine et les enlaça, le regard perdu dans la vitre, vers le lac azur et les arbres immobiles. Elle se demanda si elle quitterait Overnight en apprenant des choses du même ordre à son sujet et se rendit compte que non. Elle ne décida pas non plus de ne plus jamais manger des produits Maven. Parce que, en vérité, tout cela lui importait peu. Il y a ceux qui se battent et ceux qui profitent, et elle ne souhaitait pas prendre les armes. Son âme vibrait ailleurs, à l'écran, dans les yeux émus des spectateurs, dans les voix joyeuses se remémorant ce film, tu sais, où elle joue une employée de bureau qui...

Elle était persuadée que l'âme de Temel ne vibrait pas non plus dans les combats écologiques et sociaux, qu'il ne se sentait vivre que caché derrière l'écran de son appareil photo et que le reste, il s'en fichait. Il le lui avait dit, cela se sentait, et pourtant il était maintenant mondialement recherché pour terrorisme, la forme la plus extrême de l'engagement. Ses photos étaient superbes, poignantes. Il avait capturé les moments les plus intimes et les plus importants, ceux qui vous font comprendre que la vie est précieuse et recèle des mystères. Mais, dans le fond, ce n'était qu'un photographe.

Amélia se releva. Un photographe. C'était donc ça. Elle sortit de sa chambre en courant, dévala les escaliers et se précipita sur son agent.

« Ils sont où ?

— Ils viennent de partir, qu'est-ce qu'il... »

Elle sortit de la villa au pas de course et cria pour que les policiers, qui s'engouffraient dans leur voiture à quelques mètres de là, se retournent.

*

Cléo regardait son mari s'occuper du jeune homme comme s'il s'était agi de son fils. Les sourcils froncés, les cent pas, les coups d'œil inquiets. Il l'avait ramassé dans la rue, hagard, comme un corps sans tête, et l'avait ramené à la maison.

Depuis, il le faisait manger à la petite cuiller, sous le regard ironique de sa femme. Avait-il déjà accordé un jour autant d'attention à ses propres enfants ? Qui avait passé un linge sur leurs fronts quand ils étaient malades ?

« Tu es au courant qu'il a sans doute quelque chose à voir avec le désastre de Maven Corporation ? demanda-t-elle pour la troisième fois. C'est sûrement à cause de lui que tu n'as plus de travail. »

Niels ne répondit pas. Il avait recousu les plaies ouvertes avec du fil et un soin infini, et avait mis de la glace sur les contusions. Aucune partie du corps de Temel n'avait été épargnée. Mais la beauté transparaissait, prisonnière des organes tuméfiés et de la peau au supplice.

« Parle moins fort, tu vas le réveiller. »

Cléo secoua la tête et quitta le salon, claquant la porte de la cuisine. Elle se demanda si Niels avait seulement remarqué qu'elle était partie. Depuis qu'il avait ramené Temel, ce dernier dormait. Il avait murmuré quelques mots à peine, dans une langue inconnue, qui n'était ni celle de l'île, la leur, ni celle imposée par les entreprises à leur arrivée. Se saisissant d'une cigarette qu'elle avait trouvée dans le jean du jeune homme, elle ouvrit la fenêtre et se pencha au-dessus de la rue, bétonnée et comme morte.

Les préfabriqués empilés avaient remplacé les cabanes de bois et de roses, le macadam la terre battue, et leur île avait succombé à la puissance des villes et du plastique. Son ancien travail lui manquait, et encore, elle n'était pas de ceux qu'on avait mis dans des barques et jetés droit dans le piège du continent.

Cléo resta longtemps à la fenêtre, bien après avoir jeté le mégot d'une pichenette. La cuisine était faiblement éclairée par le lampadaire du coin de la rue, faible source comparée à la lumière crue des étoiles de son ciel d'autrefois. Alors qu'elle fermait les yeux dans l'odeur chaude de la mer, elle fut surprise par le bruit de la porte. Elle se retourna. Les cheveux sales, une barbe naissante et le visage déformé par les ecchymoses et les balafres, le jeune homme blessé s'avançait vers elle. Il avait l'air aussi inanimé que quand il dormait sur le canapé.

Elle recula contre le mur, apeurée. Temel tendit la main vers elle avec ses phalanges cassées, une bague brillant dans la nuit. Il pointa du doigt le briquet qu'elle avait gardé. Elle finit par comprendre, le contourna pour lui donner une cigarette et l'aida à l'allumer. Ses lèvres esquissèrent ce qui ressemblait à un sourire, sous la lumière de ses yeux soudain trop vivants. Il boita jusqu'à la fenêtre et s'y accouda, laissant échapper un soupir de satisfaction lorsque la fumée lui inonda les poumons. Elle observa les muscles de son dos, ses omoplates saillantes, sa hanche échappée de son jean trop grand.

« Qu'est-ce que tu as fait ? » demanda-t-elle.

Il lui jeta un coup d'œil par-dessus son épaule, avec une expression indéchiffrable, mais qui ne semblait pas hostile. Alors elle vint s'accouder à la fenêtre à côté de lui.

« Si tu fais partie de ce groupe qui a commis toutes ces choses envers Maven Corporation, eh bien... » Elle n'ajouta rien.

« Je sais », finit-il par murmurer d'une voix fêlée.

Puis il continua à chuchoter. Il lui raconta des choses qui n'avaient rien à voir avec le projet de Darril, rien à voir avec Maven Corporation, l'île, ou son passage à tabac. Il lui parla de sa mer à lui, lointaine et poussiéreuse, de son village, de son ciel, de ses parents et des gâteaux à la pistache. Il lui parla de ses rêves de gosse, de la musique dans la rue et du cauchemar qu'il faisait avant chaque rentrée scolaire, jusqu'à ce que l'école soit bombardée et que se confronter à d'autres enfants ne soit plus le seul problème. Il alterna entre la langue imposée et la sienne, bougea peu, rit parfois, fuma beaucoup. Cléo finit par lui demander s'il savait où il se trouvait, et elle lut dans ses yeux qu'il n'en avait pas la moindre idée.

Une entaille sur sa tempe s'était rouverte et le sang coulait sur sa joue. Il semblait sur le point de s'évanouir. Elle le prit par la main, et penchée au-dessus de lui dans cette cuisine minuscule qui ne lui appartenait pas plus à lui qu'à elle, elle entreprit de recoudre la plaie.

Lorsque Temel se fut rendormi, les yeux fiévreux de douleur, Cléo s'assit au pied du canapé et posa sa tête contre ses côtes. Elles se soulevaient au rythme de sa respiration saccadée, et l'immobilité à la fin de chacune de ses expirations faisait retenir les siennes à Cléo. Niels la trouva prostrée, les larmes aux yeux, et vint s'asseoir près d'elle.

« Je te promets qu'une fois qu'il se sera remis de tout ça, je le mettrai dehors, dit Niels.

— Il ne s'en remettra pas, chuchota-t-elle. Il ne sait même pas où il est. Il s'est réfugié dans le passé. Sans parler de... Il doit avoir des os cassés, des hémorragies internes, il... »

Niels prit la main de Cléo et entrelaça ses doigts aux siens. Il posa la tête sur son épaule et, pendant encore quelques instants, ils écoutèrent le sifflement de la respiration du jeune homme.

« Je crois que c'est lui. Le photographe dont ils parlent dans les journaux, le leader du mouvement ou je ne sais quoi. Si c'est le cas, nous sommes en danger nous aussi. Tu sais, ils disent toutes ces choses sur lui. Qu'il aurait fréquenté des hommes... »

Niels releva la tête.

« Je ne vais pas le laisser mourir parce qu'il a fréquenté des hommes, Cléo.

— Tu as bien mis ton fils à la porte pour la même raison. »

Niels se leva. Il aurait aimé lui rétorquer qu'elle n'avait pas beaucoup défendu son fils non plus. Mais plutôt qu'un discours offensif qui lui aurait permis encore une fois d'éloigner le malaise, ce fut tout autre chose qui lui vint.

« J'ai pensé qu'il tentait de rejeter ce que j'avais passé tant de temps à construire pour lui. J'y ai vu une forme de rébellion, d'attaque personnelle. J'ai pensé que plus rien ne serait possible entre nous à cause de son choix de vie, et j'ai laissé parler ma colère. Tu sais comme je m'en suis voulu, tu sais comme je me suis excusé et que j'ai tout fait pour qu'il revienne. Et il a certainement eu raison d'ignorer mes tentatives stupides. Alors, non, Cléo, je ne vais pas laisser mourir ce gamin parce qu'il a fréquenté des hommes. Tu ne vois pas comme la vie me donne une seconde chance ? Celle de me racheter auprès de notre fils, d'enfin réparer mon erreur ? »

Cléo haussa un sourcil, puis croisa les bras sur sa poitrine.

« Eh bien, te voilà philosophe, ricana-t-elle. Je vais me coucher. Arrange-toi comme tu veux, mais je ne veux plus le voir ici. »

Avant de gagner la chambre, elle se retourna et embrassa une dernière fois le jeune homme du regard. Puis elle conclut d'une voix froide :

« Choisir ce qui te permet d'être lavé de tes fautes… Ce n'est pas comme ça que ça marche. »

196 Le jet décolla et le chauffeur finit par revenir. Il avait longuement parlé à Ivana avant qu'elle n'embarque, l'avait aidée à monter les marches et avait regardé l'avion s'envoler. Lorsqu'il revint, couvert de poussière, il demanda à Mila où est-ce qu'elle souhaitait se rendre. Honnêtement, elle n'en avait pas la moindre idée. Partout où elle poserait le pied, tout était susceptible de lui exploser au visage : une arrestation, un souvenir, un coup de téléphone de ses parents, une nouvelle imprévue et douloureuse. Ici, au beau milieu de cette jungle épaisse dans laquelle se mouvaient insectes énormes et bêtes féroces, elle ne risquait rien. Cependant, rester seule lui paraissait insurmontable, aussi indiqua-t-elle approximativement au chauffeur le chemin de la grotte.

Ils avalèrent les kilomètres en sens inverse, silencieusement d'abord, et Mila avait le cœur au bord des lèvres. Puis le chauffeur lui demanda pourquoi elle n'était pas partie avec Ivana. L'île semblait sur le point d'imploser, et c'était une perspective d'avenir.

« Et vous ? » interrogea-t-elle en retour.

Il parut surpris.

« Eh bien, parce que je ne suis que son chauffeur.

— Et là où elle va, qui va la conduire ? »

Il évita son regard dans le rétroviseur. Puis, de manière imprévue, il arrêta la voiture en plein milieu de la voie. Mila lui demanda ce qu'il fabriquait, s'excusa même pour sa remarque, mais l'homme fixait la route déserte, comme en proie à une hallucination. Au bout de quelques instants, et comme il restait sourd à ses interrogations, elle cessa de le questionner. Une voiture les dépassa en klaxonnant et la femme au volant leur cria quelque chose qui se perdit.

Mila détacha sa ceinture et s'allongea sur la banquette arrière.

Elle avait le temps pour les doutes existentiels de cet inconnu, elle avait le temps qu'on les dépasse, que la nuit tombe et que le jour suivant se lève. June n'était pas en train de l'attendre, sourcils froncés et mains sur les hanches, prête à se battre. Il y avait toujours eu ce lien entre elles. Il était la plupart du temps solide et serein, mais il se tendait parfois jusqu'à en vibrer, raide à se rompre, quand quelque chose clochait. Un lien douloureux, qui transmettait des angoisses indicibles à l'une quand l'autre ne décrochait pas au téléphone ou rentrait plus tard que prévu. Un lien qui ne s'était pas dénoué lorsque Mila avait appris que June était l'une des instigatrices de l'assassinat de Calum mais qui s'était relâché, à tel point que, quand l'une tirait dessus, l'autre ne le sentait plus.

Tâtant sa poitrine du bout des doigts, Mila se rendit compte que, depuis qu'elle avait émergé de la Ville, ce fil quasi physique qui la reliait à June, même à des kilomètres de distance et à des miles de colère, n'était plus rattaché à rien. À l'autre bout de son cœur, celui de sa sœur ne battait plus. Évadée de son corps le temps de son escapade dans la simulation, Mila n'avait pas senti ce fil se tendre violemment, frémir pour finalement se rompre. Prise de vertige, il n'y avait rien eu de l'autre côté pour retenir June. Et maintenant, Mila ne sentait plus sa sœur.

Le chauffeur avait repris la route. La voyant se relever, il s'excusa pour son moment d'égarement.

« Pardonnez-moi. Tout ce qui se passe m'affecte, moi aussi, et j'avais besoin de réfléchir un moment. Je sais que vous êtes liée aux actes de terrorisme qu'a subis Maven Corporation. Il fallait que je sache de quel côté je me trouvais, vous comprenez ? Si vous étiez un danger pour moi... Mais je n'ai plus envie de réfléchir comme ça. Tout ce que je sais, c'est que vous avez besoin d'une course et que j'ai une voiture. »

Mila sourit.

Le jour avait décliné. Cet étrange voyage à travers l'île avait duré toute la journée, pourtant ils n'étaient pas encore arrivés à destination. Ils n'avaient fait que frôler les contours, éviter les zones dangereuses.

« J'ai perdu ma sœur, finit-elle par répondre. Je ne l'ai pas vu mourir, je ne l'ai pas vue, morte, mais je sais qu'elle n'est plus là. Elle est devenue aussi muette qu'elle faisait du bruit en moi depuis sa naissance. C'est fou, non ? De sentir ça.

— Ces choses-là, ça ne s'explique pas, confirma le chauffeur.

— Quand on sait, on sait.

— Pourquoi rester, alors ? »

Cette fois, la jeune femme se trouva encline à répondre.

« Pour *lui*... je ne sais pas. Je crois savoir, mais... Il est toujours flottant, il se cache à l'intérieur de lui-même et brouille les pistes. En fait, il construit, patiemment, en silence. Sans que personne ne le remarque.

— Qu'est-ce qu'il construit ?

— Lui-même. Des bases solides, pour nous deux. Son propre secret qu'il finira par trahir sans le vouloir. Il a cette lumière tellement enfouie qu'on peut passer à côté, mais elle est tenace et ne faiblit pas.

— Alors je crois que vous avez bien fait de rester. »

Mila hocha lentement la tête.

Quand elle reconnut le chemin, entre les arbres, qui menait au bord de la falaise en bas de laquelle se trouvait la grotte, elle demanda au chauffeur de s'arrêter. Il n'y avait personne sur la route. La nuit était silencieuse. La jeune femme avait appréhendé de trouver partout des policiers prêts à l'arrêter. Elle ressentit un soulagement mitigé, sachant que tant qu'elle ne se trouverait pas en sécurité à l'intérieur de la grotte, tout était encore possible.

Elle descendit de voiture, s'accouda à la vitre du chauffeur et lui déposa un baiser sur la joue. Ses lèvres se couvrirent de poussière.

« Qu'est-ce que vous allez faire maintenant ? »

L'homme sourit, puis haussa les épaules.

« Prenez soin de vous, se contenta-t-il de dire. N'oubliez pas ce pour quoi vous avez voulu rester.

— Vous non plus ! » s'écria-t-elle, alors qu'il redémarrait en lui faisant un signe de la main.

Elle le regarda disparaître dans le virage et ne bougea que lorsque le bruit du moteur se fut évanoui. Puis elle s'engagea à travers les arbres.

Le souvenir de cette fuite en forêt, avec June et Sihem, après leur intrusion dans les usines de Maven Corporation quelques mois auparavant, lui revint en mémoire. Elles avaient couru vite, laissant le photographe avec le garde, empêtré dans ses mensonges, une arme pointée entre les deux yeux. Il s'était mis en danger pour elles. June avait immédiatement pensé le contraire, mais Mila avait toujours su qu'il les avait sauvées. Pourtant, elle avait couru sans se retourner, pensant d'abord à elle-même.

Ce qu'elle avait raconté au chauffeur n'était qu'une demi-vérité. Elle restait sur l'île parce qu'elle sentait au fond que Temel était vivant. Elle avait besoin de le retrouver. Mais plus que l'amour, c'était la culpabilité qui lui serrait les entrailles. Elle ne pouvait plus se dérober, le laisser encore prendre les coups à sa place. Cacher derrière son seul nom les actes de centaines de personnes. Elle avait essayé de convaincre Iris de ne pas le jeter en pâture à la presse, mais elle n'avait pas essayé assez fort. Elle ne s'était pas battue comme lui l'avait fait toutes ces fois. Il s'était sacrifié de bien des manières pour le groupe. Pour elle. Dieu sait ce qu'il avait encore fait d'héroïque pendant qu'elle était coincée comme une souris stupide dans le piège de la Ville. Elle avait envie d'être là pour lui, désormais.

Surtout, elle avait égoïstement besoin qu'il la prenne dans ses bras. Elle fit une pause, s'appuya contre un palmier. Les larmes glissaient sur ses joues, et elle serra les bras autour de sa poitrine, la tristesse la secouant de l'intérieur.

Elle voulait qu'il lui dise qu'elle n'y était pour rien. Qu'elle avait été manipulée, qu'il invente à Darril une personnalité narcissique et dangereuse et lui assure qu'il n'était qu'un bourreau psychopathe dont elle avait été la victime. Que ce n'était pas sa faute. Qu'elle était quelqu'un de bien.

Elle secoua lentement la tête, se remettant fébrilement en route. Temel ne lui dirait jamais cela. Il était trop droit, trop lucide, toujours à accepter que la vie puisse être une longue suite d'erreurs humaines et qu'il ne fallait pas juger ses pairs trop sévèrement. Il lui dirait: « Bien sûr que nous sommes responsables du suicide de cet homme » au sujet de celui qui avait sauté du douzième étage suite aux actions de leur groupe. Mais il ajouterait que cela ne changeait rien à leur histoire à eux deux, et c'était cela qu'elle avait envie d'entendre. Même si cela ne résolvait rien.

Lorsqu'elle parvint au bord de la falaise, la mer tranquille brillait sous l'éclat de la lune. Elle aperçut une silhouette au bord de l'eau et ne put retenir la voix qui monta en elle.

« Katia ! » hurla-t-elle jusqu'à ce que la silhouette se retourne et lui fasse de grands signes.

Elle descendit prudemment jusqu'à la plage, s'accrochant aux arbustes et manquant de tomber à plusieurs reprises. Puis elle courut se jeter dans les bras de Katia, qui la serra fort contre elle.

« Bon Dieu, Mila, où étais-tu ?

— Je ne sais pas. C'est une longue histoire. Tu vas bien ? Où sont les autres ? »

Katia lui proposa de s'asseoir dans le sable.

«C'est la folie! Maven Corporation ne tient plus qu'à un fil. Je suis allée travailler, parce qu'il le fallait bien. Personne ne m'a adressé la parole de la journée. Tout le monde courait dans tous les sens, ils ont fait venir les meilleurs techniciens et informaticiens en urgence du continent. Ils ont reçu des appels d'hommes politiques toute la journée. Tout le monde a envie de les lâcher, parce qu'ils se sont effondrés en Bourse. Des centaines de personnes seront certainement virées d'ici la fin de la semaine. Ils ne peuvent plus honorer le tiers de leurs envois, les supermarchés sont vides.

— Et les consommateurs?

— En colère, soit parce qu'ils n'ont plus rien à manger, soit parce qu'ils déplorent ce que Maven Corp a fait. Les fuites étaient parfaites, les photos saisissantes. Nous avons réussi à retourner contre l'entreprise des gens de toutes sortes: les écolos, les patrons qui, eux, payent leurs impôts, les médecins... Des milliers de consommateurs ont appelé à boycotter leurs produits sur les réseaux. Ce n'est pas une majorité, bien sûr, mais c'est déjà ça.

— Tu penses que Maven Corp pourra rebondir?

— Ils ont énormément de fonds de côté, donc ils ne sont pas en faillite totale mais, comme je te le disais, ils ont tapé fort et dans tous les domaines. Pas mal de chefs d'État sont désormais frileux à l'idée de prolonger leurs accords avec Maven, vu la réaction de la population. Les gens sont outrés.

— Mais ils ignoraient vraiment toutes ces choses? Avant qu'on les balance? Les médecins par exemple?»

Katia fit une pause pour réfléchir.

« Je pense que la majorité était au courant, mais qu'il n'y avait pas urgence à prendre position jusqu'à ce matin. Je veux dire, maintenant que tout Internet en parle, il est de mauvais ton de rester en retrait et de ne pas donner son avis. Alors, des gens qui n'ont jamais rien eu à faire du réchauffement climatique sont soudain scandalisés et prennent position. C'est peut-être hypocrite mais ça arrange nos affaires. Au fond, peut-être que Maven Corp s'en sortira. C'est un géant quasi tout-puissant. Les gens ont faim, ils sont habitués à ces produits et les entreprises concurrentes ne seront pas assez rapides pour satisfaire leur demande. Et puis, les êtres humains oublient vite. Consommateurs comme présidents. Dans deux semaines, tout ça sera déjà certainement de l'histoire ancienne. Mais Dieu sait ce que notre action peut entraîner ?

— Des réactions en chaîne, une libération de la parole... Et puis, merde, même si ça n'a aucun impact à long terme, on se devait de les dénoncer, non ? »

Katia acquiesça.

« Oui, et on a tapé vachement fort. C'est historique. Rien de ce genre n'a jamais été fait auparavant. On peut être fiers de nous.

— Même si... » commença Mila.

Katia se tourna vers elle. C'était la première fois qu'elles se voyaient sans masque et pourtant c'était comme si elles s'étaient toujours connues sans.

« Des gens sont morts à cause de nous, acquiesça Katia. Il y a eu des dizaines de suicides au sein de l'entreprise. On a ruiné pas mal de vies. Ces gens ne méritaient pas de mourir, de souffrir... Bien sûr. Mais ils ont choisi de participer à un système pourri jusqu'à l'os. La plupart étaient au courant de tout ce qui se tramait et ont accepté de continuer. Les gens que j'ai côtoyés ces derniers temps, mes collègues... Ils n'avaient aucune éthique, aucune sympathie pour ceux qui ne leur ressemblaient pas. Je ne te parle pas des petits postes qu'on est contraints d'accepter parce qu'on est en situation de précarité. Je te parle des hautes sphères.

— On aurait pu essayer de les faire changer.

— Comment? Le système leur profitait pleinement.

Ceux pour qui le système est favorable ne veulent pas le changer. Pourquoi le feraient-ils, d'ailleurs?»

Mila enfouit la tête dans ses genoux.

«C'est douloureux pour moi aussi, avoua Katia. Ces pertes humaines... Mais si ça en évite des milliers d'autres? D'autres humains exploités, d'autres animaux massacrés, toutes les morts liées à ce qu'ils mettent dans leurs produits, liées à la façon dont ils épuisent la planète?

— Je n'y arrive pas», murmura Mila.

Son amie lui passa un bras autour des épaules.

«Tu sais, je suis pratiquement la seule du groupe à être restée. Darril n'est pas revenu. Je suis sans nouvelles de la plupart. Certains sont allés se planquer. D'autres ont essayé de s'enfuir par la mer. Je ne sais pas si c'est très juste d'avoir donné le nom du photographe mais, pour le moment, ça nous protège tous. Tant qu'ils le traquent lui, ils ne nous traquent pas nous. C'est terrible, bien sûr, mais... Tu sais, sans Darril, on se sent tous un peu perdus. Il aurait su quoi faire pour protéger Temel aussi. Et puis, je suis désolée pour... Je veux dire, tu dois savoir que June non plus n'est pas rentrée.»

Mila releva la tête. Elle observa les yeux noirs et inquiets de Katia, sa peau sombre et lisse, son tailleur de travail. Et alors qu'elle allait répondre, son téléphone sonna. C'était sa mère.

*

Il était 5 h 30 du matin. Niels avait au fond du ventre une boule de fatigue qui se répandait jusque dans les muscles de sa mâchoire. Il avait l'impression que son corps dormait toujours, pourtant son esprit était affûté comme jamais. Les mains rivées sur le volant, il regardait l'hôpital de fortune, dont les lumières crues déversées à travers les vitres repoussaient la nuit avec force. On distinguait à l'intérieur des silhouettes affairées, s'étant accommodées des nouveaux locaux, plus vétustes encore que les précédents, pour mener à bien leur mission.

Deux femmes en blouse sortirent d'un des préfabriqués et allumèrent une cigarette en s'adossant au mur. Niels les regarda discuter, étouffer des bâillements, resserrer leurs blouses autour d'elles pour se protéger du vent nocturne. Elles semblaient avoir une discussion enjouée, un vague sourire aux lèvres. Niels imagina qu'elles parlaient de leurs patients, relataient les agissements étranges que l'un avait eus sous anesthésiant, ou une situation cocasse qui avait allégé l'atmosphère lors d'une opération compliquée. Il se prêta à ce jeu quelques minutes puis, comme il les fixait avec une certaine intensité, l'une d'elles le remarqua et marcha dans sa direction. Il détourna le regard, mais des coups finirent par être portés à la vitre. Il la fit coulisser. La femme le regardait avec un mélange d'inquiétude et de méfiance.

« Vous avez besoin d'aide ? »

Niels hocha la tête. Il avait les larmes aux yeux.

« Une aide urgente ? »

La voix de la femme était calme, mais ferme. Il lut sur sa blouse qu'elle était chirurgienne, mais il le savait déjà car il la connaissait. Aniya était une native de l'île et, sur l'île, tout le monde avait vu les autres grandir, vieillir, naître et mourir.

« Mais, Niels, c'est toi ? Je ne t'avais pas reconnu. En quoi puis-je t'aider ? Tout va bien ? »

Il la salua avec un sourire triste, puis s'extirpa de la voiture et en fit le tour. Il posa une main sur le bras de la femme en passant et ouvrit la portière arrière. Elle pencha la tête à l'intérieur et émit un juron. Puis elle courut vers sa collègue et elles entrèrent à toute vitesse dans le bâtiment. Moins d'une minute plus tard, elles revenaient avec un brancard et deux autres soignants. Ils entreprirent de sortir le jeune homme inconscient du véhicule et de l'installer sur le brancard. Tandis que Niels le regardait s'éloigner vers l'hôpital, la chirurgienne se planta à côté de lui.

« Tu m'expliques ?

— C'est un... C'est un ami de mon fils. Ils étaient à l'école ensemble.

— Tu veux me faire croire que ce gamin vient de chez nous ?

— On ne connaît pas tout le monde sur l'île.

— Bien sûr que si, Niels, à quoi tu joues ? Qui est-ce et comment s'est-il retrouvé dans cet état ? »

Comme il ne répondait pas, Aniya se radoucit et l'invita à la rejoindre dans son bureau, devant une tasse de café dont elle ne garantissait pas la qualité. Mais Niels ne pouvait pas se résoudre à passer les portes.

« Niels, insista-t-elle.

— Ok, il n'est pas né ici. Il est arrivé avec les entreprises. Et je viens de le trouver dans cet état. Alors j'ai fait mon devoir. Je vous l'ai amené.

— Et qu'est-ce que tu faisais dehors à 5 heures du matin ?

— Tu es de la police maintenant ? s'emporta-t-il. Aniya recula d'un pas. Pourquoi es-tu aussi méfiante ? Est-ce que ton seul boulot n'est pas de sauver des vies ? N'importe lesquelles ? »

Elle alluma une cigarette.

« Je n'ai pas dit que je n'allais pas essayer de le sauver. Mais avec ce qui se passe en ce moment, j'ai besoin d'en savoir un peu plus sur mes patients. »

Sans répondre, Niels fit le tour du véhicule, s'installa au volant et démarra. Il ne regarda pas en arrière. Il allait rouler jusqu'à ce que le souvenir de l'hôpital s'estompe. Cléo serait ravie de ne plus trouver l'inconnu agonisant sur son canapé en se réveillant tout à l'heure, et il pourrait reprendre le cours de son existence. Puis il se demanda s'il n'avait pas mis tout le monde en danger. Combien de personnes recherchaient le jeune homme ? S'il avait même un lien avec toutes ces fuites sur le Net. Peut-être que son agression était un événement isolé. Peut-être que… Niels pila. Le moteur toussota.

« Je ne sais pas quoi faire », murmura-t-il tout bas.

Il ne pouvait pas retourner à l'hôpital. Il devait laisser ce jeune homme à sa vie, dont il ne faisait et ne ferait jamais partie. L'attraction magnétique qu'il ressentait à son encontre devait cesser. Ce n'était même pas de lui qu'il avait besoin, mais de son fils, avec lequel il ne parvenait plus à communiquer depuis qu'il l'avait rejeté. Cet autre jeune homme, coincé entre la vie et la mort, était sûrement un dangereux criminel. C'était une erreur.

Niels redémarra et prit le chemin de la maison.

Pendant ce temps, on avait admis le patient au bloc opératoire après lui avoir fait passer quelques scanners et IRM. Son état était critique. Le passage à tabac semblait dater de la veille, peut-être de l'avant-veille, comme l'attestaient la plupart des blessures, mais certains organes s'étaient mis à faiblir de longues heures après l'agression. Niels avait bien fait. Encore une heure ou deux sans soin, et le blessé serait probablement passé de l'autre côté. La chirurgienne laissa ses interrogations de côté avant d'entrer au bloc.

Le matin finit par se lever. Un grand soleil les illumina franchement dès 7 heures. L'opération chirurgicale se termina quelques heures plus tard. Elle s'était bien passée, il s'agissait maintenant de s'occuper des blessures externes du patient, fractures et plaies. Aniya prit une pause dans le parc qui jouxtait l'hôpital. Elle avait l'habitude des hémorragies internes et des os cassés qui transperçaient les organes. Elle avait travaillé avec concentration, surveillé les écrans de données, avait entendu le cœur battre tranquillement, avec courage, comme des centaines avant lui.

Ce dont elle n'avait pas l'habitude, en revanche, c'était de la violence des coups portés à ce corps, certainement avec des objets lourds, la volonté manifeste de tuer. Et surtout, qu'on survive après une agression de cette puissance. Elle n'avait pu s'empêcher de caresser doucement les cheveux du jeune homme après l'intervention et avait hâte qu'il se réveille. Mais cela, ce n'était même pas encore sûr. Alors, pour la première fois de sa vie, elle tourna son regard vers le ciel et s'adressa à ce qui était plus grand qu'elle. C'était étrange, car elle avait déjà opéré des patients plus touchants, des enfants, des femmes enceintes, victimes d'accidents atroces, de destins terribles. Mais, ce jour-là, alors que l'entreprise qui avait détruit son existence et celle de ses proches était en train de perdre la partie, elle percevait la force symbolique que signifierait la guérison de ce jeune homme. Elle ferma les yeux.

Puis on la bipa. Elle se leva, embrassa du regard l'espace autour d'elle et, alors qu'elle rejoignait le préfabriqué, elle vit s'arrêter sur le parking devant les portes de l'hôpital une voiture de police. Son cœur bondit. Forte de son sourire le plus chaleureux, elle ralentit à leur abord. Les policiers étaient quatre, armés jusqu'aux dents. Ils allèrent immédiatement à sa rencontre. Ils la saluèrent à peine et demandèrent à voir un responsable. Aniya ne put s'empêcher de rire.

« Il n'y a plus de responsable. Les entreprises n'ont permis qu'à une poignée d'insulaires de rester. Nos effectifs ont baissé de trois quarts. Ils ont transformé notre hôpital en hôtel de luxe et nous ont transférés dans ces préfabriqués misérables. »

Le policier la fixa d'un œil noir.

« Il y a bien quelqu'un qui gère...

— Les médecins s'organisent à tour de rôle, oui, le coupa-t-elle. En plus de leurs gardes et de leurs consultations.

— Alors nous aimerions parler à la personne qui s'occupe de l'hôpital actuellement, s'impatienta l'homme. Votre chef ou... n'importe quel médecin gradé.

— Il y a bien un médecin mais il est de repos aujourd'hui. Il faudra se contenter de moi, je suppose ? »

Elle leur désigna l'étiquette collée sur sa blouse. Ils marquèrent une légère surprise, à moins que ce ne fût de la gêne.

« Eh oui, une femme chirurgienne qui gère en plus tout un établissement, si c'est pas merveilleux ! Je vous en prie, suivez-moi. »

Le bureau était froid et formel, malgré les dessins et les photos de ses anciens patients qu'Anya avait pris l'initiative d'y ajouter. Elle détestait recevoir les malades ici et préférait le hall d'accueil qui, bien que bruyant, offrait un espace confortable avec des canapés, une table basse et des jouets pour les enfants. Les quatre policiers restèrent debout, la regardant passer avec aisance derrière son bureau.

« Vous n'ignorez pas les événements récents qui se sont produits sur l'île. Nous sommes à la recherche de l'homme à l'origine de ce chaos. Vous avez certainement entendu son nom partout aux informations. Nous devons contrôler tous les lieux où il serait susceptible de se cacher.

— C'est drôle, sourit Aniya. J'aurais dit que l'homme à l'origine de ce chaos était le fondateur de Maven Corporation.

— Écoutez, nous ne sommes pas là pour... L'homme que nous recherchons s'est rendu coupable de crimes extrêmement répréhensibles selon les lois de divers pays.»

La chirurgienne hocha lentement la tête. Elle repensa au trouble de Niels quand il avait déposé le jeune homme quelques heures plus tôt, la vitesse avec laquelle il avait pris la fuite.

«Vous avez une photo? Que je vous dise s'il fait partie des récents admis.»

Le policier qui avait été le seul à lui adresser la parole depuis leur arrivée eut un mouvement d'agacement. Il avait un visage poupin et de grands yeux qu'il ne pouvait s'empêcher d'écarquiller régulièrement. Derrière lui, ses hommes attendaient avec un calme apparent.

«Non, finit-il par avouer sans la regarder. Aucune photographie n'a été retrouvée. Il est actif sur les réseaux sociaux, c'est un photographe de renom, mais personne ne sait à quoi il ressemble.

— Alors comment allez-vous faire pour le reconnaître?

— Nous avons des informations à notre disposition que nous ne pouvons pas vous transmettre.

— Vous êtes sûr qu'il existe vraiment? Et si c'était un coup monté? Une fausse personnalité, réfléchie depuis des années, un faux nom, et puis finalement... pas de coupable.»

Les hommes échangèrent à nouveau un regard. Impossible d'avouer que personne n'avait même réussi à mettre la main sur une pièce d'identité.

Aniya, en dépit de son assurance, avait la sensation que la pièce rétrécissait de minute en minute. Elle ne parvenait pas à créer de lien avec ces hommes qui restaient indifférents à ses sourires et à son air détendu. Elle avait l'impression qu'ils savaient à quoi elle pensait, aux plaies fraîchement recousues sur le visage du nouvel admis, alors que Niels avait prétendu l'avoir amené tout de suite à l'hôpital. Et puis elle songea aux cicatrices anciennes sur le corps du jeune homme, et elle frissonna.

Comme elle n'obtenait pas de réponse des policiers, elle consentit à leur faire visiter les lieux, les inondant de détails

sur chaque patient qu'ils croisaient. Puis ils parvinrent à la chambre du nouvel admis. Une infirmière était en train de changer la poche de sa perfusion, et Aniya lui demanda gentiment de les laisser seuls un instant. Elle posa une main sur le bras de la jeune femme pour apaiser la crainte qu'elle lisait dans ses yeux à la vue des quatre hommes armés, et ferma la porte derrière elle.

Le jeune homme était toujours inconscient. Il avait néanmoins l'air plus apaisé. Il avait le visage et les cheveux propres, et ses plaies avaient été cautérisées. Aniya ne put s'empêcher de sourire de cette connaissance intime qu'elle avait des organes internes de ses patients, ces secrets qu'elle seule voyait. Le jeune homme lui-même ne savait pas à quoi son cœur ressemblait mais, elle, elle en avait observé les moindres détails.

Le silence se fit dans la pièce lorsque les policiers se penchèrent au-dessus du patient. Un instant, Aniya craignit qu'ils ne l'aient identifié comme le fugitif recherché, mais ce n'était pas cette tension-là qui circulait dans l'atmosphère. Une sorte d'émotion s'était emparée des trois hommes, un respect pour ce jeune et beau patient qui semblait en avoir déjà trop vécu.

« Monsieur a été admis ce matin en urgence. Il a été percuté vraisemblablement hier soir par un véhicule. C'est un insulaire. Il était dans la même classe que ma fille.

— Il est né ici ?

— Eh bien, oui, continua de mentir Aniya. Un gentil garçon. Il travaille à l'épicerie en bas du... Enfin, vous ne devez pas connaître. »

Les hommes finirent par sortir de la pièce, sans un mot, sans exiger d'autres précisions comme ils l'avaient fait pour les autres patients. Ils ne demandèrent même pas son nom, et Aniya se garda bien d'en dire plus.

En les raccompagnant jusqu'au parking, elle s'excusa de ne pas avoir été d'une plus grande aide et promit de faire attention aux prochaines admissions.

Avant de rentrer dans sa voiture et alors que les autres l'y attendaient déjà, l'un des policiers, main sur la poignée de la portière, se tourna vers Aniya.

« Ce jeune homme qui a été heurté par une voiture. Il serait bon de lancer un avis de recherche sur le conducteur parce que, croyez-moi, vu ses blessures, il y a toutes les chances pour qu'il s'agisse d'une tentative d'homicide. »

Et, sans attendre de réponse, il s'engouffra dans le véhicule.

*

Khaïm faisait bruisser les billets de la traversée : des rectangles cartonnés, blancs au liseré doré, avec le logo de la compagnie sur le devant, bateau bleu foncé sur flots azur.

Debout sur le palier, entre l'escalier et la porte d'entrée de chez lui, il les regarda encore une fois. Il les avait enfin. Grâce à l'argent du photographe, il avait pu se procurer ce après quoi il avait couru avec tant d'acharnement et qu'on ne lui aurait jamais donné. Il avait quitté son travail et ne s'était pas présenté au rendez-vous avec l'homme.

Le moment était étrange, cependant. Tant que l'île avait encore quelque chose à lui offrir, il n'avait pas pu y retourner et maintenant qu'elle s'effondrait sur elle-même, il n'y avait qu'à attendre 19 heures et le temps du trajet pour y poser le pied.

Il sentit le poids de son sac sur son dos lorsqu'il avança vers la porte. Sa mère était certainement en train d'étudier pour les cours du soir qu'elle avait décidé de suivre. Son père et sa sœur ne tarderaient pas à rentrer. Ce matin, avec son billet en poche et la certitude qu'il ne reverrait pas les siens de sitôt, il s'était empêché de serrer sa mère contre lui. Si elle s'était doutée de quelque chose, elle l'aurait retenu avec force. La gorge nouée, il s'accroupit et glissa trois des quatre billets sous la porte. Il y avait fort à parier que si sa sœur rentrait la première, elle marcherait dessus sans même s'en rendre compte. Cette pensée le fit sourire. Puis il descendit l'escalier et se rendit au port sans se retourner.

Lorsqu'il demanda des renseignements sur l'embarcation à un agent en uniforme, celui-ci vérifia d'abord plusieurs fois que son billet était authentique, avant de le regarder d'un air méprisant.

« Ce n'est pas très malin de vouloir aller sur l'île en ce moment. Vous ne suivez pas l'actualité, ou quoi ? »

Khaïm ne prit pas la peine de répondre et se posta face

à l'immense bateau blanc et vert qu'il avait vu tant de fois lever l'ancre. Ce qu'il ressentit dépassait toutes les joies qu'il avait connues jusqu'alors.

*

Lorsque Temel ouvrit les yeux, les souvenirs de son corps sous les matraques s'échappèrent de dessous ses paupières pour envahir la pièce. Il se sentit suffoquer. Puis il sentit une main sur la sienne, et une voix lui intima de respirer. L'air lui gonfla les poumons.

Il fixa l'infirmier penché au-dessus de lui et retira violemment sa main, qui alla heurter la barrière de sécurité. Il voulut dire quelque chose mais sa gorge était aride, comme si sa voix avait disparu. Les larmes coulaient sur sa joue. Il avait l'impression de chuter sans fin.

L'infirmier posa la main sur son épaule. Au même instant, une femme aux longs cheveux noirs pénétra dans la pièce, un large sourire aux lèvres.

« Eh bien, on dirait que vous avez réussi, lança-t-elle gaiement. Je suis Aniya, la chirurgienne qui s'est occupée de vos blessures internes. »

Temel se redressa avec difficulté sur le lit, tourna la tête vers le ciel bleu plaqué contre la vitre. La chirurgienne se rapprocha doucement et fut étonnée du sourire narquois sous les larmes de son patient.

« Mes blessures internes, répéta-t-il

— Eh bien... commença Aniya avant de se raviser. Comment vous sentez-vous ? »

Il ne répondit pas.

« Écoutez, j'aimerais qu'on discute de la raison de votre présence ici. Que vous nous racontiez ce qui s'est passé. Au regard des circonstances actuelles…

— Les circonstances ? »

Après accord de la chirurgienne, l'infirmier sortit son téléphone portable, pianota quelques instants et le plaça devant les yeux du patient. Temel garda une expression neutre, mais le tracé de l'activité de son cœur s'accéléra sur l'écran du moniteur. L'infirmier rangea le portable dans sa poche. Le jeune homme les regarda à tour de rôle.

« Je vois.

— Est-ce que c'est vous, le photographe ? tenta Aniya.

— Non. »

En un sens, ce n'était pas un mensonge, et c'était sorti avec plus de sincérité que la vérité. Son appareil avait volé en éclats, ses os et son âme avec. Ses doigts étaient cassés, ses bagues posées sur la table de nuit, et il n'appuierait plus jamais sur le bouton. *Tu n'as pas besoin d'un appareil pour être photographe,* lui aurait dit Mila. *C'est ton cœur qui fait le boulot.* Peut-être. Mais, à cet instant, il n'était plus rien de tangible. L'acte de photographier, qu'il avait exécuté avec tant de naturel depuis l'enfance, comme une extension de son corps, ce besoin que les crimes, la violence, la beauté et l'amour soient immortalisés pour qu'on ne les oublie jamais, pour que le monde sache, lui paraissait désormais étranger, comme s'il n'avait jamais tenu d'appareil entre les mains.

« Vous êtes en sécurité ici, reprit Aniya. Mais des policiers sont déjà venus poser des questions. Et, au-delà de ça, vos blessures sont extrêmement graves, vous avez peut-être besoin d'en parler avec quelqu'un. Nous avons un psychologue ici qui serait ravi de...

— J'ai besoin de sortir.

— Je serais très heureuse de vous voir rentrer à la maison mais, en attendant, c'est nous qui allons sortir et vous laisser vous reposer. Réfléchissez à ma proposition.»

Ils refermèrent doucement la porte derrière eux.

L'agression se précisa dans la mémoire de Temel. Le souvenir flottait dans son esprit, incapable de trouver un endroit où se ranger. Il lui provoquait une émotion lointaine, comme très ancienne, sur laquelle il était incapable de poser des mots. L'événement était tellement ancré qu'il avait l'impression de l'avoir toujours vécu. Pourtant, il n'arrivait pas à le saisir.

Il avisa le téléphone fixe posé sur la table de nuit et composa le seul numéro qu'il connaissait par cœur. Puis il reposa le combiné. Il ne voulait pas que Clarisse vienne encore une fois lui sauver la peau pour réclamer ensuite des dédommagements absurdes.

Il tenta de se remémorer le numéro de sa mère. Mais plus les chiffres lui venaient en tête, plus il hésitait, craignant sa réaction. Elle aussi avait dû voir son nom partout aux informations. Finalement, il renonça et décida de faire confiance à la chirurgienne. Il appuya sur la sonnette.

*

Amélia était en train de jouer sur son téléphone, allongée sur le canapé du salon, lorsque la sonnette retentit. Un court instant, elle pensa que c'était lui, enfin, mais la voix qui cria «Amélia ?» d'une voix mal assurée à travers la porte n'était pas celle du photographe. Une employée de maison apparut pour demander si elle devait ouvrir, et la jeune actrice acquiesça d'un signe de tête.

Mila fut introduite dans une villa aménagée à l'identique de celle de Temel, mais qui s'en distinguait par son débordement de luxe tape-à-l'œil et son ordre impeccable. Amélia ne bougea pas d'un pouce, se contentant de poser

son téléphone sur la table basse dans un geste trahissant volontairement son agacement. Finalement, comme la jeune femme ne s'émouvait pas de son impolitesse, Amélia se leva et demanda à son employée de leur servir des cocktails. Puis elle toisa Mila, qui semblait ni avoir dormi ni s'être lavée depuis des mois. Elle avait croisé les bras et attendait, comme si c'était Amélia qui lui avait demandé de passer.

«Mila, finit par soupirer celle-ci. Quel bon vent t'amène ?

— J'ai besoin de savoir si tu sais où il est.

— Bien sûr. Là-haut, il t'attend.»

Mila la regarda d'un air morne.

«Ok, bon, je n'en sais rien, évidemment. C'était toi, sa confidente, après tout. C'est moi qui devrais te poser la question.»

Mila ramena ses cheveux emmêlés sur son épaule droite et s'assit en face de l'actrice, dans un fauteuil, jambes écartées, coude sur les genoux.

«T'en as pas marre ? demanda-t-elle d'une voix rauque. De te mettre en compétition avec tout le monde ? Les gens sont précieux, putain. Tu les auras détestés toute ta vie mais tu te mordras les doigts quand il n'y aura plus personne à haïr. Les gens meurent, Amélia.»

La jeune femme fronça les sourcils, et l'arrivée de l'employée avec les cocktails l'empêcha de formuler une réponse. Lorsque la femme s'en fut allée, Mila reprit :

« Je veux juste… Je suis fatiguée, d'accord ? Alors, oui ou non ? Est-ce que tu as des infos ?

— Des policiers sont passés me poser la même question. Je leur ai donné la même réponse. Je n'en sais rien. J'ai essayé d'apaiser la situation, à la fin, en disant qu'il n'était pas l'instigateur, qu'après tout ce n'était qu'un photographe, qu'il s'était contenté de prendre les photos et de rentrer le soir. Qu'il ne fallait pas le charger, lui.

— Qu'est-ce qu'ils ont répondu ?

— Ils m'ont demandé si c'était possible de n'être que photographe. Si toutes nos actions, même les plus banales, n'étaient pas une forme d'engagement. Si cela changeait quelque chose que Temel ait eu envie ou pas de détruire Maven Corp. Ils m'ont dit que ce qui comptait, c'étaient les faits, ce qu'il restait à la fin. Ses photos. Que, dans ce contexte-là, on les voyait comme des preuves contre l'entreprise mais que, dans un autre contexte elles auraient eu un sens différent. Bref, que c'était compliqué, l'art et l'engagement.

— Wouah, sérieux ?

— Bien sûr que non. Ils m'ont regardée comme si j'étais la dernière des demeurées, ont dit : *Ok, merci* et sont remontés dans leur voiture.»

Elles ne purent s'empêcher d'échanger un sourire, qui se mua petit à petit en un gloussement hésitant, puis un véritable éclat de rire. Mila retrouva cette sensation de chaleur dans la poitrine qu'elle pensait avoir oubliée.

« Je suis désolée de débarquer comme ça à l'improviste, dit-elle, radoucie. Mais ça va bientôt faire cinq jours que j'écume tous les endroits auxquels je pense pour essayer de le retrouver. Je dois me cacher, je dors sur la plage, j'ai peur de me faire arrêter à chaque instant, je vis comme une fugitive, je vole pour manger, je... J'ai hésité avant de venir te voir. Je savais que...

— Que je te recevrais mal ? Que je te parlerais comme à un chien ?

— Voilà.

— Eh bien, c'est chose faite. Je ne suis pas ta plus grande fan, c'est vrai. Que Temel se soit tourné vers toi, ça m'a fait quelque chose. J'ai tout raté sur ce coup. Je n'ai pas su voir en lui ce que tu as vu ni lui apporter ce dont il avait besoin. Comme tu dis, je l'ai vu comme le trophée d'une compétition inventée de toutes pièces, alors forcément...

— Je n'ai pas...

— Ce n'est rien, sourit Amélia. Je sais que je suis comme ça et, si je ne l'étais pas, je ne serais pas l'actrice que je suis, adulée, reconnue, richissime. Alors, l'un dans l'autre... »

Mila sentit ses yeux lui picoter.

« Amélia, j'ai perdu ma sœur. Bien sûr que je voulais que Maven Corp cesse ses agissements néfastes, mais pas au prix de la vie de ma sœur. Ni de celle de Temel et de plein d'autres innocents. »

L'actrice contourna la table basse et s'agenouilla auprès de Mila pour lui passer un bras autour des épaules.

« Je suis désolée pour ta sœur. Ce doit être terrible, mais elle aurait été tellement contente de voir tout le bazar que vous avez réussi à causer ! Peut-être que pour toi, le prix devait être moins élevé mais, pour elle, c'est sûr que ça en valait la chandelle. »

Elle posa sa tempe contre l'épaule de Mila. Elle ne se souvenait pas d'avoir jamais été aussi proche de quelqu'un de façon aussi spontanée, amicale. Mila avait touché juste avec ses histoires de compétition et, d'une certaine manière, cela avait poli quelque chose de rugueux en elle. Elle avait envie de faire tomber les murs derrière lesquels elle s'était trop souvent barricadée.

Mila répondit à son élan d'affection en posant sa tête contre la sienne. Leurs cheveux se raidirent en se touchant, électriques.

« Écoute, reprit Amélia. J'ai été franchement odieuse avec Temel. Avec toi aussi. Je vais t'aider à le retrouver, d'accord ? Mais, d'abord, je vais te faire couler un bain, te préparer à dîner et te montrer ta chambre. »

Mila hocha la tête puis demanda à pouvoir recharger son téléphone.

« Cela fait des jours que j'évite les appels de mes parents. J'écoute et je lis leurs messages. Ils sont fous d'inquiétude. J'ai l'impression qu'il est temps de leur dire que June ne reviendra pas.

— Comment tu sais qu'elle ne reviendra pas ?

— C'est ce que tu disais. Ça ne pouvait pas finir autrement pour elle. »

Amélia lui pressa la main et quitta le salon.

Le lendemain, le temps était étrangement nuageux sur l'île. Le ciel était gris pâle et le vent s'était levé. Dehors, bien qu'on soit samedi, le quartier était silencieux, traînant encore la lourdeur des jours passés, cette ambiance de fin du monde. Mila et Amélia avaient passé la nuit à discuter, se découvrant des points communs inattendus, et cela avait permis à Mila d'éloigner le poids de la mort de June, d'apprendre à rire malgré cette impression d'amputation, sa sœur comme un membre fantôme. Elle n'avoua finalement pas à sa mère que June était morte. Pas le courage, pas les mots. Ce n'était presque pas un mensonge, d'ailleurs. Mila n'avait pas vu le cadavre de sa sœur, peut-être était-elle bien vivante quelque part, et c'est ce doute infime qu'elle mit en avant en parlant à sa mère. Elle avoua leur implication dans l'attaque menée contre Maven et promit de rentrer au plus vite, une fois qu'elle aurait retrouvé sa sœur. Cela, en revanche, était un mensonge. Elle ne la chercherait pas. Déjà parce qu'elle savait, intimement, qu'elle était décédée. Cela ne pouvait pas s'être passé autrement avec des organisations comme Maven Corp, et son corps resterait aussi introuvable que celui de Sihem. Ensuite, elle avait besoin de se détacher de tout ce que l'île avait englouti, et June en faisait partie.

Temel, en revanche, c'était une autre histoire. Mila sentait son cœur battre, et Amélia et elle passèrent en revue, de longues heures durant, les endroits où il pouvait se trouver. Elles mirent en place un itinéraire à travers l'île, aussi excitées que si elles planifiaient un road-trip de vacances. Le retrouver devenait de plus en plus réel.

Elles décidèrent de passer en premier lieu par la villa de Temel, songeant que ce serait le premier endroit où il serait susceptible d'échouer. Peut-être y avait-il laissé des indices. L'entreprise serait compliquée : elles imaginaient bien que le périmètre devait encore grouiller de policiers, mais c'était à tenter. Après avoir longuement pesé le pour et le contre, elles se mirent en route.

*

Ce fut une scène étrange qui se déroula ce matin-là devant la villa du photographe, un criminel recherché par toutes les polices du monde. L'accès était toujours condamné par du ruban de plastique jaune. Les voitures des forces de l'ordre stationnaient en tous sens, saccageant la pelouse à chacune de leurs allées et venues.

Il n'y avait qu'un seul garde ce jour-là. On l'avait chargé de surveiller la villa, au cas où. Elle avait déjà été fouillée de fond en comble à de nombreuses reprises mais, si le type décidait de se pointer, il était bon d'avoir un homme en service sur les lieux. C'était au tour d'un policier prénommé Francis de surveiller les environs ce samedi matin. Il avait pris ses fonctions tôt et réactualisait régulièrement la page Internet des actualités sur son téléphone, comme à son habitude. Pas d'information supplémentaire concernant le photographe. Aucune photo n'avait encore été transmise, malgré le travail acharné de ses collègues, notamment auprès de l'agent artistique du jeune homme. Elle n'avait rien voulu lâcher, éplorée, persuadée que son poulain était déjà mort. Peut-être avait-elle raison après tout. Comment expliquer qu'on ne le retrouvait nulle part ?

Quoi qu'il en soit, il n'y eut aucun mouvement jusqu'à environ 11 heures du matin. Quelques voitures, un peu de passage, mais rien de suspect. Et puis Francis vit s'avancer deux jeunes femmes qui se plantèrent devant la maison comme si la zone n'avait pas l'air interdite. Elles discutèrent un moment. Que des gens s'arrêtent, c'était fréquent, aussi Francis décida-t-il de ne pas intervenir.

Quelques minutes plus tard, un jeune homme jaillit dans son champ de vision, avec un énorme sac sur le dos et se planta non loin des deux femmes. Les trois individus échangèrent un regard. Le garçon semblait ébahi par le spectacle qui s'offrait à lui, et les filles se désintéressèrent rapidement de lui pour retourner à leur discussion.

Encore quelques minutes plus tard, un autre jeune homme fit son apparition. Il vacillait sur une béquille et avait un bras en écharpe. Cette fois, un mouvement réel s'opéra chez les autres, qui s'avancèrent vers lui comme un seul homme. Francis, mû par son instinct, s'extirpa de son véhicule et se mit à héler les jeunes gens. Ceux-ci ne semblèrent pas l'entendre. Le jeune homme accidenté et l'une des deux jeunes femmes, la blonde, se fixaient avec une telle intensité que rien autour d'eux ne semblait plus exister. Elle leva le bras dans sa direction, il fit de même, et c'est à ce moment-là que Francis se planta à côté d'eux en hurlant.

« Vous n'avez pas le droit d'être là ! Je vous prierai de bien vouloir... »

Quatre paires d'yeux le dévisagèrent. Quand il croisa ceux, d'un vert magnifique, du dernier arrivant, il ressentit un creux à l'estomac. *C'est lui*. Il sortit son arme.

« Je vais vous demander de me présenter vos papiers d'identité. »

Le plus jeune garçon se jeta pratiquement sur lui, paniqué, et sortit immédiatement sa pièce d'identité. Francis la regarda à peine.

« J'm'appelle Khaïm. J'ai le droit d'être ici. J'suis né sur l'île, m'sieur l'agent.

— C'est bon. Décalez-vous, s'il vous plaît. »

Les filles s'étaient postées devant le jeune homme au visage tuméfié.

« Vous n'avez aucun droit de nous demander nos papiers, le provoqua la jeune femme brune qu'il lui semblait avoir déjà vue quelque part. Et ne faites pas cette tête, oui, c'est moi, Amélia Carési. L'actrice. Vous voulez un autographe pour votre gamine ? Pour vous ? »

Francis soutint son regard.

« Je suis ravi de vous rencontrer, mademoiselle Carési, mais vous ne parviendrez pas à vous soustraire à la loi juste parce que, c'est vrai, ma fille est une grande fan. Vous, monsieur, je vais vous demander de...

— Vous craignez que ce soit moi, hein ? le coupa celui-ci d'une voix sereine

— Vous ne m'aidez pas à penser le contraire, monsieur. »

Francis leva son arme dans sa direction et les deux femmes se mirent à protester, arguant qu'il n'avait pas le droit de les menacer. Le jeune homme arborait un sourire insolent.

« Et c'est peut-être moi, effectivement. Ou je suis juste un fou qui prétend être qui il n'est pas. Comment allez-vous faire la différence ?

— Si vous vous entêtez à ne pas obéir à mes ordres, je vais être dans l'obligation de...

— Quelles preuves avez-vous ? Vous ne savez pas à quoi le photographe ressemble. Il y a même de fortes chances qu'il n'existe pas. Je peux clamer haut et fort que c'est moi, mais sans papiers d'identité à son nom, et sans photo à laquelle vous référer, vous me relâcherez dans les dix secondes. Je veux bien que vous m'emmeniez mais...

— Et si vous n'êtes pas le photographe, qui êtes-vous ? »

Quelque chose de touchant passa sur son visage.

« Je ne sais plus » dit-il.

Puis cette sincérité se voila aussi vite qu'elle s'était révélée, et il éclata de rire. « Je suis désolé, monsieur l'agent, je vous fais marcher. Désolé, c'était trop tentant. Tenez. »

Il fouilla dans sa poche et lui tendit une carte avec une puce intégrée. Le policier la scanna d'un air soupçonneux, et les informations apparurent sur son téléphone. Aniya avait bien fait les choses : elle avait contacté un de ses patients, professionnel des nouvelles technologies et lui avait promis des consultations gratuites en échange de ce service. Grâce à eux, le photographe était devenu un habitant de l'île et, si depuis de longues années il masquait son visage et son corps, il avait désormais troqué son nom contre celui d'un autre. Ce n'était pas un mensonge de dire qu'il ne savait plus qui se cachait sous sa peau.

Francis observa son téléphone avec attention, puis remit son arme dans son holster et gronda :

« Vous savez que je pourrais vous coffrer pour outrage aux forces de l'ordre ?

— Vous n'oseriez pas », répliqua Amélia avec un sourire séduisant.

Il ne les laissa partir qu'une fois que la jeune femme eut signé un autographe pour sa fille. Puis il les regarda s'éloigner en secouant la tête, pestant après la désinvolture de la jeunesse. *Ils pensent que la vie est une blague...*

IV

CE MONDE QUE TU HABITES

Mila voulut entendre plusieurs fois le récit de Temel ; le moment qu'il avait passé avec June dans la salle vide de la Ville de Verre, ce qui s'était passé lorsqu'elle avait trouvé la porte secrète – en somme, le moindre détail dont il se souvenait. Il répéta l'histoire autant de fois qu'elle le lui demanda. Il ne chercha pas à inventer pour l'aider à se sentir mieux. June n'avait pas prononcé le nom de sa sœur avant de s'engouffrer dans le tunnel, elle n'avait pas laissé un mot ou un indice, et il avouait sans mal en savoir aussi peu que Mila sur ce qu'il était advenu d'elle. Il ne se perdait pas en spéculations, se contentait des faits. Mila apprécia son honnêteté. Elle ne souhaitait pas s'encombrer d'espoir.

Temel passait la plupart de ses journées dehors, à fumer, attentif au tumulte de son âme. Il avait besoin d'espace pour ne pas suffoquer, mais peinait à mettre des mots sur ce qu'il ressentait. Khaïm restait dehors avec lui, n'en revenant pas que son village de petites maisons en briques de terre cuite se soit transformé en quartier de luxe. Il cherchait dans le jardin et le lac un élément qui lui paraîtrait familier, passait de longs moments à scruter le ciel, déambuler entre les arbres, humer les parfums qui flottaient dans l'air.

Temel n'avait jamais été un enfant mais il le devenait au contact de Khaïm. Ils se taquinaient, se lançaient des défis stupides et redoublaient d'idées pour mener des expériences dangereuses, parce que cela les faisait rire et que, dans le même temps, cela énervait Amélia. Elle surjouait l'exaspération, juste pour voir un sourire illuminer le visage du photographe. Il n'y avait jamais eu ce genre de légèreté entre eux, mais la façade avait craqué et tout était nouveau à présent.

Amélia avait accepté de les héberger le temps qu'ils trouvent une solution. Ses projets étaient à l'arrêt ; elle avait le temps d'inventer avec eux une vie tout autre, sachant que la sienne était entre ces murs. Elle participait à l'orchestration d'une fuite spectaculaire qu'elle regarderait de loin. Elle observait ses convives sourire aux plaisanteries de Khaïm pendant les repas ; étrangement, cela lui suffisait. Elle apprenait à se faire ce qui ressemblait à des amis, bien qu'imparfaits dans leurs fragilités exacerbées. Mila digérait lentement les événements, n'hésitant pas à exprimer ses émotions, tandis que Temel gérait seul, en silence, le fracas de son monde intérieur. Ce qui était évident, en revanche, c'était l'éclat de ses yeux lorsqu'il les posait sur Mila et son étrange insouciance, ses rires sincères. Ses blessures n'étaient pas encore guéries, mais il disait que la douleur s'atténuait.

Amélia apprenait donc que tout n'était question que de temps. Ses invités semblaient ne croire en rien d'autre qu'en l'instant présent, tentant de le retenir, parce qu'il les précipitait vers un futur incertain.

*

Endormi sur le transat, Khaïm tenait encore la ficelle du cerf-volant qu'ils avaient fabriqué. Le photographe était assis sur les marches de la véranda dans le soir tombant lorsque Mila vint s'asseoir à côté de lui. Il mit son bras valide autour de ses épaules et posa la tête contre son cou. Il la serra fort, et Mila prit une grande inspiration. Elle retrouvait son odeur, la densité de son corps svelte, le grain mat de sa peau et, si la douleur de la perte de June la rendait presque muette, elle récupérait un peu de sa solidité près de Temel. Un roseau qui cesse de ployer et, enfin, s'immobilise.

Ils avaient du mal désormais à rester éloignés. Dans la journée, Temel jetait des coups d'œil réguliers à l'intérieur pour apercevoir Mila, et la jeune femme observait ses actions depuis la fenêtre, bras croisés et sourire aux lèvres. Il ne parvenait pas à s'avouer et à comprendre ce besoin d'elle qui lui nouait l'estomac. La nuit, ils se serraient si fort que le moindre geste de l'un atteignait l'autre de plein fouet, mais Mila ne voulait plus rien perdre.

Elle posa une main sur son genou et désigna la silhouette endormie de Khaïm.

« Les aventuriers sont fatigués ?

— Il est tombé comme une masse. On essaiera de le faire voler demain.

— Vous avez l'air de bien vous entendre. Je ne savais pas que tu étais si espiègle. »

Temel eut une moue gênée. Il ne savait pas non plus d'où venait son engouement soudain pour les courses-poursuites, les fausses bagarres et la chasse aux insectes. Il déposa un baiser sur la clavicule de Mila pour éviter de répondre, entrouvrit légèrement les lèvres pour mordiller l'os saillant de la jeune femme.

« Ok, je n'insiste pas, sourit-elle en lui caressant la main. Rien à voir, mais je me demande où en est Ivana. A-t-elle réussi à transmettre son témoignage à la police ? Tu penses qu'ils l'ont prise au sérieux ?

— Je ne comprends pas que tu ne sois pas partie avec elle, Mila.

— J'ai failli. Quand j'ai compris pour June.

— Mais... ? »

Mila regarda le photographe.

« Sérieusement ?

— Quoi ?

— Tu ne sais vraiment pas pourquoi je suis restée ? »

Le jeune homme étendit la jambe et passa une main dans ses boucles sombres. Malgré les hématomes, les cicatrices et les cernes, il restait d'une beauté époustouflante mais différente, peut-être plus humaine.

« Je n'ai pas envie que ce soit vrai.

— Que je sois restée pour toi ? Pourquoi pas ?

— Parce que tu es encore coincée dans ce guêpier, sur la terre où ta sœur est morte, la police à tes trousses, pour un mec qui risque de passer sa vie en prison et qui n'avait même pas envisagé il y a à peine un mois de te faire une place dans sa vie. »

Mila eut un rire nerveux. Présenté comme ça, en effet, ce n'était pas très reluisant. Elle allait rétorquer, mais Temel poursuivit :

« Ce dont je suis désolé, d'ailleurs. Personne n'a jamais fait partie de ma vie et je ne me suis jamais considéré comme quelqu'un avec qui on aurait envie de construire quelque chose. Je n'ai jamais agi comme si j'existais ou comme si ça avait de l'importance que j'existe. Je me suis jeté sous les matraques de ces types pour laisser à June et Darril le temps de mener à bien la mission, parce qu'il le *fallait*, mais... ça ou autre chose, j'aurais fait n'importe quoi. Je n'ai pas de vision à long terme. Mais je n'ai plus envie de fonctionner comme ça. J'ai l'impression que, depuis notre mission, tout ce qui était anesthésié depuis des années remonte à la surface. J'arrive enfin à toucher les choses du doigt, à commencer à saisir ce qu'il se passe en moi. Et ce qu'il se passe entre nous. »

Il se sentait depuis l'événement à la fois très proche d'une certaine vérité sur lui-même – avec des émotions plus distinctes et précises qui l'émerveillaient autant qu'elles le terrifiaient – et très éloigné, parce que retenu tout entier dans un enfer dont il ne savait que faire.

Soudain un souvenir le paralysa. Il se remémora la scène de son passage à tabac, entendant presque à nouveau le bruit de ses os en train de se briser. Mila voulut intercepter son regard mais il ne la voyait plus. Il était là-bas à nouveau, sur le sol froid et humide du tunnel, impuissant, paralysé. Impossible de s'échapper. Il entendit de très loin la voix de Mila et puis d'autres voix de son passé. Et il perdit connaissance.

*

Aniya rangea le dernier pansement dans sa trousse de secours et se tourna vers eux. Elle leur annonça de sa voix la plus rassurante que, malgré le peu de temps qu'il avait pu passer à l'hôpital, tout irait bien. En ce qui concernait l'état de Temel, elle y croyait honnêtement. Cependant, elle était bien moins optimiste quant au plan qu'ils lui avaient présenté, digne d'un roman d'aventures, et qui risquait de se heurter à une réalité moins malléable.

Elle se dirigeait vers le portemanteau pour récupérer sa veste lorsque Amélia lui proposa de rester dîner.

« Au cas où... », s'excusa-t-elle.

Aniya acquiesça en souriant, parce qu'elle percevait la détresse qui suintait par tous leurs pores. Sous le regard inquiet des trois jeunes gens, elle prit place sur le canapé à côté de Khaïm. Quelle n'avait pas été sa surprise de le trouver dans le salon de cette grande actrice ! Ce gamin était le frère cadet de cette élève si brillante qui avait été dans la même classe que sa fille. Elle les avait vus, sa famille et lui, faire leurs bagages et quitter l'île sous les hurlements des forces de l'ordre engagées par les entreprises. Elle avait souhaité chaque jour que ces exilés trouvent la paix sur le continent, heureuse malgré tout de ne pas en faire partie. Elle posa une main sur son épaule et la pressa.

« Quel courage, Khaïm, d'être revenu ici. Tu as des nouvelles de ta famille ? Ils ne sont pas trop inquiets ?

— Je préfère ne pas les contacter, répondit-il. Cela risque de mettre tout le monde en danger. »

Sous sa voix assurée, Aniya perçut des sentiments mêlés de tristesse et de regret.

« Cela dit... vous demander de venir, aussi... reprit-il.

— Vous n'aviez pas d'autres choix, je comprends. Vous avez bien fait. À l'entrée, j'ai dit aux gardes ce que nous avions convenu. Que je venais pour vous, Amélia. »

L'actrice, assise par terre entre les jambes de Mila, hocha la tête. Mila tressait ses longs cheveux bruns avec application, concentrée, muette depuis l'arrivée de la chirurgienne. Elle avait passé de longues heures de sa vie à natter les cheveux de June jusqu'à ce qu'elles arrivent sur l'île et que cette dernière décide qu'elle pouvait désormais se les natter seule. Mila aurait aimé lui dire qu'il ne s'agissait pas de coiffure mais s'était contentée de dire : « Comme tu veux ! », persuadée que June reviendrait sur sa décision un jour ou l'autre. À présent qu'elle savait que sa sœur ne viendrait plus la trouver le soir une brosse à la main, Mila se sentait presque coupable de proposer des coiffures à Amélia. Mais, chaque jour, l'actrice se laissait faire de bonne grâce, réagissant à peine lorsque les doigts de son amie s'emballaient et serraient ses mèches si fort que les larmes lui montaient aux yeux. Mila tressait en silence, repensant à ces moments intimes entre sœurs où les voix se déliaient, entre fous rires et confidences.

« Khaïm a raison, reconnut Amélia. C'était peut-être une erreur de continuer à vous mêler à ça. Déjà que c'est vous qui avez fourni ce faux passeport à Temel... J'ai fait attention à renvoyer mes employés chez eux pour me barricader complètement mais... il faut qu'on trouve un moyen de mettre Mila et Temel à l'abri.

— Et je ne suis pas sûre que votre plan fonctionne, avoua Aniya. L'île ne laisse plus entrer ni sortir personne pour une durée indéterminée. Il vous sera impossible de prendre un bateau pour le continent car, même si vous soudoyez une ou deux personnes, il y en a des vingtaines d'autres qui surveillent les mers, les ports, les flux, ici et sur le continent. Même la nuit. La voie maritime n'est pas sûre. Et si vous vous faites attraper, vous serez immédiatement interrogés.

— J'ai eu de la chance de débarquer avant cette interdiction, soupira Khaïm. À un jour près, je ne rentrais pas chez moi. En fait, il aurait fallu que vous partiez avant de tout balancer sur Internet.

— J'aurais pu m'enfuir, moi.»

Ils se tournèrent vers Mila. Toujours penchée sur la tête de son amie, elle leur dévoila l'opportunité proposée par Ivana, qu'elle n'avait pas saisie. Amélia lui demanda si elle regrettait. Mila ne répondit pas, puis lâcha la mèche d'Amélia pour se redresser.

«Aniya a raison: essayer de fuir par bateau en pleine nuit ou agir de manière suspecte ne fera que nous désigner comme coupables. Il faut retourner à nos activités habituelles. Je vais rentrer dans mon appartement, me pointer au boulot, reprendre mes activités. J'ai reçu plusieurs mails de mon boss s'étonnant de mon absence. Je vais inventer une excuse, lui dire que je suis désolée, que je vais revenir, demain peut-être, je vais...»

Elle s'arrêta pour reprendre son souffle. Ses yeux brillaient. Amélia posa une main sur sa cuisse.

« Tout va bien, Mila. Tu n'es pas obligée de prendre cette décision maintenant. On va y réfléchir.

— Malheureusement, je crains qu'elle n'ait raison, commenta Aniya. Je pense que commencer par écrire un mail à ton boss serait une bonne idée. C'est ce que tu ferais si tu n'étais pas impliquée là-dedans. »

Mila se leva d'un bond et quitta la pièce. Amélia se leva à son tour, hésitant à la suivre. Mais elle passa paresseusement derrière le bar pour se lancer dans la préparation de cocktails.

« Elle est un peu sur les nerfs, finit-elle par dire. C'est dur de déclencher le chaos, de voir tout le monde chuter à cause de soi. Même si on le voulait. Ils le méritaient, certes, mais ce sont quand même des gens qui tombent. »

Ils la regardèrent en silence.

Puis Khaïm éclata de rire. Il la taquina sur sa soudaine passion pour la philosophie et les grands sentiments. Amélia se défendit en riant et, l'espace d'un instant, dans ce salon où flottaient les rayons du soleil couchant et les parfums de la mer, des mangues et des fleurs, dans les rires et les bruits de verres qui s'entrechoquent, l'île ressembla pour Aniya à ce qu'elle était il y avait quelques années encore, chez elle.

Finalement, elle partagea leur repas mais ne resta pas dormir comme le lui proposait l'actrice. Elle avait une opération tôt le lendemain et quelques patients qu'elle voulait voir avant la nuit. Elle était sur le point de prendre place au volant de sa voiture lorsque Mila se précipita sur elle. Elle avait l'air épuisée, et la chirurgienne fut étonnée qu'elle prenne deux mains dans les siennes, un geste instinctif, décalé.

« Pourriez-vous repasser d'ici quelques jours pour vérifier que tout va bien ? Je suis désolée si ça vous met aussi en danger et je comprendrai que vous ne vouliez plus avoir affaire à nous. Mais je n'ai plus que lui au monde. »

Aniya sentit qu'elle n'exagérait pas. Elle serra ses mains en retour et lui offrit son sourire le plus compatissant.

« Je reviendrai jeudi. »

Mila continua de la sonder du regard comme pour s'assurer qu'elle ne mentait pas, puis la lâcha brusquement et

rejoignit les autres en courant. Ils l'observaient depuis la véranda. Aniya leur fit un geste et s'engouffra dans la voiture.

*

Mila ne s'infligea pas le détour par la chambre de sa sœur. En arrivant dans son appartement, elle alla en fermer la porte avant toute chose.

Son boss avait accueilli positivement le long mail qu'elle lui avait envoyé. Elle lui expliquait qu'elle avait perdu sa sœur des suites d'une terrible maladie contre laquelle elle se battait depuis l'enfance. Que le rapatriement de son corps dans leur pays d'origine avait été très éprouvant. Que ce deuil l'avait paralysée pendant des jours. Elle serait prête à retourner travailler dès le lundi suivant, s'il voulait bien lui donner une chance. Bien sûr, elle s'excusait et lui demandait également d'informer le patron de sa sœur, collègue du sien, que June ne reviendrait pas.

Elle savait qu'ils n'étaient pas dupes. S'ils possédaient sur leurs employés des informations aussi sensibles que leur ADN, nul doute qu'ils connaissaient aussi le détail de leurs dossiers médicaux. Ils avaient également les moyens de savoir si un corps avait été rapatrié sur le continent. Mais les fuites la protégeaient. Ils ne pouvaient plus utiliser contre elle les manigances pour lesquelles on les avait si durement épinglés sur la Toile. Un pied de nez, voilà ce que c'était.

Le soir même, Mila apprit, en outre, que Maven Corporation n'en avait pas fini de chuter. Elle comprit, en accédant aux groupes de discussion de collègues, que la police menait une enquête dans les bureaux. Apparemment, le quartier de l'entreprise ressemblait désormais à une scène de crime. Tous les employés ou presque étaient soumis à de sévères interrogatoires. Il avait fallu présenter toutes les pièces comptables. Tous les ordinateurs étaient soumis à la fouille. Rien ne semblait laissé au hasard, mais il ne fallait pas sous-estimer les arrangements que Maven Corporation serait en mesure d'initier. Elle remonta la conversation pendant presque une heure, en déséquilibre sur sa chaise de bar, essayant d'absorber le plus d'informations possible.

Finalement, elle apprit que cette enquête était due à la plainte d'Ivana. Celle-ci était parvenue à se faire entendre et avait apporté des preuves tangibles des malversations de Maven Corporation. Dans les bureaux, en tout cas, les regards n'étaient plus tournés vers le groupe de Darril, bien au contraire. Une fois encore, Mila était sauve.

Elle sauta au bas de sa chaise, fouillant dans les poches de son jean. Elle avait le vague souvenir qu'Ivana lui avait laissé ses cordonnées. Sa main trembla légèrement quand elle composa le numéro, plus encore lorsqu'elle entendit les longs bips lui intimant d'attendre. Finalement, elle raccrocha et se contenta d'un texto. *Merci.*

Lorsque vint le moment de se mettre au lit, Mila éprouva une douloureuse sensation de solitude, dans ses draps froids, sans Temel pour serrer ses doigts. Elle tenta de trouver une position confortable mais n'y parvint pas. Alors elle sortit du lit et se dirigea vers la chambre de June, dont elle ouvrit doucement la porte. Elle alluma la lumière et observa la pièce comme si elle la voyait pour la première fois : les habits roulés en boule sur la chaise, les dessins collés au mur, les ordinateurs silencieux, les photos, la brosse. Le parfum de June envahit ses narines, lui faisant venir des larmes. Elle fit un pas à l'intérieur, prudente, mais sentit le désespoir l'envahir et lui broyer l'estomac. Elle eut juste le temps d'atteindre les toilettes pour vomir. Puis elle se rendit à nouveau dans la chambre de June et parvint à se rouler en boule sur le lit, le nez enfoui dans l'écharpe de sa sœur qui portait encore son parfum. Entre deux sanglots, elle finit par trouver un sommeil triste et agité.

Ce fut à nouveau une nausée violente qui la réveilla au petit matin. Elle se sentait malade, la poitrine lourde, le bas-ventre douloureux. Elle se demanda si ce n'était pas ses règles qui arrivaient et sonda longuement son visage au-dessus du lavabo de la salle de bains. Elle observa ses traits creusés, ses yeux d'un noir sans fond, ses cheveux blonds. En se regardant ainsi, elle pensa soudain qu'elle avait été presque deux femmes du temps où June était encore en vie, et qu'elle était amputée depuis sa mort. Ce matin-là, elle semblait sur le point de se dédoubler de nouveau. Alors elle se demanda si c'était vraiment ses règles, et elle fila à la pharmacie.

Agenouillée sur le carrelage froid de la salle de bains, Mila ne pouvait s'empêcher de rire nerveusement. Ce n'était pas le bon moment. Sûrement pas avec la bonne personne. Et elle n'avait plus sa sœur auprès d'elle. Mais elle était heureuse d'être enceinte. C'était comme un soleil levant au milieu de jours sombres, comme si malgré ses trébuchements, elle n'avait pas échoué à créer. Ce secret la clouait sur place, mais d'ailleurs, où aurait-elle pu aller ? Vers qui ?

Elle songea à téléphoner à sa mère. Puis elle estima que ce serait trop pour elle, d'apprendre en si peu de temps que ses filles avaient fait partie d'une attaque terroriste à échelle mondiale, que l'une d'elles avait disparu et que celle qui restait était enceinte d'un homme qui s'avérait être le plus dangereux criminel du moment.

Elle se demanda soudain si ce n'était pas June qui était revenue se loger dans son ventre pour s'y cacher, attendant que Mila lui offre un cadre apaisé pour naître et vivre à nouveau. Elle secoua la tête pour chasser cette pensée étrange. Parfois la nature n'était pas si mystérieuse, elle se contentait d'appliquer ses lois et Mila devait maintenant y faire face.

Petit à petit, elle laissa son esprit s'ouvrir à Temel. Elle se savait capable d'élever cet enfant seule, mais elle ne pouvait pas le soustraire à l'équation. Elle le voulait dans sa vie. Elle avait instinctivement songé que ce n'était pas la bonne personne : il était susceptible de passer le restant de sa vie en prison, si son état ne s'aggravait pas, sans parler de son imperméabilité à la réalité et de son peu de considération pour son propre sort. Mais il y avait aussi sa capacité à étendre son univers pour que d'autres puissent y entrer. Son habileté à écouter, à prendre le temps. Sa curiosité, sa patience et sa douceur. Jamais avec quiconque elle ne s'était sentie aussi respectée, aussi admise dans l'intégralité de son être et, lorsque ses doigts s'emparaient de son corps, c'était comme faire peau neuve. Il chuchotait dans son cou quand il était en elle, dans cette langue qu'elle ne comprenait pas. Il était un paysage à

découvrir, une jungle dangereuse dans lequel il avait aménagé des coins sûrs, rien que pour elle, des grottes accueillantes, des temples rassurants. Des cascades lointaines de tendresse.

Peut-être était-il prêt à présent. Depuis qu'ils s'étaient retrouvés, il se livrait davantage sur ce qu'il ressentait, ne parlait plus de rentrer chez lui. Dans les nuits chaudes de l'île, ils imaginaient ensemble un avenir commun, leurs corps emmêlés, riant, fumant. Mila voulait un appartement dans une ville pleine d'animation, Temel une petite maison ouverte sur des rues aux parfums d'épices et de fleur d'oranger. Ils se taquinaient, débattaient et concluaient que partout ce serait bien, tant qu'ils seraient ensemble. Mila craignait que cela ne soit que les effets de son récent traumatisme, que ces idées ne s'estompent au fur et à mesure qu'il guérirait. Et s'il la rejetait en apprenant sa grossesse ? Elle eut soudain peur que ses sourires ne meurent, que ses baisers ne se tarissent, que le froid n'éteigne la chaleur qu'il attisait chaque jour pour elle. Que cela aussi s'effondre.

Mila ferma les yeux, tenta de se rassurer. Même sans lui, elle se savait capable de s'en sortir. Elle pouvait le faire. Mais le croirait-elle toujours lorsqu'il lui opposerait un refus catégorique ? Avec une grande inspiration, elle se leva, passa de l'eau sur son visage, qu'elle scruta pour voir si quelque chose avait changé. Elle repensa à ce qu'elle avait dit la veille à Aniya, qu'elle n'avait plus que Temel au monde. Aujourd'hui, ce n'était plus tout à fait vrai.

Elle les entendit bien avant d'ouvrir la porte d'entrée. Ils jouaient à un jeu vidéo, des voitures en flammes lancées à toute vitesse dans un décor post-apocalyptique, n'évitant pas toujours de pauvres piétons qui se démembraient avec force jets de sang. Amélia était en première position dans son énorme 4x4. Tourner la tête vers Mila qui arrivait la déconcentra, ce qui fit pousser des cris de joie à Khaïm. Il la dépassa sans états d'âme. Bon dernier, Temel tenait la manette d'une main, son bras cassé toujours en écharpe. Il la lâcha – sa voiture de sport fonça droit dans un supermarché désaffecté, qui explosa de façon spectaculaire – pour se diriger en boitant vers Mila.

« Mais tu peux pas arrêter de jouer comme ça ! » s'écria Amélia.

Mila et Temel échangèrent un sourire amusé et s'embrassèrent. Il la prit dans ses bras, murmurant dans ses cheveux qu'il était heureux de la voir. Il lui embrassa l'oreille, tandis qu'elle serrait son torse avec nervosité. Peut-être que dans quelques minutes, tout serait fini.

« Je peux te parler ? » chuchota-t-elle.

Il scruta son regard comme cette fois dans la galerie, quand il essayait de deviner si ses œuvres lui plaisaient.

«Tu ne devais pas venir que demain ? demanda Khaïm dans leur dos. Tu peux plus vivre sans nous, c'est ça ?

— C'est ça» sourit-elle.

Elle suivit le photographe dans le jardin.

Il lui proposa une cigarette, qu'elle refusa, et alluma la sienne le cœur battant. Peut-être qu'elle ne voulait plus de lui. Peut-être que ce mystère dans sa voix et ses yeux, c'était le résultat d'une longue réflexion qu'elle avait menée avec elle-même. Peut-être que, seule dans son appartement, elle s'était rendu compte qu'il n'était pas la bonne personne. C'était la première fois qu'il se laissait gagner par cette sensation de s'être attaché à quelque chose qui pouvait soudainement se défaire, loin de l'amour évident des siens et, à l'opposé, du détachement souvent ressenti pour le reste des autres.

Ou peut-être que ça concernait June ?

«Des nouvelles de ta sœur ?» demanda-t-il avec espoir.

Ils se faisaient face, Temel appuyé sur sa béquille, cigarette entre les lèvres. Mila arborait une expression sérieuse, qu'elle tint quelques instants avant de craquer, se cachant le visage entre les mains.

«J'ai tellement peur.»

Le jeune homme s'approcha avec douceur et l'attira à lui.

«Qu'est-ce qui te fait peur comme ça ?»

Mila secoua la tête et s'éloigna de quelques pas. Puis elle revint vers lui, observa un instant son tatouage à l'oreille. Elle songea qu'elle ne lui avait pas rendu la boucle d'oreille qu'elle avait trouvée près du tunnel et qui devait toujours être dans la poche de son jean.

Elle eut un rire nerveux et se prit à nouveau la tête dans les mains.

« Parle-moi.

— Ok. Bon. Je voudrais te dire quelque chose.

— Je t'écoute.

— Je suis enceinte. »

Elle avait baissé les yeux après avoir parlé. Elle ne voulait pas voir sa réaction. Elle s'éloigna et s'assit sur les marches, tête dans les genoux. Pas un bruit derrière elle. Elle risqua un coup d'œil. Temel n'avait pas bougé mais pâli de plusieurs teintes. Elle vit ses yeux s'embuer.

L'esprit du photographe s'était vidé. C'était comme débarquer sur une autre planète, avec rien de connu aux alentours. Il se sentit faiblir, des picotements dans les tempes, et puis les larmes coulèrent. Un sourire lui étira les lèvres. Une chaleur dans la poitrine. Il se tourna vers Mila, toujours recroquevillée sur les marches. Une vague dans la gorge. Il observa son dos, sa nuque, ses cheveux.

Il se rendit compte à quel point il l'aimait. C'était un sentiment nouveau, qui l'éloignait jour après jour du cauchemar, lui donnait envie d'aller mieux, de guérir enfin et de se laisser prendre par la lumière. Mila, c'était l'exact contraire de sa vie et, maintenant, c'était sa vie.

Il éteignit sa cigarette, s'assit près d'elle et posa la main sur sa nuque. Elle releva la tête, essuya les larmes qui coulaient sur les joues du jeune homme.

« Désolée, c'est... énorme, ce que je t'annonce. Tu n'as certainement pas envie d'assumer ça. Pire, tu pourrais vouloir rester à cause de ta foutue loyauté, ton sens absurde du devoir héroïque, comme s'il fallait toujours que tu souffres plus et plus... Et ça te rendrait malheureux.

— Que tu décides ou pas de le garder, je resterai à tes côtés. Jusqu'à ce que tu ne veuilles plus de moi.

— Pourquoi ?

— Eh bien, j'ai égoïstement besoin de toi, parce que tu me fais me sentir mieux. Mais surtout, je ne veux pas laisser passer la chance de côtoyer quelqu'un d'aussi courageux, d'aussi profondément juste, d'aussi... important. Je n'en ai pas rencontré beaucoup, des comme toi.»

Il lui caressa le bout du nez. Mila eut un sourire timide. Ce qu'il disait d'elle, c'était exactement ce qu'elle pensait de lui.

«Qu'est-ce qu'on fait alors ? demanda-t-elle à mi-voix.

— Je sais que tu n'y crois pas, parce qu'il y a eu tous ces morts à cause du groupe, et que tu me dis souvent avoir échoué à protéger June, mais tu es quelqu'un de bien. Et tu mérites d'être heureuse. Alors choisis ce qui te rendra heureuse.

— Mais si tu...

— Ne t'occupe pas de moi. C'est ton corps. C'est toi qui décides. Moi, je t'aime. Je te suivrai, peu importe ta décision.»

Mila sentit l'émotion la gagner, un peu de honte aussi, parce qu'elle avait d'abord pensé qu'il ne serait pas à la hauteur. Mais il dépassait ses espérances. Et c'était peut-être bien la première fois qu'il lui disait je t'aime.

«Ma décision, d'accord, mais si j'ai cet enfant, ce sera avec toi, nuança-t-elle. Je ne veux pas que tu... Tu sais, quand tu disais que tu aurais été prêt à n'importe quoi pour la mission, car tu n'avais pas de vision à long terme. Je ne veux pas que tu sois prêt à n'importe quoi pour moi parce que tu ne sais pas quoi faire de toi-même.»

Le jeune homme eut l'air blessé, et elle craignit d'être allée trop loin. Il fronça les sourcils, puis se passa une main sur la mâchoire. Les larmes séchaient.

«Tu as raison, admit-il. Je ne suis pas le meilleur choix. Je suis recherché par les polices du monde entier. Tu as décidé de rester sur l'île pour le moment et de faire profil bas. Moi, je n'ai aucun plan, aucune idée de la façon dont les prochaines secondes se dérouleront. Ni de comment on va s'en sortir. Et je veux être là pour toi, pour *vous*, si tu le veux, pas en prison ou coincé ici ou... Mais je n'ai rien de solide à t'offrir.»

Ils restèrent silencieux un moment. Il vit qu'elle digérait ses propos. Il aurait aimé que toute autre chose sorte de sa bouche, la promesse d'un futur radieux, l'assurance d'une vie merveilleuse à ses côtés, mais il n'avait rien pour elle.

«Comment tu te sens? s'enquit-il.

— Perdue. J'aurais aimé que June soit là. Qu'elle te trouve tous les défauts du monde et prenne rendez-vous pour un avortement. Qu'elle m'engueule. Qu'elle me dise que j'étais irresponsable et que j'aurais dû faire attention. Que *tu* aurais dû faire attention.

— Elle serait venue en personne me casser la gueule, plaisanta Temel.

— Et ensuite elle m'aurait prise dans ses bras et aurait imposé non seulement d'être la marraine, mais aussi de choisir le prénom. Qu'on lui donne le sien, même. Putain, qu'est-ce qu'elle me manque… Pourtant, continua-t-elle en baissant les yeux sur son ventre, je crois que je suis plutôt prête. J'avais peur que tu ne partes en courant, enfin… Peut-être pas en *courant*.

— Eh ! Tu verras comme je m'enfuirai quand je n'aurai plus de béquille !

— Ok, j'attends de voir ! »

Elle éclata de rire et le serra dans ses bras, recouvrant peu à peu son sérieux.

« J'ai toujours voulu être mère. D'aussi loin que je me souvienne. Sans June… Ce sera à la fois plus compliqué et plus simple. Mais toi ? Qu'est-ce que tu en penses ? »

Temel prit le temps de réfléchir avant de répondre.

« Comme je te le disais, je n'ai rien de solide à t'offrir et tu sais bien que ça me tue. J'ai de l'argent, bien sûr. Et finalement, peut-être que c'est ça qui nous sauvera. Mais mon avenir est compromis, et j'ai beaucoup de choses en moi à soigner, à refermer, à comprendre. Je ne sais pas si je suis capable d'être père. Je ne m'étais jamais posé la question mais, avec toi, ce n'est plus si irréel. Et puis regarde-nous. Tout ce qui a été détruit : mon enfance, mon corps, mon identité, et puis toi, ta famille, le destin de June, celui de dizaines de personnes. Les ruines de Maven Corp… Tout ça encore fumant, encore douloureux… Est-ce qu'il ne serait pas temps d'inverser la vapeur ? de nous mettre à construire ?

— La photo, ce n'est pas construire un peu ?

— Je te parle de nous deux, ensemble. Récupérer tous nos fragments et les unifier. Quelque chose de *solide*. Comme lui, en fait. »

Il posa une main sur le ventre de Mila, qui laissa aller sa tête sur son épaule, avant de rectifier dans un sourire, un sourcil relevé :

« Ou elle. »

*

Amélia pleurait, enfermée dans les toilettes de l'étage. Elle avait voulu bien faire, aller voir si tout se passait bien dehors parce que Temel et Mila avaient l'air tendus. Et elle l'avait entendu lui annoncer la nouvelle. Il n'avait pas paniqué, n'avait pas dit qu'il n'en voulait pas. Il était allé s'asseoir auprès d'elle, et plus rien autour n'avait existé qu'eux. Amélia n'avait pas entendu la suite. Elle avait senti la rage enfler en elle et avait couru s'isoler. À bien y réfléchir, était-ce de la rage ? De la jalousie ? Elle était parvenue à accepter leur relation. Elle connaissait Temel : il ne s'attachait pas, ne créait pas de lien. Elle les rencontrait régulièrement lors de soirées, ces hommes et ces femmes qui l'avaient côtoyé et s'étaient plaints de ne plus avoir de nouvelles au terme de la nuit.

Bien sûr, elle avait constaté que c'était différent avec Mila. Elle comprenait même très bien ce qu'il lui trouvait. Mila était une femme exceptionnelle, et Amélia était sincèrement émue qu'elle soit enceinte. Elle méritait un nouveau départ, et l'actrice savait comme cet enfant serait aimé, chéri, comme il grandirait dans la bienveillance et le courage. Mais Temel ne pouvait pas faire partie de cette histoire.

Cela faisait des mois qu'Amélia camouflait ses sentiments. Elle était tombée amoureuse de Temel à la seconde où elle l'avait rencontré et lorsqu'il avait posé ses doigts sur sa gorge avant d'éclater de rire. Mais il était resté indifférent. À l'époque où rien ne semblait l'atteindre, c'était encore supportable. Mais maintenant que la petite blonde avait accédé à son cœur, Amélia comprenait que son indifférence la concernait directement. Et même si les hommes se bousculaient dans ses messages privés, prêts à abandonner femme et enfants pour faire d'elle leur seule reine, Amélia ne connaissait pas l'amour. Elle leur avait donné une chance,

ils s'étaient succédé dans son lit mais, une fois la nuit finie, il n'y avait plus eu de place pour elle en eux.

Elle sécha ses larmes. Elle aimait Mila comme une sœur, mais elle ne pouvait plus vivre au même endroit que Temel. Il la rejetait depuis leur rencontre, cherchait à peine à être agréable avec elle. Il ne méritait pas la protection qu'elle lui offrait. Pourquoi se mettait-elle en danger pour un homme qui ne la regardait pas ? La considérait à peine ? Et puis, toute cette histoire de terrorisme, en quoi cela la concernait-il ? Elle avait envie de recommencer à vivre. Elle avait apprécié ces moments pendant lesquels elle avait cru être en présence d'amis, mais sa vie n'était pas là. Les caméras et les baisers d'acteurs lui manquaient. Temel ne pouvait pas rester.

*

Les semaines suivantes passèrent sans encombre. Mila était retournée au travail, feignant à peine l'intérêt pour les missions qu'on lui confiait : elles l'épuisaient assez pour qu'elle ne pense à rien en rentrant et s'écroule sur son lit jusqu'au lendemain. Elle croisait parfois Katia dans les couloirs. Elle avait fait le même choix, celui de réintégrer Maven Corp comme si de rien n'était. Elles se lançaient des regards graves et échangeaient quelques nouvelles à mi-voix, à l'abri des regards. Dans le climat ambiant, elles n'osaient pas s'approcher davantage.

L'enquête se poursuivait dans les bureaux de Maven Corporation, bal incessant de policiers armés fixant leurs regards suspicieux sur tout ce qui les entourait. Mila devait bientôt être interrogée, comme le reste des employés. Sa gorge se nouait à cette seule pensée, et elle aurait aimé faire part de ses doutes à Katia, lui demander conseil. Comme l'interrogatoire pouvait avoir lieu à n'importe quel moment, elle était constamment sur le qui-vive. La nouvelle de la mort de sa sœur, qu'elle avait imputée à une terrible maladie, s'était ébruitée dans les étages. On mettait son attitude méfiante sur le compte de cette perte, et ses collègues la laissaient relativement tranquille. Ce qui, elle le savait, ne serait pas le cas des policiers. Mila remerciait Ivana d'avoir porté plainte, pour la cause qu'elle avait si ardemment défendue avec sa sœur, mais elle la maudissait aussi, car cet interrogatoire était un nouveau risque. Les enquêteurs ne tarderaient pas à découvrir que son histoire de rapatriement de corps sur le continent ne tenait pas la route, notamment parce qu'il n'y avait pas de corps. Il faudrait qu'elle en tire parti mais ne savait pas comment. Et le travail dans lequel elle s'abrutissait pour éviter de penser à June l'empêchait d'y réfléchir.

Elle passait les week-ends chez Amélia. La jeune femme avait repris ses tournages et semblait plus distante. Mais Mila ne s'en inquiétait pas. Elle-même était lointaine, épuisée. Temel se remettait doucement, et c'était peut-être même le plus lumineux d'entre tous.

Temel et Mila évitaient scrupuleusement les contacts avec leurs parents respectifs. La honte – tout ce qu'il aurait fallu dire et qui ne pouvait pas l'être – et la crainte de leur colère, ils les partageaient, chacun à sa manière. Commencer à raconter, c'était ne plus pouvoir s'arrêter. Ils ne pouvaient pas leur imposer ça. Temel se sentait mal d'avoir été envoyé à l'autre bout du monde pour sauver sa peau et non pour se lancer dans ce projet absurde. Il ne pouvait pas se résoudre à affronter la déception de sa mère.

Enlacés au cœur de la nuit, Temel et Mila se promettaient qu'eux seraient capables de tout entendre de leur enfant et qu'ils lui apprendraient à tout entendre d'eux.

Cette nuit-là, avec la tête de Mila dans le creux de son épaule, Temel ne parvenait pas à retrouver le sommeil. Il avait entendu des cris sous son crâne, ses os se briser à nouveau. Cette fois, il s'était débattu et enfin réveillé.

Il était sorti précautionneusement du lit, déposant un baiser sur la tempe de Mila pour aller prendre l'air sur la terrasse face au lac sombre, son eau nuitée comme une masse sans fond. Il se sentait libre dans cette obscurité chargée de parfums, plus présent. C'était comme plonger dans le temps pour voir ce qui s'y passait, plutôt que de glisser inlassablement à la surface des secondes. Il avait l'impression de sortir enfin d'une longue période de cauchemar, où rêves et réalité se mêlaient.

Il ne s'aperçut de la présence d'Amélia que lorsque son bras effleura le sien, alors qu'elle s'accoudait à la barrière. Dans la nuit, ses yeux ne paraissaient pas rouges, mais en pleine lumière aurait-il remarqué qu'elle avait pleuré ? Sans doute pas, songea-t-elle avec amertume.

« Même Mila ne parvient pas à te faire trouver le sommeil ? »

Il lui jeta un demi-sourire et contempla le jardin.

« Tout ça, c'est trop beau pour qu'on n'en profite pas.

— Menteur, chuchota Amélia. Je sais que tu fais encore des cauchemars.

— Il y avait un type, commença le jeune homme, un mec que je voyais quand j'étais encore un gamin. Il pouvait passer des heures à me regarder dormir. Je te jure, dès que j'ouvrais un œil, il était là à me fixer. Le lendemain, il me demandait si j'avais bien dormi. Comme s'il ne le savait pas mieux que moi.

— Flippant », reconnut Amélia avec dégoût.

Ils se mirent à rire. Cela pouvait être aussi simple que ça.

Il se tourna vers elle et la regarda avec intensité.

« Et moi, je sais que tu pleures. Encore. »

Elle aurait aimé nier, mais le fait qu'il s'en soit rendu compte la prit au dépourvu. Était-ce le moment de lui dire qu'elle savait pour Mila ?

« J'ai peur pour toi, murmura-t-elle, et ce n'était qu'un demi-mensonge.

— Je suis désolé. C'est nul de ma part de te mêler à ça. Je t'en suis vraiment reconnaissant, tu sais. Je te rembourserai, quand je partirai. Et je te promets que c'est pour bientôt. Dès que les flics auront fini de fouiller Maven Corp, je...

— Ne sois pas bête, le coupa-t-elle. Je fais ça parce que je... parce que c'est juste.

— Je ne sais pas. Je n'ai plus trop la notion de justice, ces temps-ci. Quoi qu'il en soit, je voulais te remercier d'en faire autant pour nous. Tu n'étais pas obligée.

— C'est vrai.»

Elle ne disait pas cela pour qu'il la trouve d'autant plus géniale, mais parce qu'il avait raison. Elle n'était pas obligée, pourtant elle le faisait, et cela lui causait plus de mal que de bien. Elle voulait qu'il sorte de sa vie, cependant c'était presque douloureux de plaisir de l'avoir à ses côtés, sa beauté ainsi accessible, si proche.

Soudain il se tourna et s'approcha d'elle. Elle sentit son souffle sur son menton et se mit à frémir. Il la regarda dans les yeux, se pencha vers elle. Est-ce qu'enfin...? Il était plus beau encore que quand elle pensait à lui.

Et il la prit dans ses bras. Presque négligemment, de son seul bras valide, une pression quasi calculée, comme forcée. L'aspect platonique de cet élan raidit Amélia. Elle comprit par cette étreinte neutre la façon dont il la considérait : une étrangère qui n'était pas vouée à devenir plus intime. Il ne ressentait rien, cette accolade purement amicale le lui prouvait. C'était vide, distant. Poli.

Il l'étreignit à peine quelques secondes puis la considéra comme si ce qui venait de se passer pouvait se ranger parmi les moments qui comptent. Amélia ressentit un profond dégoût et se fit violence pour ne pas le repousser. Les larmes lui brûlaient les paupières. La déception la clouait sur place, comme jamais auparavant. Elle pinça les lèvres.

« Excuse-moi, finit-il par dire, voyant sa réaction. Ça va ? Je voulais juste, tu sais, te remercier. Je pensais que…

— Non, répliqua-t-elle sèchement.

— Qu'est-ce que…

— Ce n'est rien, se reprit-elle, esquissant un sourire. Tout ça pour dire, évidemment que tu n'as rien à me rembourser. Tu vas avoir besoin d'argent, prochainement. »

Elle s'en voulut d'avoir dit ça. Pourtant, après tout, c'était vrai. Il lui jeta un regard interrogateur. Elle lui donna une tape sur le bras, lui souhaita bonne nuit et disparut à l'intérieur.

La décision d'Amélia était prise. Au fond, cela faisait déjà longtemps, mais après ce qui venait de se passer, il n'y avait plus aucun doute possible. Elle ne se retourna pas.

Temel resta immobile un moment à scruter le jardin plein d'ombres, avant de retourner se coucher avec un sentiment de malaise. Il n'aurait pas dû prendre Amélia dans ses bras. Il avait voulu lui montrer que tout ce qu'elle avait fait pour lui importait, mais elle s'était raidie comme s'il l'avait frappée. À côté de lui, Mila respirait doucement, et il tenta de caler sa respiration sur la sienne pour apaiser cette sensation d'estomac figé. En vain.

4 h 30. Temel se réveilla empli d'une angoisse rampante, poisseuse. Des frissons lui griffaient le cou. Ouvrir les yeux aurait dû l'éloigner du cauchemar, pourtant c'était l'inverse : il avait justement la sensation d'y plonger. Il alluma la lampe de chevet et entendit enfin ce qui l'avait réveillé en sursaut. Des coups à la porte. Mila se réveilla à son tour,

les sourcils froncés, et ils échangèrent un regard. Avant que Temel ait pu l'en empêcher, elle avait sauté du lit et se précipitait vers l'entrée. Il l'imagina dévaler l'escalier. Il aurait aimé la suivre, crier, au moins faire quelque chose, mais il était paralysé, comme cette nuit dans le tunnel. Comme tant de nuits avant celles-ci. Dépossédé.

C'étaient eux. Ils avaient fini par les trouver. Dans quelques minutes, Temel sortirait menotté de la villa, goûtant ses derniers instants de liberté. Y avait-il un protocole à suivre ? Certaines choses à fixer dans sa mémoire plus intensément que d'autres avant de les perdre à tout jamais ? Il entendit Mila ouvrir la porte. Le silence l'étonna. N'étaient-ils pas au moins trente, armés jusqu'aux dents ? Et s'ils décidaient à nouveau de se faire justice eux-mêmes ? Des larmes lui montèrent aux yeux. Cette fois, il y passerait.

Il parvint à s'extirper des draps, ouvrit la fenêtre, alluma une cigarette. Elle était meilleure que toutes celles qu'il avait fumées jusqu'alors. Chaque bouffée sembla lui délasser les muscles. Il sentait que venait le moment d'assumer tout ce qu'il avait fait jusque-là. Il avait tant fui son corps, son nom et son identité que cela ne pouvait que se retourner contre lui. Il n'y avait aucune échappatoire, il devrait faire face.

Il fouilla dans le placard à la recherche du sachet de drogue qu'Amélia s'était procuré pour lui. Il avait largement réduit sa consommation depuis qu'il avait rencontré Mila et avait tenté d'arrêter complètement après son passage à tabac. Dans les premiers temps, il en avait racheté pour atténuer la douleur. Lorsque les blessures s'étaient mises à guérir, il avait soigneusement rangé ce qui lui restait, et cela faisait bien un mois qu'il n'y avait pas touché. Mais, cette nuit, il ne savait pas comment gérer ce qui allait lui arriver. Il ne pourrait survivre si une main se posait sur son corps. S'il devait encore vivre quelque chose d'affreux, ce serait sans lui.

Il fit de fines lignes avec le contenu du sachet sur le rebord de la fenêtre et les aspira par le nez. Son cerveau explosa, et une sensation intense de bien-être l'envahit. Il s'assit sur le lit, le temps de laisser les effets l'étourdir. Son cœur ralentit, ses sensations de peur et l'espace-temps aussi. Maintenant, c'était possible.

La porte s'ouvrit en grand. La lumière jaillit du plafond. Ils étaient là, prêts à bondir.

Il ne se retourna pas, ne se dépêcha pas de finir sa cigarette. Le temps était encore à lui.

« Temel ! Grouille ! »

Il fit volte-face.

« Mila ?

— Prends tes affaires, on s'en va. Dépêche-toi ! Dépêche ! »

Temel écrasa sa cigarette et mit quelques affaires dans un sac, celles qui lui tombaient sous la main. Il attendit que Mila boucle le sien et la suivit dans l'escalier, aussi vite que sa jambe blessée et ce qu'il venait d'ingurgiter le lui permettait. Il remarqua qu'elle était pieds nus et fit demi-tour pour lui prendre ses chaussures. Malgré l'impression de se trouver derrière une vitre en verre déformant, l'inquiétude revint et lui retourna presque l'estomac quand il s'approcha de la porte d'entrée.

Sur le perron se tenaient une femme blonde en tailleur et un homme aux tempes grisonnantes en costume impeccable malgré cette heure indue. Pas de policiers armés, pas de voitures aux gyrophares bleus. Juste deux personnes qu'il n'avait jamais vues de sa vie et qui lui souriaient gentiment.

Mila était en train de confier leurs affaires au chauffeur de la voiture de luxe garée devant la villa. Temel balbutia, confus. Le couple le fixa avec un certain étonnement, celui qu'il provoquait toujours quand il rencontrait de nouvelles personnes mais, à cet instant, il ne s'en souciait pas. La tête lui tournait. Il se demanda si tout cela n'était pas une hallucination, attendit qu'on lui lie les mains.

La femme observait ce jeune homme à l'air perdu, aux cheveux en bataille, au visage rafistolé, sublime malgré tout. Mila les rejoignit et sourit en voyant que Temel avait pensé à lui prendre ses chaussures. Elle échangea un regard avec la femme, en les laçant.

« Eh bien, maintenant je comprends pourquoi vous avez voulu rester, Mila. Vous ne rigolez pas, vous, quand vous choisissez vos partenaires. »

Elles éclatèrent de rire, sous le regard toujours ahuri du photographe. Mila lança à Temel un regard attendri.

« Veuillez me pardonner, j'ai parlé tout haut, sourit la femme en lui tendant une main, qu'il serra distraitement. Je suis Ivana. Et voici Carl Grümm. Il est membre du gouvernement du continent. Nous sommes ici pour vous sortir de là. Nous n'avons plus beaucoup de temps. Montez. Nous vous expliquerons tout à l'intérieur. »

Temel les suivit jusqu'à la voiture et, alors même qu'ils commençaient à rouler, il ne pouvait se sortir de l'esprit que les individus qui l'avaient tabassé allaient surgir du néant pour l'y renvoyer à jamais. Ça ou les flics en tout cas – n'importe quel danger qui changerait à jamais le cours de sa vie. Mila avait remarqué comme il était pâle, et elle glissa sa main dans la sienne

Ivana allait se lancer dans des explications, lorsque le jeune homme lui coupa la parole.

« C'est trop. Je ne peux plus. Je... »

Le reste de son propos sortit en vrac, sans aucun sens. Sa voix n'était plus qu'un murmure. Mila prit son visage entre ses mains et s'aperçut que ses pupilles étaient dilatées. Il ne semblait déjà plus la voir. Elle soupira et le laissa glisser sur la banquette, amortissant l'impact de sa tête contre la vitre. Elle l'avait déjà vu dans cet état, et cela la peinait à chaque fois. Elle se tourna vers les autres.

« Je suis désolée. Il a dû prendre quelque chose.

— Il ne risque pas de s'évanouir ou quelque chose dans ce genre ?

— Je ne pense pas. Disons qu'il va dériver quelque temps, et puis il reviendra. Je ne sais pas pourquoi il... Il a dû croire qu'on avait été découverts.

— Vous l'avez été, confirma M. Grümm. Ivana a été prévenue car elle a des contacts dans la police. Un coup de fil de dénonciation a été passé pour indiquer la position du fugitif. L'assaut sera donné à la villa de Mlle Carési dans une demi-heure environ. Mais, grâce à Dieu, vous n'y serez plus.

— Grâce à moi, surtout, rectifia Ivana en souriant.

— Qui a passé le coup de fil ? s'enquit Mila, qui redoutait la réponse.

— Une personne qui a demandé que son identité ne soit pas divulguée.

— Un homme ou une femme ? Vous pouvez au moins me dire ça.»

Ivana, assise à l'avant, et Carl, à côté de Mila, échangèrent un regard dans le rétroviseur.

« Une femme », répondit Ivana.

Mila ouvrit de grands yeux. Un instant, elle avait pensé que le jeune homme avait fini par se dénoncer lui-même. Mais si c'était une femme... Comment Amélia avait-elle pu les trahir ainsi ? Et pourquoi ? Mila était abasourdie.

Ivana se retourna et lui tapota le genou.

« Vous aurez tout le temps d'y réfléchir plus tard. Pour le moment, il s'agit de mettre monsieur le photographe en sécurité. Et vous aussi.

— Merci encore, Ivana, vous faites un travail fabuleux contre Maven Corp. Et désolée encore pour... Les derniers temps n'ont pas été faciles pour lui. Les types de Maven ont failli le tuer, et...

— Comment ça, failli le tuer ? la coupa l'homme.

— Eh bien, lorsque nous avons fait fuiter les informations, il a été intercepté par des gardes envoyés par Maven Corp, qui lui ont fait toutes les blessures que vous voyez là. Ma sœur a certainement subi le même sort. Mais elle ne s'en est pas sortie. Enfin... elle n'a toujours pas réapparu, en tout cas.»

Elle se tut, émue.

« Nous sommes désolés, répondit doucement Carl Grümm.

— Pourquoi faites-vous cela pour nous ?

— Eh bien, comme je vous le disais, expliqua Ivana, j'ai fait mon choix. Ma plainte contre Maven Corporation a fait du bruit, grâce à vos fuites. Ils m'ont prise au sérieux, parce que nombre de vos preuves étayaient mes dires. Je n'ai jamais cessé de garder un œil sur vous, Mila. Je sais qu'une enquête agite les bureaux où vous travaillez, mais j'ai fait en sorte que vous n'ayez pas à témoigner. Et, quand j'ai eu vent de l'arrestation que vous alliez subir, j'ai contacté Carl. Il a accepté de nous aider.

— Je lui dois un service, rit-il, une vieille histoire datant de l'époque de notre jeunesse !

— Mais ma sœur a tué votre mari. Puis elle vous a séquestrée et cassé la jambe. Et maintenant vous prenez des risques pour nous ? »

Ivana acquiesça lentement. Mila aurait préféré ne pas formuler la chose de manière aussi directe, mais elle n'avait pas su le dire autrement.

« Dites-moi, Mila. Me sentirais-je aussi bien et aussi puissante si j'avais choisi de rester dans le noir à pleurer ? Je pleure quand vient le soir, bien sûr, car Callum me manque. Mais j'ai aussi choisi d'agir. Et dans le droit chemin, comme cela ne m'était pas arrivé depuis des années. Callum doit se sentir trahi, là où il est !

— Je ne pardonnerai jamais à Maven Corporation ce qu'ils ont fait à June et à Temel.

— Le pardon est une chose difficile, reconnut Ivana, et je n'ai pas pardonné à votre sœur. J'ai simplement choisi de contrebalancer cet événement tragique avec beaucoup de beauté et de paix. Et vous, Mila, qu'avez-vous fait de beau depuis la mort de June ?»

Un sourire sincère éclata sur le visage de la jeune femme, et elle posa la main sur son ventre. Ivana poussa un cri de joie et se pencha pour prendre Mila dans ses bras.

*

Lorsque Temel ouvrit les yeux, il observait la terre de très loin. Il avait perçu ce qui s'était passé autour de lui, mais cela s'était mêlé à une telle distorsion de la réalité qu'il aurait bien pu inventer toutes les conversations, le trajet en voiture, puis celui en avion. Il se sentait léger, même s'il savait que s'ensuivrait une redescente ardue, avec nausées, sentiment de désespoir et courbatures. Pour le moment, il profitait de son euphorie, et surtout de n'avoir pas encore été interrogé ou battu. On l'avait laissé tranquille, son esprit s'était enfin apaisé et flottait, loin de la douleur et des angoisses. Un mirage de bien-être qui lui convenait parfaitement.

Mila dormait, la tête sur son épaule. Il posa la main sur sa cuisse. Ivana le regardait, un léger sourire au coin des lèvres.

«Bienvenue parmi nous, monsieur le photographe.»

Il hocha la tête.

«Je dois dire que vous faites un travail remarquable. Vos photos sont tout simplement somptueuses. Vous avez un don. C'est un honneur de vous rencontrer. Mais dites-moi, que s'est-il passé avec cette mignonne petite actrice pour qu'elle vous dénonce ?»

La voix d'Ivana lui parvenait comme enrobée de coton, et il n'avait qu'une envie, fermer les yeux à nouveau. Il se souvenait d'avoir entendu parler de ça. Amélia les avait trahis. Il n'en était pas étonné, il savait qu'en continuant à se refuser à elle, il payerait un jour les conséquences. Mais il lui en voulait d'avoir aussi fait payer Mila et le bébé.

« Vous lui avez brisé le cœur ? insista-t-elle.

— Je crois.

— Cela ne me surprend pas, vous avez dû en briser plus d'un. Même celui de votre agent. Clarisse, c'est ça ? J'ai fait quelques recherches.

— C'est elle qui a brisé le mien, rétorqua tristement le photographe, se souvenant de ses doigts posés sur ses hanches, ses lèvres écarlates dans son cou.

— Vous n'avez pas eu une vie facile », conclut Ivana, qui avait fouillé le passé du photographe pendant le trajet aller.

Malgré ses réflexes ralentis, Temel évita de justesse à Mila de basculer alors qu'elle plongeait dans un sommeil profond. Il actionna la manette du siège pour qu'elle puisse s'allonger et ajusta délicatement sa tête. Puis il retira son propre sweat et la couvrit avec.

« Je ne crois pas que quiconque ait une vie facile, répondit-il enfin. Mais effectivement, la violence n'est peut-être pas récurrente à ce point chez tout le monde. »

Ivana sourit puis fouilla dans son sac et en sortit un cachet qu'elle tendit au jeune homme.

« Tenez. Pour vous éviter une descente trop douloureuse. J'ai cru qu'on vous avait perdu, à un moment. Mais non, vous avez sagement suivi le mouvement. Vous ne faites pas semblant, vous, quand vous vous défoncez.

— Non, admit Temel en riant. Je ne fais jamais semblant, pour rien.

— Tant mieux. Alors vous ne ferez pas semblant non plus avec le bébé, alors. Félicitations, Temel.»

Il se sentit rougir et esquissa un sourire timide, tandis qu'Ivana lui serrait le bras. Ils continuèrent à discuter, jusqu'à ce que Carl Grümm, qui était allé passer des coups de téléphone à l'avant du jet, les rejoigne. Il leur indiqua qu'ils en avaient encore pour une heure de vol et s'assit à côté d'Ivana, en face du jeune couple, camouflant à peine un bâillement. Il regarda sa montre :

«À l'heure qu'il est, les forces de l'ordre doivent être en train de donner un coup de bélier dans la porte de Mlle Carési et de retourner sa villa de fond en comble. J'en connais une qui va se faire passer un gros savon.»

Temel tenta d'imaginer la scène, mais il était encore dans un état second. Le soleil était en train de se lever, ligne orangée posée sur des nuages d'un rouge sang, s'étirant vers un ciel encore sombre, bleu et violet, presque noir. Le spectacle était époustouflant et, pendant un instant, ils s'abîmèrent dans la contemplation de cet espace diapré, qui s'offrait dans toute sa splendeur. Il n'y aurait jamais rien de plus beau sur terre que le ciel.

Mila s'éveilla et se lova contre Temel, admira la vue à son tour. Carl Grümm ne souhaitait pas détourner les passagers de ce moment d'extase, mais il était temps.

«Bon, puisque tout le monde est réveillé et à peu près

en état de comprendre ce qui se dit, je vais vous expliquer ce qui va se passer. Je suis membre du gouvernement du continent. Une plainte a été déposée sur le continent par Maven Corporation contre Temel, et un avis de recherche international a été lancé, vu la portée de vos actions. Les polices de tous les pays ont la possibilité de vous arrêter. Autrement dit, monsieur le photographe, vous n'êtes plus en sécurité nulle part.

« Ainsi, plusieurs solutions s'offrent à vous. La première serait de vous rendre, de vous plier aux interrogatoires et d'accepter le procès puis la décision de justice qui en découlerait. Car vous êtes accusé de vous être rendu coupable de plusieurs choses illégales : vol d'informations et de données appartenant à l'entreprise dans divers pays et leur divulgation au grand public, piratage du système, divulgation de témoignages de membres de l'entreprise soumis à des clauses spécifiques de confidentialité, destruction de matériel, harcèlement et, bien sûr, confection d'armes et meurtre avec préméditation. Et j'en oublie la moitié. Je me doute bien que vous étiez tout un groupe et que votre seul crime a peut-être été de prendre des photos mais, pour le moment, vous êtes l'unique suspect. Toutes les charges pèsent sur vos seules épaules.

« La seconde solution, celle que nous vous offrons, est de faire une demande d'asile politique sur le continent. Monter un dossier, expliquer en quoi vous êtes victime, pourquoi le monde entier est un danger pour vous, et espérer que le continent vous accueille à bras ouverts. Pendant ce temps, nous vous offrons un refuge dans le pays d'où est originaire Mila, dans l'ambassade du continent. Vous serez confiné dans une pièce qui n'est soumise à l'autorité d'aucun État. Pendant ce temps-là, je ferai tout ce qui est en mon pouvoir pour vous accorder cet asile.

— Mon pays, murmura Mila. Je rentre à la maison.

— Ivana et d'autres s'emploieront à faire tomber les charges qui pèsent sur vous. Je ne dis pas que nous y parviendrons. Il se peut que, dès que vous mettrez le pied hors de l'ambassade, les polices du monde entier vous tombent dessus. Mais cette petite protection, c'est tout ce que nous pouvons déjà faire. Est-ce que cela vous convient ?»

Temel ne répondit rien. Il garda le silence un long moment. Cette impression familière d'usurper l'identité d'un autre, d'être pris pour ce qu'il n'était pas, le titilla. Puis il se dit qu'il avait tout de même bien été celui qui avait risqué sa vie pour dénoncer Maven Corporation.

« Vous me demandez si ça me convient, finit-il par répondre, alors que je n'aurais jamais pu rêver mieux dans ma situation. C'est... je ne sais même pas comment vous remercier. Qu'est-ce que je peux faire, dites-moi ?

— Tu en as déjà fait énormément, sourit Grümm, qui n'avait plus envie de parler à Temel comme à un inconnu. Il faut du courage pour participer à cette opération de fuite de données, même si tu n'as pas l'impression d'avoir joué un grand rôle. Et il faut du courage pour accepter de porter seul des responsabilités qui ne te reviennent pas, perdre ta maison, ta vie, te cacher... Tu as été sacrifié par le groupe et, pour cela, nous souhaitons t'aider. Parce que Maven Corp mérite de tomber une bonne fois pour toutes. Évidemment, en tant que membre du gouvernement, je travaille main dans la main avec eux, et cela m'arrange à bien des niveaux. Mais en tant qu'être humain, je ne peux plus participer à cette horreur.»

Temel acquiesça avec gravité. Et puis il lui vint une idée, qu'il partagea avec les autres. Après de longues minutes de discussion à peser le pour et le contre, Ivana sortit enfin son téléphone pour chercher les coordonnées d'Aniya et lui passa un coup de téléphone.

*

Le live fut l'un des plus visionnés de l'histoire des réseaux sociaux. Il compta des milliards de vues, fut enregistré, diffusé à une large échelle, de nouveau visionné des millions de fois, et ce, des jours durant.

Temel raconta son histoire aux yeux du monde entier. À visage découvert, d'une voix calme, il se présenta, parla de son enfance dans un pays en guerre et expliqua la raison de sa présence sur l'île. Il revint sur tout ce qu'il avait fait pour le groupe de Darril. Il raconta en détail la nuit de la destruction de la salle des hologrammes et revint sur les raisons qui avaient poussé le groupe à faire ce choix, la façon dont il avait obtenu les informations pour accéder à la Ville de Verre. Il avoua, l'air ébranlé, la relation sexuelle qu'il avait dû subir de la part de son agent.

Enfin, au moment de parler de son passage à tabac, ce dont il accusa Maven Corporation, il montra les photos de ses blessures. Aniya les avait prises à son arrivée à l'hôpital.

C'était quelque chose qu'elle faisait souvent avec ses patients pour qu'ils puissent se regarder dans le miroir plus tard et constater le chemin parcouru. Il s'attarda sur ce point, dévoilant ensuite à la caméra l'état actuel de ses plaies. Il n'eut pas besoin d'en faire des tonnes : sa voix n'était plus qu'un filet et son visage, autrefois magnifique et désormais balafré de cicatrices, relatait à lui seul toute l'horreur de l'événement.

Il termina en s'excusant pour les actions commises par le groupe qui avaient provoqué la mort d'innocents et invita les *viewers* à se questionner sur la culpabilité de Maven Corporation dans cette histoire, rappelant que les trois quarts des membres du groupe n'avaient jamais reparu.

Les réactions dépassèrent leurs espérances. En quelques minutes, Temel fut érigé en martyr. Il avait réussi à créer un choc à longue portée. On s'était ému aux larmes que le photographe au talent déjà mondialement reconnu soit ce jeune homme à l'excitante beauté, rendu plus beau encore par des blessures causées par son courage et son engagement. Il était porteur d'une histoire touchante qui restait en mémoire. Il avait tout pour être aimé du public : un véritable héros des temps modernes, fort et fragile à la fois, splendide et humble, avec un grain de génie et assez de défauts pour être aimé. Cela faisait tant d'années qu'il cultivait son anonymat, il donnait enfin aux vautours ce qu'ils étaient venus chercher.

Internet se prononça avec une étonnante rapidité : Maven Corporation était la seule coupable, et cette opération de fuite de données n'était rien de moins qu'un acte révolutionnaire. Mila, Carl et Ivana furent impressionnés par la performance du jeune homme. Il avait rendu l'histoire palpitante, jonglant avec finesse entre actions et sentiments. Il était parvenu à incarner l'image de la victime parfaite, celle pour laquelle on ressent de la peine, mais qui prouve que ce qui ne nous tue pas nous rend plus fort. Il avait développé son discours comme s'il connaissait l'intimité du cœur humain.

Pourtant, Mila en était sûre, il n'avait rien feint. Il s'était exprimé comme s'il ne parlerait plus jamais ensuite, comme si le monde devrait se contenter de ces mots, car il n'y en aurait plus d'autres. Elle savait aussi tout ce qu'il avait tu, l'effort d'avoir traduit en phrases ce qui bouillait en lui, en désordre, sans mots, dépassant le réel.

Mais cela avait été plus que suffisant. Vu le retentissement de ce *live*, il était impossible que Maven Corporation reste impassible. Carl et Ivana assurèrent qu'il fallait s'attendre à de rapides retombées de leur part.

Temel contempla par le hublot le soleil s'ouvrant dans le ciel. Il était étrange pour lui de s'être battu tant d'années afin de rester invisible, et finalement de se révéler au monde entier en une fraction de seconde. Il avait eu la sensation d'être en danger, les mains tremblantes et le cœur battant, mais les internautes s'étaient rangés de son côté. Avec une étonnante rapidité, presque au moment même où il exposait son visage, ce visage qui lui avait alors semblé être de verre. Il s'imaginait que des milliards de personnes avaient pu observer les rouages de son esprit, la couleur de ses émotions, comme si elles avaient vu le sang couler sous sa peau, l'observant par la fenêtre de son corps. À bien y réfléchir, il s'était toujours senti comme cela : une enveloppe de cristal que les autres remplissaient d'eux-mêmes.

Le téléphone d'Ivana, sur lequel il s'était connecté pour faire le live, ne cessait de vibrer. Il le consulta un instant, faisant défiler tous les posts, commentaires, messages et vidéos le concernant. Khaïm lui avait envoyé plusieurs messages, mais il ne se sentait pas de les lire. Clarisse aussi, choquée par le retour à la vie du jeune homme. Temel était étourdi par la quantité de personnes qui prétendaient le connaître mieux que lui-même, donnant des détails inventés sur sa vie ou se vantant de l'avoir déjà rencontré par le biais d'amis d'amis. Tout cela comptait peu. Il avait fait ça pour que souffle un vent fort contre Maven Corporation, et c'était exactement ce qui était en train de se passer. Seuls, ils étaient sûrs d'échouer, mais épaulés par le monde entier...

Il reposa le téléphone sur le siège et se tourna vers Mila, qui n'avait cessé de lui tenir la main depuis qu'il avait commencé à parler. Ils se sourirent.

« Comment tu te sens à l'idée de rentrer chez toi ? »

Elle haussa les épaules.

« C'est étrange. Je n'aurais jamais imaginé faire le trajet de retour seule, dans ces conditions. Enfin, sans June. Je vais devoir annoncer la vérité à mes parents. Ils feront tout pour la retrouver, vivante ou pas. Si ça fait partie de leur deuil...

— Et ton deuil ? »

Mila secoua la tête et posa sa main libre sur son ventre.

« Je ne sais pas. Concentrons-nous sur la vie pour le moment.

— Tu devrais consulter quelqu'un pour t'aider à traverser tout ça. Je sais que tu es une super-héroïne, mais quand même.

— J'y penserai. Quand je ne viendrai pas te rendre visite dans ton palace, je n'aurai certainement pas grand-chose d'autre à faire.»

Ils esquissèrent un rire timide, fatigué.

«À part harceler Amélia pour qu'elle me donne une explication, bien sûr.

— Je suis désolé, soupira Temel. Je crois que c'est moi, l'explication.

— Ne te donne pas tant d'importance, sourit Mila. C'était en elle. N'empêche, elle nous a d'abord bien sauvé la mise. Les gens ont mille facettes.

— Tu regrettes ?»

La jeune femme ne répondit pas tout de suite. C'était une question complexe. Elle n'avait pas encore de recul sur ce qu'elle venait de vivre. Tout ce dont elle avait besoin, c'était de longs mois de repos.

«Je ne dirais pas que je regrette. La vie est trop complexe pour qu'on décide de jeter le mauvais et de ne garder que le plus beau. Tout s'est équilibré avec la même intensité, la mort et la vie, la rage et la passion, ce que l'on nous a donné et tout ce qu'on nous a repris. J'ai atteint l'objectif pour lequel je m'étais rendue sur l'île. Bien sûr, rien ne s'est déroulé comme prévu, mais aujourd'hui, dans cet avion… J'accepte ce qu'est devenue ma vie. Enfin, je commence. Le chemin est encore long. Et toi ?»

Temel tourna son regard vers le ciel. Il aurait aimé lui dire qu'il n'avait plus peur, qu'il avait confiance en l'avenir, qu'il se sentait à sa place avec elle à ses côtés. Le dénouement avec Maven Corporation lui importait peu. Il assumerait ce qu'il y avait à assumer. Tout ce qu'il souhaitait, c'était voir sa famille avec Mila grandir, épouser une existence plus simple, se laisser combler par les petits bonheurs du quotidien. Ce n'était pas encore gagné, bien sûr, mais rester les prochaines semaines enfermé dans une minuscule pièce de l'ambassade ne l'effrayait pas. Il comptait profiter de ce temps pour remettre ses idées en place et commencer lui aussi à guérir.

Finalement, il ne voyait pas comment les choses auraient pu se passer autrement.

« Tu sais…, répondit-il avec douceur, il n'y a qu'un seul chemin. »

Ils se regardèrent et, alors qu'il déposait ses lèvres de verre dans son cou, à la naissance de sa mâchoire, le commandant de bord annonça qu'ils entamaient leur descente.

Remerciements

Je travaille sur *Corps de Verre* depuis juin 2019. Tout au long de son écriture, je me suis nourrie des conseils de mes proches et de nos échanges passionnants.

Je souhaite donc remercier ma famille et mes amis, qui m'ont toujours soutenue dans ce projet. Une pensée particulière pour les créateurs de la chaîne YouTube Stupid Economics qui ont répondu à mes questions et m'ont permis d'enrichir l'univers de *Corps de Verre*.

Je tiens également à remercier mon éditrice, Emmanuelle Collas, et toute son équipe, notamment Justine, Sophie et France, pour leur travail, leur confiance et leur soutien.

Enfin, merci à toi, K., pour nos discussions.

Titres
parus
**aux Éditions
Emmanuelle
Collas**

Djaïli Amadou Amal
Les Impatientes
Cœur du Sahel
Marie Bardet
À la droite du père
Babylift
Anouar Benmalek
L'Amour au temps des scélérats
Sikanda de Cayron
Le Sang des rois
Corps de verre
Selahattin Demirtaş
L'Aurore
Et tournera la roue
Pauline Desnuelles
200 mètres nage libre
Khalil Diallo
L'Odyssée des oubliés
Dora Djann
Ouverture à la française

Cathy Galliègue

Et boire ma vie jusqu'à l'oubli

Walid Hajar Rachedi

Qu'est-ce que j'irais faire au paradis ?

Zadig Hamroune

Le Miroir des princes

Nâzım Hikmet

Lettres à Taranta-Babu

Sabrina Kassa

Magic Bab el-Oued

Un Noël chez les Zemmouri

Omar Khayyâm

Quatrains à odeur de vin et de rose

Sema Kılıçkaya

La Langue de personne

Marc Lepape

Seules les montagnes dessinent des nuages

Timour Muhidine

La Fille de l'ethnographe

Mutt-Lon

Les 700 aveugles de Bafia

William Navarrete

Vidalina

William Navarrete et Pierre Bignami

Le Tour du monde en 80 saveurs

Prajwal Parajuly

Fuir et revenir

Aucune terre n'est la sienne

Grażyna Plebanek

Furie

Murielle Szac

Eleftheria

Cet ouvrage
a été achevé d'imprimer
en décembre 2022
sur les presses
de Normandie Roto Impression s.a.s.,
à Lonrai,
en France
pour le compte
des éditions Emmanuelle Collas.

Nº d'éditeur: 29
Nº d'imprimeur: 2205962
ISBN: 978-2-490155-62-0

Dépôt légal: février 2023